LUISE RINSER
HANS CHRISTIAN MEISER
Reinheit und Ekstase

LUISE RINSER
HANS CHRISTIAN MEISER

Reinheit und Ekstase

*Auf der Suche
nach der vollkommenen Liebe*

List

Der List Verlag ist ein Unternehmen
der Econ & List Verlagsgesellschaft,
Düsseldorf und München

ISBN 3-471-78560-4

Inhalt

Eines Tages, wenn wir die Winde, die wehen, die Gezeiten und die Schwerkraft gemeistert haben, werden wir in Gottes Auftrag die Energie der Liebe nutzbar machen. Dann wird die Menschheit zum zweitenmal in der Geschichte das Feuer entdeckt haben.

PIERRE TEILHARD DE CHARDIN

Vorwort

Dieses Buch hat nicht den Ehrgeiz, »Literatur« zu sein und großartig Neues, Philosophisches zu sagen. Es will nur das sein, als was es entstanden ist: ein Gespräch zwischen Menschen, die nach dem »Sinn« suchen und wissen, daß dieser Sinn »Liebe« heißt. Das Buch entstand wie von selbst, so wie sich aus Rede und Gegenrede eben ein Gespräch ergibt. Es hat den Vorteil, spontan zu sein, und den Nachteil, daß es sich mit den angesprochenen Themen nicht mit systematischer Gründlichkeit befaßt. Es ist, was es ist: ein Gespräch in Briefen.

Den Anstoß bildete ein Brief von HCM an mich, die doppelt so alte Frau. Der Autor, mir durch einige seiner Bücher bekannt, stellte mir Fragen, da er mich seinerseits aus meinen Büchern kannte. Wir hatten und haben eine gemeinsame Bildungsbasis, er Philosophie, ich Theologie, er hatte (als Protestant) bei den Jesuiten studiert, mein Lehrer war der Jesuit Karl Rahner – eine solide Basis also, die wir freilich beide durch unsere Beschäftigung einerseits mit östlichen, andererseits mit modernsten westlichen Philosophien überstiegen und durchbrochen hatten. Wir sprechen dieselbe Sprache, ja denselben Dialekt (den Münchnerischen), was unseren Gesprächen eine große Unbefangenheit gab, die, als wir uns Briefe schrieben, ein wenig verlorenging, wodurch die Texte manchmal ein wenig zu literarisch wurden, wie es bei Schriftstellern eben nicht anders läuft. Immer aber sprachen wir nicht nur zueinander, sondern zu unseren Zeitgenossen. Wir hatten immer »den Menschen« im Sinn, oft sogar ganz konkrete Menschen, die uns Beispiel waren oder sind für das von uns Gemeinte – und dieses Gemeinte war und ist immer die Liebe. Die Liebe in all ihren Formen und Miß-Formen. Die Liebe als die große Mangelerscheinung in unserer Zeit-Welt. Eigentlich, das stellten wir nach und nach fest, spielten wir die Rolle der Analytiker und Therapeuten für unsere Mitmenschen, die nicht lieben können. Und vor uns stand ein Bild: das vollkommene Paar. Also nicht etwa die vollkommene Frau (wie Männer sie sehen oder wie die Frauen selbst sein möchten) und nicht der vollkommene Mann, nein: das Paar. Wir schrieben und sprachen immer vom Paar, denn nur das Paar ist der ganze Mensch. Wir reden also weder dem Patriarchat das Wort (wer täte das heute, wollte er ernstgenommen werden!), noch dem Matriarchat, und auch nicht dem Feminismus von heute. Wir reden bewußt vom Paar, von einer uralt-neuen Form des Menschseins, in dem das Männliche und das Weibliche, Yang und Yin, ausgewogen, einen ganzen Menschen darstellen.

Genauer noch gesagt: wir reden nicht von dem Manne und nicht von der Frau, sondern von Phänomenen des Menschlichen, von seinen Erscheinungsformen als Weiblichem und Männlichem, von Phänomenen also, die nicht nur dem Menschen zugehören, sondern den ganzen Kosmos durchziehen und formen. Es ist also nicht so, daß das Männliche identisch ist mit dem Manne und das Weibliche mit dem Weib (der Frau). Wir wissen, daß jeder von uns weibliche und männliche Hormone hat, weibliche und männliche (rudimentäre) Geschlechtsorgane, entsprechend weibliche und männliche Wesenszüge, und entsprechend Lebensaufgaben spezifischer Art über Zeugen und Gebären hinaus. Das Männliche im Mann ist der Krieger, der Seefahrer, der Bergdurchschürfer, der Tempelbauer, der Städtegründer, der Staatenführer, der Zerstörer, der Religionsschöpfer, der Angreifer selbstgeschaffener Feinde ... Der Mann, der Herr. Die Frau, die Hüterin des Hauses, die (bisher) physisch Schwächere, darum dem Mann Gehörende, die Hörige.

Die Anthropologen, von ihrer eigenen Wissenschaft dazu gezwungen, wissen heute, daß die uralten Mythen der verschiedenen Kulturen stimmen: Im Anfang war das Wort, und das Wort schuf den Menschen, aber zuerst die Frau, die Muttergöttin, die Fruchtbarkeitsgöttin, das weibliche Fruchtwasser, die Meere, aus denen alles Leben kam.

Man kann sich auch an die griechische Mythe des Platon erinnern: Am Anfang war der *ganze* Mensch (so sieht es auch die hebräisch-mythische Genesis), der *Adam,* und er wurde gespalten in zwei Hälften, die männliche und die weibliche. Und seither suchen die beiden Hälften, sich wieder zu vereinigen. Der erotisch-sexuelle Akt als Versuch der Vereinigung. Ein Versuch mit Lust und Sehnsuchts-Schmerzen: er gelingt nur für jeweils kurze Zeit. Was bleibt, ist die während Sehnsucht, die nie gestillte. (Don Juan nicht als Weiberheld, sondern als tragisch Suchender, nach seiner »legalen« Hälfte suchend; sein Fluch: er findet sie nie und wird dadurch böse und zum Mörder.) Einen positiven Anklang finden wir im Text zu Mozarts (freimaurerischer) »Zauberflöte«: »Und Mann und Weib, und Weib und Mann reichen an die Gottheit an . . .« Animus und anima, Yang und Yin, Weibliches und Männliches auf der Suche nacheinander, nach der Einheit, nach dem »vollkommenen Paar«, entsprechend dem Ur-Paar: Gott und Göttin in *einer* Gott-Person. Dies vorläufig gedacht als Ziel der Evolution des Menschen: der geistig-seelische androgyne Mensch.

Darum soll der Mann seine weibliche Seelenhälfte zum Blühen bringen: die Liebe, die Sanftmut, die Barmherzigkeit, das Mitgefühl, den Friedenswillen. Und die Frau, die immer ein wenig voraus ist (man sieht's an den kleinen Mädchen, die früher laufen und früher sprechen als die gleichaltrigen Buben) soll immer mehr ihren weiblichen Einfluß geltend machen, aber nicht, indem sie patriarchale Muster übernimmt, sondern neue Formen des »demokratischen« Lebens erfinden und durchsetzen soll: Nachbarschaftshilfe aufbauen, Friedensbewegungen unterstützen, den Fremdenhaß ad absurdum führen durch Integration von Ausländern, Religionsstreitigkeiten beilegen helfen – Irland, Iran, Israel-Palästina –, inner-christliche Dissonanzen in ökumenischen Treffen mindern – es gibt viele Aufgaben, die der »weiblichen« Seele entsprechen, viele Impulse, die auf die »männliche« Seele überspringen als Funken, die zum schönen Feuer werden.

Was wir in unseren Briefen aufschrieben, ist nur ein Teil dessen, was wir bei unseren Treffen und abendlichen Telefonaten durchsprachen. Vieles mag in den Ohren konservativer, fundamentalistischer, moralisierender Leser provokativ, ketzerisch klingen. Aber was erschiene nicht »ketzerisch«, was der Zeit um ein Schrittchen vorauseilte?

Vieles auch blieb ungeschrieben und bleibt ungedruckt: all das, was uns zu persönlich erschien, so auch das Wachsen unserer Freundschaft. Denn diese Freundschaft hat selbst eine Geschichte.

Es ist keine Besonderheit, daß mir junge Menschen, Männer und Frauen, lange Briefe schreiben, über ihre Probleme, meist individueller Art, und doch, insgesamt, die allgemeinen Probleme der verunsicherten, skeptischen, heillos pessimistischen Jugend überhaupt. Briefe der Klage, der Anklage gegen Eltern, Vorfahren, Lehrer, »das System«. Oft sind es ur-philosophische Fragen: Wozu lebe ich? Warum lebe ich überhaupt? Wohin führt das alles? . . .

Ich habe darüber vor Jahren, als Antwort, ein Buch geschrieben mit dem Titel: »Mit wem reden«. Das hieß soviel: Ich möchte mit jemand reden, aber mit wem kann ich denn reden über das, was mich so verzweifelt umtreibt? Ich bin also an Briefe jüngerer Menschen gewöhnt.

Dieser Brief nun war anders. Der Autor war nicht an seinen privaten Problemen, sondern an einer Sache interessiert: an der Geschichte eines Paares, das ein außergewöhnliches war und darum ein außergewöhnliches Liebes-Schicksal hatte, keines, das exemplarisch wäre, und das doch alle Elemente aller unglücklichen Liebesgeschichten zeigt, jener des frühen Mittelalters und aller Zeiten. Abaelard und Heloïse. Der Briefschreiber hatte meinen Roman gelesen, dessen Titel übrigens, anders als die übrigen in 800 Jahren entstandenen Romane über dieses historische Paar, lautet: »Abaelards Liebe«, was ironisch heißt: »So liebt Abaelard«, nämlich auf Kosten der Frau. Eine glücklose Liebe, die dennoch groß und erfüllt war, was meinen Briefschreiber auch zu der Frage trieb, ob die »vollkommenen Paare«, nach denen er suchte, auch zugleich glücklich waren. Er kommt zu dem Schluß, daß das Paar, das von der Literatur 800 Jahre lang als »Hohes Paar« verherrlicht wurde, in Wirklichkeit zwar ein großes Liebespaar war, aber eines, das vor seinem Schicksal versagte. Ein höchst interessantes Paar, gewiß. Beide aus französischem Adel (aus rivalisierenden Familien), beide schön, leidenschaftlich, beide akademisch hoch gebildet (auch die Frau, wie denn damals im frühen Mittelalter einige Aristokratinnen mindestens ebenso gebildet waren wie die Männer).

Was nicht stimmig war, das war der Altersunterschied: Abaelard, Professor an der Pariser Sorbonne, war vierzig, seine Schülerin etwa achtzehn. Sie verliebten sich, das heißt, der Professor (der schon einige erotische Erfahrung hatte) »begehrte« das Mädchen, das sich ihm nach nicht allzu großem Widerstand ergab, mit dem er einen Sohn zeugte, den er aus dem Licht der Öffentlichkeit verschwinden ließ bei Verwandten auf dem Land. Aber warum die Vertuschung des Kindes? Wieso wollte die Frau, daß der Mann weiterlebte, als hätte er weder Frau noch Kind? Weil beiden (beiden!) die Karriere des Mannes wichtiger war. (Ich habe aus der obskuren Geschichte des versteckten Sohnes meinen Roman gemacht, die Liebesgeschichte seiner Eltern von ihm aus gesehen. Eine neue Problemstellung.)

Nun: mein Briefschreiber findet, das Paar habe bei aller (bis zum Tod währenden) Liebe eben vor der Liebe versagt. Und zu dieser seiner Meinung wollte er die meine wissen.

Aus dieser Frage entwickelte sich unser Briefwechsel, der immer neue Aspekte der Liebe ins
Spiel brachte. Liebe von heute. Klassische Lieben. Große Liebe, kleine Liebe, falsche Liebe,
unglückliche Liebe, homosexuelle Liebe, Dreiecks-Liebe, Freiheitsberaubung durch Liebe ...
Wir waren nicht immer einer Meinung, aber in
einem Punkt waren wir ganz und gar einig: Die
Menschheit hat nur dann Zukunft (eine positive
Zukunft), wenn sie lernt zu lieben. Unser Buch
trägt, ungedruckt, den Titel: Heilung durch
Liebe.

Bei der Revolte in China von 1989 brachte das
Fernsehen eine Szene vom Tien-Anmen-Platz:
Ein großer Panzer fährt auf, ihm stellt sich ein
Student mit ausgebreiteten Armen entgegen, einer allein, schutzlos, verzweifelt mutig. »Sinn-
los«, könnte man sagen. Ein Opfer, das nichts
bewirkt angesichts des riesigen Panzers, Sinnbild
der übermächtigen Staatsmaschinerie. Und
doch: der Panzer stoppt. Der tollkühne Student,
todesbereit, wird, in all seiner Schwäche, zum
Hindernis. Wie können junge chinesische Soldaten einen einzelnen jungen Chinesen totwalzen?
Sie können es nicht. Man nimmt ihn gefangen.
Man sieht, wie ein Soldat dem jungen Rebellen
die Handschellen anlegt: langsam, behutsam,
fast zärtlich, und sein Gesicht drückt Trauer aus.
Trauer über die Notwendigkeit, Gewalt anzuwenden.

Der Student, der sich dem mächtigen Panzer
entgegenstellt: das Bild des einzelnen Menschen,

der in den Lauf der Welt nicht einzugreifen vermag und dennoch Veränderungen auslösen kann.

Das Bild unserer Utopie. Unsere Worte vermögen nichts. Und doch sprechen wir sie aus – in der leisen Hoffnung, sie möchten von einigen gehört werden, die leiden und das einzige Rettungsmittel nicht kennen: die Liebe zum Mitmenschen und zu allen Mitgeschöpfen. Und wenn es nur ein einziger hörte, so wäre das Buch nicht umsonst in der Welt erschienen.

Der Mythos vom vollkommenen Paar

Es ist nicht eine Stunde her, daß ich Ihren Roman »Abaelards Liebe« zu Ende gelesen habe. »Gelesen« mag der falsche Ausdruck sein; vielmehr habe ich Ihr Werk über die berühmteste Liebesgeschichte des Mittelalters so intensiv und rasch in mich eingesogen, daß ich nunmehr wach liege und darüber grüble, was das vollkommene Paar sei. Wurde es wirklich manifest in Heloïse und Abaelard? Oder in Diotima und Hyperion? Oder in Charlotte und Werther? Vielleicht sogar in Yoko Ono und John Lennon? Oder in . . .? Die Liste derer, die hier unsere Achtung und Aufmerksamkeit verdienen, mag endlos fortgesetzt werden – wichtiger aber ist mir die Frage, was denn solche Lieben so außergewöhnlich aussehen läßt. Denn mir scheint darin ein großer Widerspruch verborgen: Einerseits lassen sich nicht nur romantisch veranlagte Seelen vom Mythos des vollkommenen Paares leiten, das allen Unbilden des Lebens trotzt, andererseits aber sind selten zwei Menschen zugleich fähig, dieses hohe Ideal zu verkörpern, weshalb es bei den Ausnahmen bleibt, die ihre Verewigung in der Literatur finden. Aber was geschieht im Leben, im wirklichen Sein?

Sie kennen sicher Otto Mainzer, den unermüdlichen Vorkämpfer einer liebevollen Gesellschaftsordnung, die er auf der Basis eines unkorrumpierten Eros erbauen wollte. »Die sexuelle Zwangswirtschaft« lautet sein erotisches Manifest, in dem er die unheilvolle Verquickung geschlechtlicher Bedürfnisse mit wirtschaftlichen Interessen anprangert, bei denen weder die Aufgaben des Geschlechts noch die der Wirtschaft befriedigend gelöst werden können. Ich frage mich, ob es nicht die falsche Liebes- (und somit Lebens-)art sei, welche für die andauernde Misere der conditio humana verantwortlich ist. Um es ganz simpel auszudrücken: Ein Mensch, der wirklich liebt, führt keinen Krieg. Oder etwa doch? Ist beides zugleich möglich? Wie konnten und können Familienväter, die ihre Frauen und Kinder mit großer Wahrscheinlichkeit ja lieben, in den Krieg ziehen und andere derselben Art abschlachten? Wirkt hier vielleicht ein ganz anderes Prinzip, eines, das mit christlichen Moralvorstellungen nicht erklärt werden kann? Liegen die Wurzeln dieses Phänomens so tief im Verborgenen, daß wir sie weder zu erkennen noch zu finden vermögen? Verzeihen Sie bitte, daß ich Ihnen solche Fragen stelle (und dies auch noch auf so verworrene Weise), doch es ist jetzt 2.15 Uhr morgens, und jenes scheinbar so vollkommene Paar läßt mir keine Ruhe und treibt mich, tiefer und tiefer in das Geheimnis von Sehnsucht und Erfüllung einzudringen. Doch komme ich gleichzeitig nicht umhin anzunehmen, daß Heloïse und Abaelard als Sinnbild für die wahre Liebe ganz und gar nicht taugen. Haben sie nicht letztlich beide versagt? An sich selbst und am andern? Flohen sie nicht vor sich selbst und dem andern? Verkörpert der »liebende« Abaelard nicht jene patriarchale Gewalt, welche als männliches Prinzip alles Weibliche unterwirft und somit für den erschreckenden Zustand der Welt verantwortlich ist? Und stellt die »liebende« Heloïse nicht das Prinzip des sich unterwerfenden Weiblichen dar, das sein Recht auf erotische Erfüllung gegen häusliches Eingesperrtsein (Sicherheitswunsch, das gilt auch für das Kloster!) eintauscht? Einem erotischen Idealisten graust es bei der Vorstellung der Versorgungsehe, welche den bürgerlichen Staat bis dato aufrechterhält. Das System – von Männern errichtet – ist nahezu perfekt.

Halten Sie mich nun bitte nicht für einen Post-Feministen, ich nehme mir lediglich die Freiheit, die Liebes- und Lebensgewohnheiten der Menschen zu hinterfragen. Auf meinen Reisen durch die ganze Welt muß ich – vor allem bei Naturvölkern – immer wieder feststellen, wie grausam das Christentum die natürlichsten Triebe des Menschen verstümmelt hat, doch gilt mein Vorwurf nicht allein der Theologie derer, die sich auf den Mann aus Nazareth berufen, sondern jeder monotheistischen Religion. Und da alle theologischen und politischen Systeme erkannt haben, daß nur ein in seinem Sexualverhalten gemaßregelter Mensch keine Gefahr darstellt, ist es nur logisch, daß aus Gründen des Machterhalts immer wieder von neuem versucht wird, dem erotischen Streben, in welcher Form auch immer es auftreten mag, Einhalt zu gebieten. Hinzu kommt, daß niemals in der Geschichte *beide* Geschlechter gleichzeitig befreit wurden; stets geschah der Versuch, das eine zu befreien, auf Kosten des anderen.

Ein freier Geschlechtsakt in vollendeter Schönheit zwischen Menschen, die einander in Freundschaft und ohne anderweitige Absichten zugetan sind, ist eine der schönsten Gaben des Lebens. Weshalb sind diese Gaben so selten? Weshalb kümmern sich Menschen mehr z.B. um die rechte Form der Geldanlage als um die perfekte orgiastische Erfüllung? Wir kennen aus anderen Kulturen und Religionen Schilderungen und Berichte über die heilige Erotik, die absichtslose Hingabe, die Vermengung von Fruchtbarkeitsriten und spiritueller Sexualität. Im Christentum sind diese Geheimnisse lediglich in der Architektur der Gotteshäuser geborgen: Der Kirchturm verkörpert das Männliche und die Fensterrosette das Weibliche. (Die Apsis versinnbildlicht dabei stets den Mutterschoß.) Woran liegt es, daß diese natürlichen Bezüge zwischen dem Göttlichen und dem Menschlichen verdrängt wurden? Weshalb hat die Naturwissenschaft den Ur-Orgasmus, aus dem die Welt entstand und von dem sämtliche Schöpfungsmythen zu erzählen wissen, in einen unlustvollen Ur-Knall (»Big Bang«) verwandelt?

Sie sehen, zu welchen Gedanken mich Ihr Buch treibt. Ihre Worte lösen in mir etwas aus, das scheinbar friedlich vor sich hin schlummerte und jetzt mit aller Kraft hervorbricht: die Suche nach Antwort. Antwort auf viele Fragen, etwa auf diese: Weshalb sind der Friede und die Liebe stets nur von kurzer Dauer? Oder sind meine Betrachtungen zu äußerlich? Ist das Geheimnis nur im Inneren transparent? Mainzer schreibt, die Korrumpierung des Geschlechts sei die eigentliche und einzige Erbsünde der Menschheit. Was halten Sie von dieser gewagten These?

Ich wende mich an Sie, da ich weiß, daß Sie einer der wenigen Menschen sind, die nicht an Konventionen festhalten. Dies veranlaßt mich, Ihnen diese Zeilen zu senden in der Hoffnung, in Ihnen einen gleichgesinnten Menschen zu finden, der es wagt, mit mir gemeinsam die Tiefen auszuloten. »Ich wäre zu Grunde gegangen, wäre ich nicht zum Grund gegangen«, sagt Hölderlin. Ich würde mich freuen, mit Ihnen gemeinsam einen Schritt weiterzugehen. *HCM.*

Abaelards Liebe

Eigentlich erwarten Sie keine schlüssigen Antworten auf Fragen, die, wie alle großen »letzten Fragen«, keine Antwort erhalten. Ihre große Kernfrage heißt, auch wenn Sie sie so nicht formulieren: Was ist denn Liebe?

Darauf kann ich nur eines sagen: Lieben Sie, dann wissen Sie, was Liebe ist. In Worten sagen kann man's sowenig, wie man einem nach Gott Fragenden sagen kann, wer oder was Gott ist.

Aber in den Grenzen des Sagbaren will ich versuchen, auf Ihre Fragen zu antworten – auch wenn ich meine, Sie können recht gut selbst antworten. Ich kenne ja einige Ihrer Bücher, genau gesagt Ihre Vorworte zu Büchern, die Sie herausgeben, zum Beispiel das über und von Khalil Gibran, der so schön über Liebe schreibt. Aber da Sie mich auf meinen Abaelard-Roman ansprechen, konzentriere ich mich zunächst darauf.

Ist Ihnen aufgefallen, daß es über das Paar Abaelard und Heloïse eine Reihe von Romanen aus verschiedenen Zeiten gibt, auch aus dem frühen Mittelalter, und daß der Titel immer heißt: »Abaelard und Heloïse«? Immer Abaelard, der Mann, zuerst. Es ist also die Geschichte eines Mannes; jene der Frau ist von zweitrangigem Interesse. Erst im 20. Jahrhundert gibt es einen Roman (oder Essay, oder beides, ich vergaß), der heißt: Heloïse und Abaelard. Mein Titel nun heißt: »Abaelards Liebe«. Mit großem Bedacht gewählt und mit einem nicht überhörbaren Ton von Bitterkeit, der sagen will: So also liebt Abaelard, der Mann. Nämlich: er glaubt zu lieben, aber er liebt nicht. Noch schärfer: So liebt der Mann, so lieben Männer, so unzulänglich, so falsch. Das klingt feministisch, also aggressiv-ironisch, nicht wahr? Und es klingt anklägerisch. Sie könnten daraus schließen, daß ich bittere Enttäuschungen mit Männern, mit dem Mann als Geschlechtswesen gemacht habe. Aber nein! Ich habe Männer, den Mann, das Männliche im Mann immer zu gut verstanden, um es zu verurteilen.

Nun – dieser Abaelard: was für ein Mann war er denn? Wir wissen viel von ihm: Er lebte im 12. Jahrhundert, war ein philosophisch-theologischer Revolutionär, Professor an der Sorbonne in Paris, umstritten, bewundert, verurteilt, rehabilitiert, wieder verurteilt. Ein höchst interessanter Mann, der sich mit 40 Jahren in seine gescheite hübsche Schülerin Heloïse verliebte, mit ihr ein Kind zeugte und sie dann (nachdem er sie ehrenhalber – aber heimlich! – geheiratet hatte) verließ. Rund heraus gesagt: um seiner Karriere willen. Ein Professor der Sorbonne und Domherr dazu (er war aber kein Zölibatär!) durfte (das war die – unkirchliche – Regel) keine Ehefrau haben. So opferte der Mann seine Frau, seinen Sohn, seine Liebe, verzichtete aber nicht völlig auf seine ehelichen Rechte: Er traf Heloïse, die auf sein Verlangen »freiwillig« Nonne und Äbtissin wurde, bisweilen heimlich, er liebte sie auf seine Weise weiter, aber in Heuchelei. Heloïse liebte ihn bis zum Tod in reiner starker verzichtender Liebe. Sie litt. Er nicht. Nicht um der Liebe willen. Er hatte seine Kompensation in seiner Karriere und seiner Wissenschaft.

Ist dieser Mann nicht unsympathisch? Typisch männlich . . . Und was habe ich mit ihm zu tun? Ich habe ihn nicht als Romanfigur geschaffen. Ich habe ihn »vorgefunden«, ich habe ihn nicht besser und nicht schlechter gemacht, aber – nun komme ich zu einem geheimnisvollen Aspekt der Liebe und der Literatur zugleich – mir ging es wie einst Heloïse: Ich liebte ihn. Warum, zum Teufel? Mußte ich ihn nicht eher hassen? Als Frau den Mann verurteilen? Dieser Abaelard behielt über 800 Jahre seine männliche Faszination auch für eine feministische Frau. Wer kann's erklären? Niemand. Denn Liebe gehört zu den Phänomenen, die ein Geheimnis sind.

Heloïse und Abaelard: eine unglückliche Liebe, ein leidenschaftliches glückloses Paar.

Frage: Hätte ich als Roman-Autorin nicht besser ein anderes Liebespaar gewählt, ein Paar mit einer erfüllten schönen Liebe? Nur: wo ist so eines?

Sie nennen berühmte Liebespaare. Ist da eines glücklich? Ich könnte Ihrer Liste noch einige Namen hinzufügen: Kleist und sein Jettchen, Goethe und Marianne Willemer, Romeo und Julia ... Lassen wir sie einmal glücklich sein. Aber wie denn? Heiraten sie und führen eine glückliche Ehe? Goethe und die Vulpius – sie hatten eine gute Ehe, lebenslang. Aber wo bleibt der Raum für Größe, für große Liebe? Die Liebespaare, die Sie nennen, sind alle unglücklich, das heißt unerfüllt, wenigstens für Dauer. Sind sie »glücklich«, dann in der Tragik ihrer Leidenschaft.

Es scheint so zu sein, daß die Liebe ihre Größe aus eben ihrer Tragik erhält. Würden die genannten Paare befragt, ob sie sich ihre Liebe anders hätten wünschen wollen, würden sie sagen müssen, daß ihre Liebe ihre Erfüllung in der Nicht-Erfüllung fand.

In der katholischen Kirche feiert man dieser Tage das Fest des Johannes vom Kreuz. Er war einer der ganz großen Dichter Spaniens. Sie kennen natürlich seine Dichtungen, vor allem »Die dunkle Nacht«. Seine Lieder sind Hymnen auf die Liebe. Sehr große Dichtung, ähnlich dem »Hohen Lied«. Liebesdichtung höchst erotisch, auch sexuelle Bilder nicht auslassend. Wer ist die besungene Geliebte? Keine Frau, vielmehr jede konkrete Frau übersteigend – *das* weibliche Du, die Seele, oder das Weiblich-Seelenhafte Gottes.

Diese Liebe ist mystisch – wie jede große Liebe. Hätte jener Spanier eine normal erfüllte Liebe erfahren, hätte er seine große Dichtung nicht geschrieben. Ist es denn immer der Mangel (wenn es denn einer ist), der einem Dichter große Liebeslieder entreißt? Sehen wir Hölderlin: Wäre seine Liebe zu Diotima eine erfüllbare gewesen – was wäre aus seinem Hyperion geworden? Und »Tristan und Isôt«, der frühe französische Roman, der Richard Wagner zu seinem Tristan inspirierte – war er etwa der Roman einer glücklichen Liebe? Hölderlin schreibt:

»Des Lebens Woge
schäumte nicht so schön,
wenn nicht der alte Fels,
das Schicksal, ihr entgegenstünde.«

Setzen wir statt Leben Liebe. Je stärker eine Liebe unter einem Druck zu leiden hat, um so mehr erhitzt sie sich.

Ist es nicht überhaupt so, daß große Dichtung nur aus Leiden entsteht? Aus der leidenden Sehnsucht nach dem »Ganzen«, nach dem Fehlenden?

Aber damit bringen Sie mich (bringe ich mich) zu weit in die Metaphysik hinein, finden Sie nicht? Ihr Brief enthält noch andere, recht konkrete Fragen, zum Beispiel jene, warum es Kriege gibt, wenn Männer ihre Frauen und die Liebe lieben und dennoch andere »hassen« (sich Feinde erschaffen) und töten. Da stoßen wir auf einen anderen Aspekt der Liebe. Vielleicht können wir einmal darüber reden statt zu schreiben. Liebe in hundert Gestalten – ein endloses Thema. *L. R.*

Liebe und Freiheit

Welch freudige Überraschung: So schnell hatte ich Ihre Antwort nicht erwartet. Noch freudiger stimmt mich freilich Ihr Vorschlag, mit mir in einen Dialog über ein »endloses Thema« einzutreten – und dies nicht nur schriftlich, sondern auch mündlich. Wenn Sie nichts dagegen haben, werde ich Sie in einigen Wochen in Rocca di Papa aufsuchen.

Ist es nicht eigenartig, daß gerade Sie sich in unmittelbarer Nähe zur Sommerresidenz des Papstes niedergelassen haben? Und ist es nicht noch merkwürdiger, daß gerade das katholisch dominierte Italien in aller Welt als besonders liebesträchtiges Land gilt? Eigentlich sollte man den Eindruck haben, daß die kirchliche Moral dem Liebesglück des einzelnen und der Gesellschaft eher entgegensteht! Doch die Kombination »Italien und Liebe« scheint bei vielen Paaren beinah mythisch zu sein. Denken Sie nur an die berühmte Hochzeitsreise nach Venedig oder an verliebte Tramper, die in die Toskana reisen wollen, oder an den nie enden wollenden Hunger nach italienischen Liebesschnulzen! Und die Italiener selbst stehen ja in dem Ruf, ganz besondere Meister auf dem Gebiet der Liebe zu sein. Über all dem thront nun eine Kirche, die sich auf Jesus Christus beruft, jenen Mann aus Nazareth, der den Menschen eine Botschaft brachte, die inmitten des römischen Imperialismus nichts anderes sagte als dies: »Liebet einander.« Jesus führte ein Leben im Leid, seine Botschaft wurde groß, weil sie im Leid und aus ihm heraus entstand – hier sind wir bei den Liebenden angelangt, bei der (wie Sie es nennen) leidenden Sehnsucht nach dem Ganzen. Wir kennen Platons Erzählung von der ursprünglichen Kugelgestalt der Menschen. Sie hatten um ihren runden Leib vier Arme und vier Beine und waren so »gewaltig an Kraft und Stärke«, daß die Götter im (griechischen) Himmel fürchteten, sie könnten eines Tages von diesen Erdenwesen angegriffen werden. Flugs ersann man einen Plan: Die Menschen wurden in der Mitte geteilt. Seither irren sie umher – stets auf der Suche nach der verlorengegangenen Hälfte. Mir gefällt diese einfache Vorstellung, weil sie vieles erklärt. Einmal die Redewendung von der »besseren Hälfte«, zum andern aber auch – da die Kugelwesen verschiedener Art waren: rein männlich, rein weiblich, gemischt-geschlechtlich – die drei Arten der möglichen Verbindungen zwischen Menschen: Frau / Mann, Frau / Frau, Mann / Mann. Und auch der Aspekt der ewigen Sehnsucht ist hier miterfaßt. Ist der geliebte Mensch nicht bei uns, spüren wir ganz deutlich, daß uns etwas fehlt. Aus der Verarbeitung dieses Mangels entsteht dann das, was einen Großteil der kulturellen Leistungen ausmacht: Geschichten der Liebe in Musik, Literatur und Kunst (mit und ohne »Happy-End«).

Sie sagen, die Liebe erhalte ihre Größe aus ihrer Tragik. Ist das nicht eine rein abendländische Idee? Dem Buddhismus ist ja ein solcher Gedanke eher fremd. Denn hier wurde erkannt, daß es die Gier nach Leben (und somit auch nach Liebe) ist, die uns daran hindert, unser Mensch-Sein zu vervollkommnen. Was der Buddhismus anstrebt, ist Freiheit, Freiheit von allem, nicht wie das Abendland, das Freiheit *für* etwas wünscht. Vor einiger Zeit stieß ich auf einen merkwürdigen Zusammenhang: Die indogermanische Wortwurzel von Freiheit lautet »fri«, und daraus leitet sich auch der »Friede« ab sowie das Wort »Freier« bzw. »freien«. »Freien« aber bedeutet »lieben«. Hängen also Freiheit, Friede und Liebe irgendwie zusammen? Ich möchte sagen, ja. Denn nur ein freier Mensch kann wirklich lieben, und ein liebender Mensch empfindet tiefen Frieden. In einer Formel ausgedrückt würde dies so lauten: FREIHEIT IST FRIEDE ALS LIEBE. Das »als« meint »in Gestalt von«. Philosophisch könnte man auch sagen: »Sein ist Bewegung als Leben«, und da Weihnachten vor der Türe steht, hier noch die theologische Variante: Gott ist Heiliger Geist als Jesus. *HCM.*

PS: Eben schießt ein ganz merkwürdiger Gedanke durch meinen Kopf: Wird jemand, der etwa am 24. Dezember geboren wird, nicht um den 24. März herum gezeugt? Zu dieser Zeit (21. bis 23.3.) aber findet die Frühjahrs-Tagundnachtgleiche statt, d.h. das Leben kehrt nach dem Winter auf die Erde zurück. Ist die Geburt Jesu vielleicht sogar naturmythologisch zu verstehen? Soll sie ein Hinweis auf die Zusammengehörigkeit des männlichen und weiblichen *Prinzips* und des daraus folgenden Ereignisses sein? Ein Symbol für Fruchtbarkeit, für das sich stets aus sich selbst hervorbringende *neue* Leben?

Der Teil und das Ganze

Als ich den Anfang Ihres Briefes las, mußte ich lachen. Dann dachte ich: Da hat sich der HCM einen Scherz erlaubt oder aber einen ironischen Seitensprung. Wie könnte er sich im Ernst eine Beziehung denken zwischen der Wahl meines Grundstücks und dem Vatikan-Besitz Castel Gandolfo? Freilich liegt mein Haus in der Luftlinie wenige Kilometer entfernt von der päpstlichen Sommerresidenz, aber das ist eben nur eine Luftlinie, nichts weiter. Das Motiv für den Kauf des Grundstücks war sehr profan: Das Stück Land war billig und schön gelegen. Sie werden es ja eines Tages sehen.

Eben fällt mir ein, daß Ihre Anspielung durchaus nicht so absurd ist, wie es scheint – aber das ist keine private, sondern eine historisch-politische Beziehung. Im 14. Jahrhundert ließ sich der bayerisch-deutsche König Ludwig IV. in Rom von einem von ihm eingesetzten (Gegen-)Papst zum Kaiser krönen, nachdem es ganz in der

Nähe meines Wohnortes einige Kämpfe gegeben hatte zwischen dem römischen Adel und bayerischen Söldnern Ludwigs IV. Nach erfolgter Krönung entschlossen viele der Söldner sich, nicht mehr in den Norden zu ziehen (was ich gut verstehe). Sie ließen sich in dem Dorf nieder, das nun heißt: Rocca di Papa. Der Papstfelsen. Also doch eine Beziehung zwischen dem Papst und meinen katholisch-bayerischen Vorfahren. Mehr noch: Die bayerischen Söldner heirateten einheimische Mädchen. So spielte denn die Liebe damals ihre völkerverbindende, gesellschaft-bildende Rolle dort, wo der Papst und ich Häuser haben. Wie weit die Liebe der Soldaten und der italienischen Bauernmädchen die Moral bestimmte, gar auf die Dauer von Jahrhunderten, ist nur zu vermuten.

Historisch zu belegen ist auch die Verbindung so widersprüchlicher Phänomene wie Liebe und Krieg: Als die Römer im 3. Jahrhundert in den Norden zogen und die Germanen besiegten, gründeten sie nicht nur »unsere« Städte längs des Limes (Regensburg, Augsburg, Köln), sondern nahmen sich auch blonde Germaninnen zu Geliebten und zeugten Kinder.

Es ist also nicht einfach so, daß Italien liebesträchtig ist, sondern der Kampf, der Krieg, die Nähe des Todes. Überall und immer, wo menschliche Urleidenschaften geweckt werden, begegnen sich Eros und Thanatos. Was nun die Liebesträchtigkeit Italiens anlangt, so ist eine ihrer Wurzeln das Klima. Wärme ist »gliederlösend, wie die griechische Dichterin Sappho von der Liebe sagt. In der Tat bewirkt die italienische, die südliche Sonne eine Lösung nordischer Spannungen. Unser Goethe, ein doch recht steifer junger deutscher Jurist, gebunden an eine auch recht steife deutsche puritanische Bürgerin (Charlotte von Stein), reiste nach Italien und befreite sich dort zu Liebe und sinnlicher Leidenschaft – zum Heil seiner Gesundheit und seiner Dichtung. So wie ihm erging es vielen Nordländern.

Sie erwähnen Platons Erzählung von der Trennung des ursprünglichen Kugelmenschen in Mann und Frau. Das ist ein großer Mythos: Einmal war der Mensch ein Ganzes. Er war männlich und weiblich zugleich. Er war Yang und Yin, wovon die Chinesen sprechen. Dann trennte sich die Schöpfung in die männliche und die weibliche Welt. Seither ist das Gleichgewicht der Schöpfung gestört. Das Männliche riß die Herrschaft an sich, und so blieb es, was immer man dagegen anführen mag. Ich rede nicht simpel von äußeren Machtverhältnissen, sondern von innerseelischen Kräften, oder sagen wir: von zwei entgegengesetzten Polen: von Aggression und Mitgefühl. Der ganze Mensch hat beide Pole. Aber wo gibt es diesen ganzen, den »heilen«, den »heiligen« Menschen? Es gibt die Platonschen Teilmenschen, und es gibt die uralte Sehnsucht des einen Teils nach dem andern. Diese Sehnsucht bleibt meist unbewußt. Man weiß nicht, was man bei einem andern sucht. Man ist sehn-süchtig nach dem andern Pol.

Man erfährt die Erfüllung in dem Gefühl der Liebe.

Aber erfährt man in jeder Liebe wirklich Liebe? Man erfährt Verliebtheit. Man ist entzückt von einem Teilaspekt eines andern Wesens: von der Schönheit, von der erotisch-sexuellen Anziehungskraft, von der Stimme, von einem besonderen Talent, und man nimmt kurzschlüssig den Teil fürs Ganze und ist bestürzt, wenn man nach einiger Zeit merkt, daß man das Ganze nicht kennt und daß die Verliebtheit in einen Teil nicht die ganze Person meint. Man ist, wieder einmal, tief enttäuscht.

Hier komme ich zurück auf Ihre Frage nach der »Liebesträchtigkeit« Italiens. Auch hier finden wir die Sehnsucht des Teils nach dem Ganzen. Sagen wir's in einem Bild: Italien ist ein Yin-Land, ein weibliches, ein Venus-Land. Deutschland ist ein Yang-Land, ein männliches, ein Mars-Land. Daher die gegenseitige Anziehung, wobei die Anziehung des Nordens für den Süden sich als neidvolle Bewunderung äußert, während die Sehnsucht des Nordländers auf das erotische Talent des Südländers zielt, auf die »gliederlösende« Liebe, auf den Mangel an Berührungsscheu, auf die Freiheit von Ängsten und puritanischen Schuldgefühlen.

Damit komme ich auf Umwegen zurück zur Beziehung zwischen »Vatikan« und »Liebe«. Das aber würde heute zu weit führen. Es ist ein weites und leidvolles Feld, vermint von Mißverständnissen auf beiden Seiten. *L. R.*

Was Sie als Postscriptum anführen, nehme ich als eben solches auf: die korrespondierenden Daten von Zeugung und Geburt des naturmythischen Jesus: Mariä Verkündigung (Frühlingsbeginn) und Weihnacht (als Wintersonnenwende). Wie schön sind doch unsere Mythen – jenseits jeder Dogmatik!

Von der Geburt des Eros

Würden *Sie* mich brieflich oder mündlich mit meiner geschlechtsspezifischen Anrede ansprechen, hieße es »Lieber Herr Meiser«, nicht etwa »Lieber Mann Meiser«. Frau-Mann, Dame-Herr – so lauten doch die Begriffspaare! Also müßte ich schreiben: »Liebe Dame Rinser«, aber dies ist (leider) ganz unüblich. Unterstreicht diese unterschiedliche Behandlung von Frau und Mann nicht die einst erfolgte männliche Machtübernahme? (Allerdings gibt es in anderen Sprachen eine so deutliche, das Weibliche herabwürdigende, maskuline Dominanz nicht. Die Deutschen müssen eben immer alles besonders gründlich machen!)

Anstatt mich aber mit Sprachproblemen, die das Verhältnis der Geschlechter zueinander betreffen, herumzuschlagen, möchte ich Ihnen lieber für Ihren letzten Brief danken. Wir treten ja offenbar in einen regelrechten Diskurs über das Thema »Liebe« ein – und dies noch in Briefform –, so sei es also.

Die Vorstellung eines einstmals »ganzen«, zweigeschlechtlichen, androgynen Menschen scheint mir nicht so abwegig, wie dies vielleicht manche »aufgeschlossenen« Zeitgenossen glauben möchten. Schließlich würde diese Idee endlich auch die alte Frage, warum Männer Brustwarzen haben, die ja eigentlich bei ihnen überflüssig sind, beantworten. Sie sind eben ein entwicklungsgeschichtliches Relikt des biologischen Urkörpers, ebenso wie (manche Forscher behaupten dies) die Klitoris ein zurückentwickelter Penis ist.

Was sucht nun der Teilmensch? Die Ergänzung? Die Erfüllung? Die Erfüllung durch Ergänzung? Liegt in dieser Sehnsucht, in diesem Wollen, nicht die unbewußte Forderung »Mach mich ganz«? Scheitern Liebe, Beziehung, Ehe aber nicht oft gerade an diesem Anspruch? Denn wie sollte jemand, der ja selbst nicht (mehr) ganz ist, den andern ganz machen können? Daher die beidseitige Enttäuschung.

Ich erinnere mich einer Freundin (sie war Waise), welche mich unablässig mit dieser Forderung konfrontierte. Ihr Heimweh (im tiefen Sinn als Sehnsucht nach dem Ursprung), also ihr Wunsch, zurückzukehren in die verlorene Heimat der Ganzheit, war so groß, daß sie sich und mich ständig überforderte, so daß es schließlich zum Bruch kam. Heute verstehe ich ihr und mein Verhalten natürlich wesentlich besser. Ich denke, daß wir letztlich *alle* nichts anderes wollen, als das Gefühl wieder zu spüren, das uns die Urheimat, der Mutterleib vermittelt hat. Liebenden, die gerade vor einer möglichen Trennung stehen, möchte ich sagen: Trennt euch, wenn ihr meint, danach glücklicher zu sein; aber macht dem anderen keine Vorwürfe.

Ganz tief in uns schlummert das Bewußtsein der Unvollkommenheit, die wir mit der Geburt erlangt haben und die wir vielleicht nur in einem Zen-Kloster überwinden können, in dem die Befreiung vom Ich trainiert wird. Hier komme ich auf einen Gedanken meines letzten Briefes zurück: Wer sich selbst überwindet, ist frei, folglich erfährt er Frieden und kann allumfassend lieben. Es gibt nichts, was ihn seiner heiteren Gelassenheit berauben könnte. Ich weiß, daß Sie öfters mit dem Dalai Lama in dessen indischem Exilort Dharamsala zusammentrafen. Dieser Mensch (ich schreibe bewußt nicht »Mann«) scheint mir diese Freiheit, diesen Frieden, diese Liebe zu leben. Er kann also allen Suchenden als Vorbild dienen.

Sie sprechen in Ihrem Brief vom griechischen Begriffspaar Eros und Thanatos, also von Liebe und Tod (Tod auch als Trennung verstanden). Ich denke, daß es trotz Trennung und Tod keine Welt ohne Du gibt. Auch wenn wir den verloren haben, durch dessen Anwesenheit und Liebe wir zu unseren eigenen Wurzeln gelangt sind, haben wir doch die Kraft, alleine weiterzumachen. Die meisten trauern, weil sie den anderen verloren haben; sie vergessen dabei, dankbar zu sein, daß sie ihn überhaupt »haben« durften. Der gemeinsame Weg, das gemeinsame Ziel – alles erstickt nun in arktischer Einsamkeit. Das schicksalhafte Alleinsein, das jetzt anbricht, konfrontiert jeden Menschen mit der Leere. Doch genau hierin offenbart sich auch die gewaltige Kraft des Lebens: Erst in der Leere werden wir der Fülle gewahr, erst in der Armut des Reichtums. Innerhalb der Liebe sind Leere und Fülle, Armut und Reichtum identisch. Schon im platonischen Mythos (schon wieder!) kommt dies zum Ausdruck: Bei einem Gastmahl verliebt sich Penia, die Göttin der Armut, in Poros, den Gott des Reichtums. Sie gibt ihm reichlich Wein zu trinken, legt sich zu ihm unter einen Baum und empfängt von ihm das Kind Eros. Die Liebe als Kind von Armut und Reichtum – ein wunderschönes Bild. Eben schrieb ich, daß wir durch die Anwesenheit und Liebe eines anderen zu unseren eigenen Wurzeln gelangen. Kann man unter »Wurzeln« auch »Ursprung« verstehen? Wenn ja, so würde uns dies wieder zum heilen, ursprünglichen Menschen zurückführen. Vielleicht sollten Liebende versuchen, mit solch verinnerlichten Gedanken einander neu zu begegnen. Der russische Naturwissenschaftler und Schriftsteller Peter Demianovitch Ouspensky, der als Anhänger Gurdijeffs gelegentlich auch zum Okkulten neigte, schreibt: »Wir scheinen gewisse fix und fertig vorgefaßte Standardvorstellungen im Hinblick auf ein Verständnis von Liebe entwickelt zu haben, und die Menschen nehmen gedankenlos diese oder jene Standardvorstellung hin.« Es gibt keine fertige

Liebe. So unterschiedlich, wie zwei Menschen sind, so unterschiedlich sind eben auch die Vorstellungen, die »Ausarbeitungen« und die Resultate der Liebe. Und dennoch muß es etwas geben, das allem zugrunde liegt und das über das Verlangen, die Sehnsucht hinausgeht. *HCM.*

Liebe meint Dauer

Sie haben recht: Der Unterschied in der Anrede
scheint typisch deutsch zu sein. Im Italienischen
etwa sagt man »Signora« und »Signore«, im
Französischen »Madame« und »Monsieur«, im
Englischen »Mister« und »Missis« . . . Aber ich
will diesen Ausflug in die Sprachphilosophie
nicht weiterführen, sondern versuchen, darüber
nachzudenken, nicht: was Liebe *ist,* sondern:
was wir unter Liebe verstehen. Gewöhnlich meinen wir, wenn wir von Liebe reden, jene zwischen Mann und Frau. Damit verengen wir das
unendlich weite Feld des Eros auf einen Teilaspekt. Es gibt die Liebe von Mutter und Kind, von
Freund zu Freund, vom Menschen zur Heimat
(besonders zur verlorenen oder bedrohten), vom
Menschen zum Tier oder zu einer besonderen
Pflanze, zu einem bestimmten Baum, einem Lied,
einer Farbe, einer Kultur . . . Wenn wir diese Lieben genauer betrachten, so werden wir finden,
daß sie, so verschieden sie erscheinen, doch den-

selben Urgrund haben: die positive Spannung zwischen den zwei Polen, dem männlichen und dem weiblichen, dem Yang und dem Yin.

Das Bild von der polaren Spannung ist stimmig. Wie nämlich geschieht es denn, daß Liebe sich ereignet? Da springt ein Funke von einem Pol zum andern, wenn die Spannung stark genug ist.

Im Hebräischen gibt es das Wort »erkennen«. Es meint nicht nur das gleiche wie im Deutschen, sondern hat eine interessante zweite Bedeutung, nämlich »sich vereinigen« (in der Liebe). Ist nicht jedes Sich-Verlieben ein Erkennen? Sagen sich Liebende nicht: »Wir kennen uns seit eh und je«? Ich verliebe mich, heißt: ich erkenne im anderen meine sehnsüchtig gesuchte, endlich gefundene »andere Hälfte« (oder vielmehr: ich glaube sie zu erkennen . . .).

Geschieht dieses Erkennen in einem Augenblick oder erst nach längerem Kennen? Ist es ein Ereignis, dem man ausgeliefert ist auf Gedeih und Verderb, oder das Ergebnis einer wohlbedachten Wahl? Ist in der kleinen Vorsilbe »ver« nicht eigentlich das Plötzliche, Unerwartete ausgedrückt, das rettungslose Sich-Verlieren an ein anderes Wesen?

Sich verlieben ist (oder kann sein) der Beginn einer Liebe. Liebe meint Dauer. Verliebtheit verspricht gar nichts oder hält nicht, was sie verspricht. Es gibt die Liebe auf den ersten Blick, ich kann's beschwören. Und ich weiß auch, daß es die verschiedensten Objekte und Motive fürs

Verlieben gibt. Ich war, als Vierzehnjährige, lange verliebt in ein Bild, das ich in der Münchener Pinakothek gesehen und (als Reproduktion) gekauft habe. Ich besitze es noch immer: das Porträt eines aristokratischen Mannes mit scharfem Profil, streng und edel. Offenbar entspricht dieser (von dem italienischen Maler Palma il Vecchio gemalte) Mann meinem Mann-Ideal, das, ob ich's zugebe oder nicht, doch recht »männlich« orientiert ist: der siegreiche Eroberer, der »Herr«, der Südländer.

So sehr hat mich das Bild geprägt, daß es als »In-Bild« wirkte. Nie hätte ich mich in einen blonden Mann verlieben können. Ich glaube, daß jeder von uns so ein In-Bild hat.

Wenn ich zufällig einmal in einer Zeitung bei den Annoncen lese: »Traumfrau gesucht«, denke ich: Mein lieber Herr, was Sie da suchen, ist Ihr Ur-Bild von Ihrer Ergänzung, Ihrer »besseren Hälfte«; es ist Ihr Traum. Was Sie meinen, ist nicht eine traumhaft schöne Frau oder wie sonst Ihr »Ideal« aussieht, sondern es sind Sie selbst, es ist Ihr Traum vom Weiblichen. Kann sein, daß Sie Ihre eigene Mutter suchen. Oder Ihr geliebtes Kindermädchen. Oder eine Fee, die Ihnen im Traum erscheint. Oder eine Filmschauspielerin. Jedenfalls sind Sie auf Spurensuche. Ich sage dann (im Geist) zu dem Unbekannten: Bestehe nicht eigensinnig auf deinem Traum, verlaß dich auf deine Vernunft. Du wirst mit der Partnerin nach den Flitterwochen viele Jahre verbringen müssen, und da werden Träume zu harten Wirklichkeiten.

Sie haben sicher auch schon die Erfahrung gemacht, daß Leidenschaften enden. Wir sind jedesmal tief getroffen, wenn eintritt, was wir für unmöglich hielten.

Wenn mein schöner gemalter Italiener ein lebender Mann gewesen wäre, hätte er mich nach kurzer Zeit verlassen, denn so ein Herr ist ungeeignet zur Dauer-Liebe.

Aber Sie sehen: ich bin ihm treu seit vielen Jahrzehnten.

Ich wage hier die ganz unaktuelle Frage zu stellen, ob es nicht vernünftig war, wenn Eltern den Ehepartner für Sohn oder Tochter wählten. Ist das nachdenkenswert? Mir scheint, in jüngster Zeit hat sich ein Wandel ereignet im Verhältnis der Geschlechter. Ich denke, daß junge Menschen die Liebesbeziehung wieder ein wenig ernster nehmen. *L. R.*

Erotische Initiation

Es ist die polare Spannung, die den verschiedenen Formen der Liebe zugrunde liegt, als Urgrund, wie Sie es bezeichnen. Diese Spannung scheint eines – oder überhaupt das Grundprinzip des Lebens zu sein. Als Gesetz der Anziehung, der Annäherung, der Vereinigung. Denn was nicht getrennt ist, muß sich auch nicht vereinen bzw. wiedervereinigen. In diesem ständigen »Spiel« von »Annäherung« und »Abstoßung«, von Nähe und Distanz liegt überdies eine der Möglichkeiten geborgen, eine Liebe zum Gelingen zu führen und den Alltag zu vermeiden. Rainer Maria Rilke schreibt dazu in seinem »Malte Laurids Brigge«: »Geliebtsein heißt aufbrennen. Liebe ist: Leuchten mit unerschöpflichem Öle. Geliebtwerden ist vergehen, Lieben ist dauern.« Das Wort »Dauer« wird in zweierlei Hinsicht verwendet – in zeitlicher wie in überzeitlicher; hier ist die zweite Form gemeint, jene, die Bleiben verheißt; so wie es im Korintherbrief heißt:

»So *bleibt* denn Glaube, Hoffnung, Liebe ...«
Die Liebe also bleibt, d.h. alles verblaßt vor ihrem Angesicht; sie ist immer neu, immer einmalig. Wenn Liebende scheitern, dann daran, daß sie vergessen, die Liebe immer wieder neu zu gestalten. Ich schreibe bewußt »gestalten«, denn dies halte ich für ungeheuer wichtig. Für das Gestalten bedarf es der Kreativität, und dies kostet Mühe. Ist es da ein Wunder, daß sich kaum einer dieser Mühe unterzieht und lieber über das Abhandengekommensein des erotischen Reizes klagt oder über die heraufwabernde Langeweile oder über die Tatsache, daß nach der Phase des Verliebtseins, die in der Regel vier Jahre dauert, eine Ernüchterung eintritt, ein Liebesalltag, der nur mit Mühe zu bewältigen ist. Nach Meinung der Anthropologin Helen Fisher haben sich die Vorformen der Zweierbeziehung schon vor etwa vier Millionen Jahren bei der Gattung Australopithecus als Zweckbündnis entwickelt, da die Frau – belastet von Kinderaufzucht und Nahrungszubereitung – Entlastung suchte. Helen Fisher zweifelt daran, daß der Mensch für eine lebenslange monogame Bindung geschaffen sei. Die Tatsache, daß heute die Scheidungsrate in allen Kulturen nach dem vierten Ehejahr am höchsten ist, habe biologische Wurzeln: Zu dem Zeitpunkt, da die Kinder nicht mehr der intensiven Betreuung bedürfen, erfasse die Menschen eine innere Unruhe, die sie dazu treibt, sich einen neuen Partner zu suchen. Und auf den Papua-Neuguinea vorgelagerten Trobriand-Inseln gibt

48

es noch heute ein Liebessystem, das allen romantischen Ideen und Idealen spottet. Erstens herrscht dort die Matrilineage vor, d.h. die Abstammung eines Kindes wird nur in mütterlicher Linie verfolgt. Zweitens: Wird ein Kind geboren, so hat es als einzige Bezugsperson die Mutter, wächst aber gleichzeitig als Teil *aller* Männer auf. (Man weiß meist nicht, wer der Vater ist, es kümmert auch niemanden.) Beim großen Yamswurzel-Fest (eine Art Ernte-Dank-Feier) findet alljährlich eine »Massenorgie« statt – als Fruchtbarkeitsritual. Das freilich betrifft nur die Trobriander an sich, Besucher anderer Stämme oder Touristen haben dem Treiben fernzubleiben. Auch in den alten Kulturen des Zweistromlandes gab es diese Art des Dankes an den Himmel und die Erde. Dort vollzogen zur Erntezeit Hohepriesterin und Hoherpriester einen rituellen Geschlechtsakt auf dem Dach des Tempels. Das Volk davor ahmte dies in einem rauschenden Fest nach. Man stelle sich dies auf dem Petersplatz vor!

Die romantische Liebe ist also eher ein Produkt der Neuzeit, was freilich ihren Wert nicht schmälern soll, wenngleich die bürgerliche Liebe, wie wir sie heute erleben (Mann, Frau, 1,38 Kinder), wohl anderen Formen des Zusammenseins weichen wird. Nach den unruhigen Zeiten der 68er-Revolution, in denen gerade durch eine radikale Änderung des Liebes- und Sexualverhaltens mit dem Establishment gebrochen werden sollte, kristallisierte sich ein immer größerer Hang zum »Lebensabschnitts-Partner« heraus, der seinerseits für die Single-Kultur der Industrienationen mitverantwortlich zeichnet. AIDS freilich löste eine Kehrtwende aus. Heute ziehen zwei junge, verliebte Menschen (mit oder ohne Trauschein) schon sehr früh zusammen, leben (meist) auf engstem Raum. Man fragt sich, wie da die Liebe gedeihen soll. Beiden mangelt es an Erfahrung, beide plagen die Nöte der beruflichen Ausbildung, beide betreiben das sogenannte »Cocooning«, d.h. sie igeln sich zu Hause ein. Es ist, als hätten diese jungen Menschen große Angst vor der Welt, Angst vor dem Dasein überhaupt, und suchten Sicherheit und immer wieder Sicherheit. Ich wage zu prophezeien, daß sich die Verhältnisse schlagartig ändern werden, sollte eines Tages ein Impfstoff gegen AIDS gefunden und erfolgreich angewendet werden. All die angestauten Frustrationen werden sich dann entladen. Bedenkt man, daß die Sexualenergie die gewaltigste ist, über die der Mensch verfügt, dann kann man sich leicht ausmalen, was geschieht, wenn diese Energie ausbricht, nachdem sie über Jahrzehnte hinweg blockiert war . . .

Die Frage, ob Kinder von ihren Eltern verheiratet werden sollten, erübrigt sich also. Ich bin der Ansicht, daß junge Menschen erst vielerlei probieren müssen, bis sie über die verschiedenen »Spielarten«, Formen, Körper etc. Bescheid wissen. Erst dann mögen sie die oder den suchen und finden, der in idealtypischer Weise zu ihnen paßt. Denn wie es die geistig-seelische Ergänzung gibt, so existiert auch die erotische. Und die kann man eben nur finden, wenn man hier und dort probiert, nascht und wieder probiert. Woher weiß ich, welche Apfelsorte mir am besten mundet, wenn ich nur eine kenne? Auch meine ich, daß junge Menschen die Sprache der Liebe bei jemandem erlernen sollten, der sie schon beherrscht. Was können zwei Anfänger voneinander lernen??? Ich bin ein Anhänger des Initiationsgedankens, der so schlecht nicht sein kann, schließlich pflegen ihn sämtliche Naturvölker (so man sie nicht missioniert hat), und auch unsere abendländische Kultur kannte diese Form der Einweihung in die Geheimnisse der Liebe, bis sie im Mittelalter von der Kirche profanisiert, aufgehoben und verboten wurde.

Mit der Liebe im 20. Jahrhundert steht es nicht zum besten. Deshalb ist es nötig, die »noch erkannte Gestalt« weiterzureichen, auf daß die Kommenden davon zehren können. *HCM.*

Liebeswerben

Sie provozieren meinen Widerspruch oder zumindest meine Bedenken hinsichtlich Ihrer Meinung zum »Ausprobieren der Liebe«. Gut: wer
nur eine Sorte Äpfel kennt, weiß nicht, wie andere schmecken. Aber: es gibt viele Apfelsorten,
und nicht jede mag man jederzeit. Der Geschmack ändert sich. Logische Folgerung: des
Ausprobierens ist kein Ende. Wohin führt das?
Sie schreiben von einem Vierjahreszyklus der
Liebe (des Liebes-Gefühls, besser gesagt). Meiner Erfahrung nach ist man zwei Jahre heftig verliebt, man ist überzeugt, die richtige Sorte Äpfel
gefunden zu haben. Dann beginnen Zweifel und
Enttäuschung. Der ausprobierte Partner ist wohl
doch nicht der gesuchte einzig Richtige.
Ich wage aber daran zu zweifeln, daß man
beim »Herumprobieren«, wie es heute üblich ist,
zum Eigentlichen findet: zur Liebe. Man beißt in
den Apfel, kaut ein wenig daran, läßt ihn liegen
und nimmt den nächsten. Liebe aber soll wach-

sen dürfen. Dazu bedarf's freilich der Geduld und Selbstbeherrschung. Bin ich also eine Moralistin? Nein, aber eine Anwältin der echten Liebe, des schönen dauerhaften Eros.

In Wahrheit ist es doch so: Ehe man »ausprobiert«, hat schon eine andere Instanz das Wort ergriffen: das geheimnisvolle Wissen von der Vorbestimmtheit einer Verbindung, ein ahnungsvolles Wissen: »Das ist sie« oder »Der ist es.« Von großen Liebenden weiß man, daß ihnen beim ersten Blick klar war: »Das ist mein Partner seit Ewigkeit.« Wem die Idee des Karma vertraut ist, ahnt, daß so ein Sich-Erkennen ein Wieder-Erkennen ist. In solchen und vielen Fällen ist das Ausprobieren überflüssig und kann sogar das eigentliche Sich-Kennen korrumpieren. Von Goethe gibt es die schönen Zeilen an seine Freundin Frau von Stein:

»... du warst in abgelebten Zeiten
meine Schwester oder meine Frau ...«
Er hat dennoch einige Verbindungen »ausprobiert«, aber es war ihm immer ernst mit der Suche nach der Richtigen.

Ich werfe einen Blick in die Welt unserer Brüder und Schwestern: der Tiere.

Ich hatte immer Hunde und weiß etwas von deren Liebesleben. Ich erinnere mich einer Szene: Ein Besucher brachte mit sich eine Hündin. Große Begrüßung mit meinem Rüden. Austausch von Zärtlichkeiten. Dann die ausgiebige, intensive Beschnüffelung der Genitalien – und plötzlich ein wildes feindseliges Knurren und ein

abruptes, gleichsam beleidigtes Auseinanderge-
hen. Offenbar bestand einer der Partner die
Probe nicht, oder beide waren enttäuscht. Sie
konnten sich nicht riechen. So sagen auch wir
Menschen. »Den (die) kann ich nicht riechen«,
das ist mehr als eine Redensart. Es meint wirklich einen bestimmten Körpergeruch, auch wenn
wir's ins Gleichnishafte übertragen. Wir sind,
Gott sei Dank, viel sinnlicher bestimmt, als wir
wissen. Dies nebenbei.

Vor kurzem sah ich einen der schönen Tier-
filme des Engländers David Attenborough über
das erotisch-sexuelle Verhalten der Paradiesvö-
gel. Da gab es zwar kein Ausprobieren verschiedener Partner, aber dafür ein langes, zeremoniel-
les Werben. Das Männchen einer Art säubert
zunächst eine Art Tanzplatz, auf dem es dann einen faszinierenden Werbungstanz darbietet. Die
Weibchen schauen interessiert zu, bis sich
schließlich eines dem Männchen nähert. Die beiden bleiben zunächst auf Distanz, lassen aber
kein Auge voneinander. Eine Untreue vor der
Ehe gibt's nicht einmal in Blicken. Der rituelle
Balz-Tanz dauert sehr lange, die »Heirat«
schließlich (die Begattung) geschieht sehr
schnell. So ist es oft bei Tieren. Das lange Werben vor dem flüchtigen Akt scheint das eigentlich
Wichtige und Schöne.

Und beim Menschen: Ist nicht das Vor-Spiel
das eigentlich Interessante, Aufregende, Schöne,
die eigentliche Hoch-Zeit, während die Ehe bald
vom Alltag eingeholt wird?

Was ich mit diesem Exkurs sagen will: Das Ausprobieren muß nicht ein Verkosten verschiedener Apfelsorten sein. Es kann auch bedeuten, das Essen hinauszuzögern; nicht viele Äpfel auszuprobieren, sondern herauszufinden, welche Möglichkeiten des Genusses ein und desselben Apfels es geben mag. Also doch eine Moralistin? Nein! Ich bin nur gegen den gierigen hastigen Verzehr. Ich bin für das raffinierte Wachsenlassen.

Freilich, da haben Sie recht: Da muß schon einer der Partner der Erfahrenere sein, und Ihr Hinweis auf die »Initiation« sagt auch mir Wichtiges.

Mir fällt dazu aber noch etwas anderes ein: Es gibt ein Werben ohne den Wunsch nach konkreter Erfüllung. Dieses Liebeswerben hat sogar einen wichtigen Zweig am Baum der Liebes-Literatur geschaffen: den Minnesang. Dem Sänger steht der Wunsch gar nicht nach Sieg und Gewinn. Sein Gesang ist ihm die Erfüllung, die Sehnsucht ist ihm das Eigentliche, wie denn überhaupt im Leben die wartende Sehnsucht das eigentliche Gefühls-Ereignis ist. Sie sehen: ich bin eine echte Romantikerin in der Nachfolge der großen Liebenden Novalis und Hölderlin. Eine Frau, die weiß, daß »Erfüllung« nie das tiefe Heimweh nach der wahren, der einzig dauernden Liebe stillt. *L. R.*

Als PS eine Frage zum Thema »erste Liebe«: Wie war das bei Ihnen?

Vorgeschmack

Hier prompt die Antwort auf Ihren Brief, der mich in seiner Intensität sehr angesprochen und mir bestätigt hat, was auch ich im tiefsten Inneren von der Liebe glaube. Dennoch halte ich die Beschäftigung mit den von mir angeführten Möglichkeiten der Liebe und der erotischen Betätigung für sinnvoll und nützlich, schon allein deshalb, weil der Zweifel doch den Humus für das Vorwärtsschreiten in der eigenen Entwicklung liefert.

Nun zu Ihrer Postscriptum-Frage, die mir die Gelegenheit eröffnet, zurückzudenken in eine Zeit, die – im nachhinein betrachtet – wohl zu den schönsten und glücklichsten in meinem (noch relativ jungen) Leben gehört, obwohl ich mir dessen damals natürlich nicht bewußt war. Die allererste Liebesbegegnung fand im Kindergarten statt. Gisela hieß meine Auserwählte, und ich fühlte mich zu ihr mehr hingezogen als zu irgend jemandem sonst. Fast ein jeder hat eine

»Kindergartenliebe«, und so wird einem in diesem Alter vom Leben ein Vorgeschmack auf das geboten, was kommen mag... Ich suchte die Nähe zu diesem Mädchen, wann immer es möglich war, freute mich jeden Morgen erneut, es bald sehen zu können. Körperliche Berührungen fanden nicht statt, dennoch wußte ich, dieser Mensch gehört irgendwie zu meinem Leben (dies spricht für die Tatsache des »Wiedererkennens«, obwohl ich der Ansicht bin, daß bei derartigen Begegnungen nur Anteile des Energiefeldes der ehemaligen Lebewesen aufeinandertreffen, nicht aber zwei vollständig wiedergeborene »Seelen« – doch dazu vielleicht später einmal mehr).

Die zweite wichtige Liebesbegegnung ereignete sich in der Grundschule, ich war vielleicht acht Jahre alt. Diesmal trug meine Angebetete den schönen Namen Amy. Sie war Griechin, des Deutschen nur wenig mächtig, und wurde aufgrund dieses »Mangels« von den Mitschülern und Lehrern mißachtet. Damals entwickelte sich in mir mein »Parzival-Syndrom«, d.h. ich traf (wie später auch) unbewußt immer wieder auf Mädchen und Frauen, die Schwierigkeiten der verschiedensten Art hatten und die ich meinte »retten« zu müssen. Nur so, dachte ich, wäre ich es wert, wiedergeliebt zu werden. Die Psychologie sieht in diesem Verhalten einen »Retter-Komplex« und führt als Hauptursache mangelnde Liebe seitens des Elternhauses an. Dem kann ich – zumindest in meinem »Fall« – nicht zustimmen, denn die Liebe meiner Eltern zu mir war groß und schön und voller Vertrauen. Nein, es war eher mein Hang zum Außergewöhnlichen, nicht Alltäglichen, mein Wunsch, neue und fremde Welten zu entdecken und zu erfahren; »normale« Menschen langweilten mich, und so wandte ich mich jenen mit Problemen zu, sie schienen mir weitaus weniger »normal«, weil nicht genormt. – Wie dem auch sei, mit Amy jedenfalls begann mein Hang zum Exotischen. Und selbst wenn es nicht exotisch war, gestaltete ich es einfach dazu um, wie folgende Episode zeigt: Zwei Jahre »nach« Amy, ich besuchte gerade die erste Klasse des Gymnasiums, verliebte ich mich in meine junge, schöne Lateinlehrerin. Zu dieser Zeit war die Verfilmung von Boris Pasternaks »Doktor Schiwago« mit Omar Sharif und Julie Christie in den Hauptrollen das Kino-Ereignis der Saison. Von der Liebe des Schiwago und seiner Lara (auch diese Beziehung trägt übrigens deutliche Retterzüge) war ich so bewegt, daß ich meine Mutter anbettelte, mir doch ein »Schiwago-Hemd« zu kaufen. Es war gelb mit kleinem, gesticktem Stehkragen und Borte auf der Brust. Eiligst zog ich es mir über und probierte vor dem Spiegel meine für den nächsten Tag geplante Aktion aus, die folgendermaßen vor sich ging: Kurz bevor der Unterricht begann, postierte ich mich vor dem Klassenzimmer. Als die Lateinlehrerin erschien, trat ich entschlossen vor sie und sprach voll Überzeugung: »Ich bin Dr. Schiwago, und Sie sind meine Lara!« »Lara« zeigte sich etwas verunsichert, überspielte den

Vorfall, betrat das Klassenzimmer und begann mit dem Unterricht. Dabei übten wir diverse Sätze, unter anderem »puella cantat« – das Mädchen singt, was ich für eine Botschaft ihrerseits hielt. Ich bildete mir ein, sie würde das Spiel auf äußerst pädagogische Weise mitspielen, auch wenn der Altersunterschied groß war.

Damals kam ich zum erstenmal mit dem Problem »Zeit« in Berührung. Denn natürlich ahnte ich, daß es für uns keine Chance gab, weil der Unterschied zwischen einem 10jährigen Knaben und einer 25jährigen jungen Frau größer war als der zwischen einem 25jährigen jungen Mann und einer 40jährigen Frau, obwohl es beide Male nur 15 Jahre waren, welche die beiden voneinander trennten. Wäre ich 25 und sie 40, stände nichts zwischen uns, dachte ich. Interessanterweise verringert sich der Abstand mit zunehmendem Alter. Ein kleines Aperçu: In dieser Klasse traf ich Gisela, das Mädchen aus dem Kindergarten, wieder – nur diesmal gab es kein »Wiedererkennen«; vielleicht lag es daran, daß ihr Vater Musiklehrer an jener Schule war.

Ich bin also auch ein echter Romantiker, zudem noch einer, der vor allem die Harmonie (im Großen wie im Kleinen) anstrebt. Das mag unzeitgemäß wirken, doch ich halte die Harmonie für das spannendste Abenteuer, das zu bestehen den wenigsten gelungen ist. Menschen freuen sich normalerweise an der Disharmonie und erfinden Sätze wie: »Jede Medaille hat zwei Seiten« oder »Nach jedem Gewitter folgt Sonnenschein«. Dies ist mir zu platt und erscheint mir als fadenscheinige Entschuldigung für permanentes Fehlverhalten. Was, wenn nicht die Harmonie, schafft die Balance von Yin und Yang? Im chinesischen Yin-Yang-Symbol, der Fischblase, ist dies graphisch ja perfekt dargestellt: Beide ineinander gewundenen Teile sind gleichgewichtig, und ein jeder trägt auch noch den Kern des anderen in sich. Eine echte, tief erfahrene Balance, die weit über das abendländische Symbol der Waage hinausgeht. Diese Balance, verstanden als Gleich-Gültigkeit, ist doch das Wichtigste zwischen den Geschlechtern. Das ist es, was alle Befreiungsversuche bislang vergessen haben. *HCM.*

Kleine Bekenntnisse

Es gibt keinen Schriftsteller, der, seine Autobiographie schreibend, frühe Erfahrungen ausspart. Sie sind meist prägend fürs Leben. Ich rede nicht von der (nach Freud) erotisch-sexuellen Bindung an die eigene Mutter oder den eigenen Vater. Ich rede von den Verliebtheiten, welche die Vorboten und Vorstufen der eigentlichen erotischen Liebe sind. Es gibt viele Vorstufen. Ist die innige Liebe des Kindes zum Teddy-Bären eine solche? Der Teddy wird meist behandelt, als sei er ein Mensch, und zwar ein magischer Beschützer und Bettgenosse, oft ein Begleiter durchs Leben noch des Erwachsenen. Manches von Liebkosungen räudige Teddy-Fell hat die Tränen Erwachsener aufgefangen. »Du wenigstens bist mir treu.« Wirklichkeit und Magie sind in jeder Art von Verliebtheit vermischt. Wer verliebt ist, der ist bezaubert und sieht im geliebten Objekt das, was er sehen will. Er schönt das Bild nach eigenem Wunsch und Verlangen, und das geliebte Wesen wird tatsächlich schöner. »Liebe macht schön«, das stimmt.

Meine erste Verliebtheit fiel auf einen rumänischen Exil-Prinzen namens Konstantinu. Der mag wohl südländisch schön gewesen sein. Wir waren sechs und sieben Jahre alt, beide Kinder von Gästen des Freiherrn von der Tann. Unsere Verliebtheit äußerte sich als Komplizenschaft gegen die Erwachsenen, deren Gipfel darin bestand, daß wir (in makelloses Weiß gekleidet) vom Tisch verschwanden und erst nach längerer Zeit auf der Treppe zum Speicher aufgefunden wurden, beide verdreckt von Staub und Ruß, und verlobt. Wie wir uns verständigten, ist mir nicht ganz klar. Der Prinz sprach Französisch. Ich hatte von unserem Elsässer Pfarrer einiges Französisch gelernt. Offenbar genügte das, um uns unsere Liebe zu erklären. Eines Tages bekam ich aus Paris eine Karte: »Chère Mademoiselle . . .« Ich verwahrte sie lange. Ich habe meinen Prinzen nie vergessen. Als »Prinz« und »schön« und schwarzhaarig und weiß gekleidet, so lebt er im Gedächtnis meines Herzens.

Die nächste Verliebtheit entsprach nicht einer individuellen Gefühlswahl, sondern einem gesellschaftlichen Ritual. Wir waren elf- und zwölfjährig und gingen in die gleiche Klasse der Volksschule. Da war es überlieferter Brauch, daß man von der »Gesellschaft« (ungefragt) in Paare eingeteilt wurde. »Du gehst mit dem, du mit der.« Das Miteinander-Gehen war rein symbolisch gemeint, aber es war bindend zumindest fürs ganze Schuljahr. Man schickte sich feurig-scheue Blicke zu, sprach aber kein Wort miteinander, und Berührungen wurden vermieden. Ein atavistisches Ritual der vorehelichen Beziehung. Mein Partner war der Lindermeier Maxl, ein Dunkelhäutiger und Schwarzhaariger, ohne irgendwelche Vorzüge. Aber das Los war geworfen, und da gab es keinen Widerspruch. Aufgrund welcher Qualitäten die »Gesellschaft« die Paare verband, weiß ich nicht. Es war eben, wie es war.

Auch den Maxl habe ich nicht vergessen. Es gab aber damals eine Gelegenheit zu erotischen Begegnungen, wenngleich ebenfalls rituell bestimmt: den Tanz, genauer: den Schuhplattler. Wir waren Kinder des oberbayerischen Voralpenlandes, grundmusikalisch alle und tanzwütig. Der Schuhplattler ist kein Paartanz, sondern ein Gruppentanz. Aber man konnte es schon so einrichten, daß man näher als vorgesehen mit einem, den man mochte, zusammenkam, aber nicht mit dem »Verlobten«, diese Verbindung war tabu und wurde von allen respektiert. Das erinnert an die Sitten verschiedener Völker: Der Bräutigam darf das Gesicht der Braut vor der Hochzeit nicht sehen, das Paar darf sich nicht unter vier Augen sprechen, die Braut muß verschleiert sein (was ja auch bei uns Brauch und Symbol ist). Nun, der Maxl und ich haben uns im Leben nie berührt – was man nicht von allen Pärchen so sicher sagen konnte, denn es gab auch damals bäuerlich Frühreife, und voreheliche Kinder gab's auch, freilich nicht von so jungen Leuten, wie wir es waren.

Dann kam eine Zeit der Mädchen-Freundschaft, unerotisch, aber innig. Meine Freundin und ich – wir waren dreizehn – lasen zusammen Hölderlin, lernten Teile aus dem »Hyperion« auswendig und liebten gemeinsam unsere junge schöne Deutschlehrerin. Ich habe beiden ein literarisches Denkmal gesetzt in meinem ersten Buch »Die gläsernen Ringe«.

Dann aber, als ich sechzehn war, überfiel mich Eros mit göttlichem Wahnsinn. »ER« war unser Physikprofessor. Ein schöner großer Mann, wieder ein Schwarzhaariger, Braunhäutiger, diesmal einer mit veilchenblauen Augen. Er kam von einer Knabenschule und mochte keine Mädchen, ohne aber homophil zu sein. Er war vierzig und Junggeselle. Er entsprach meinem Inbild: schön, dunkel, musikalisch. Nie konnte ich mich in einen blonden Siegfried verlieben, und nie in einen Unmusikalischen. (Viel später wurde ein Musiker – ein genialer – mein zweiter Ehemann: Carl Orff.)

Jener Physikprofessor war meine erste echte große Liebe. Seinetwegen interessierte ich mich für Physik und war in seinen Stunden »Aug' und Ohr« und schrieb dann beim Abi eine Eins und las auch später Einstein und Heisenberg und noch später Capra und andere Physiker, oder besser: Grenzwissenschaftler. Schon die Physikstunden jenes Professors waren philosophische Vorlesungen, viel zu hoch für uns. Manchmal wandte er sich an mich: »Das haben Sie begriffen«, oder vielmehr in seinem oberpfälzischen Dialekt: »Dös hans kapiert, gell?« Mein Wahnsinn brachte mich dazu, ihm an der Trambahnhaltestelle aufzulauern und dann zehn Schritte hinter ihm zu gehen in der Hoffnung, er möchte sich umwenden. Manchmal tat er's. Da war ich dann stumm vor Aufregung. Einmal war er krank. Da fuhr ich nach Schwabing (Wilhelmstraße 4 ... oh, mein Gedächtnis!) und versteckte mich in einem Fliederstrauch des Hauses gegenüber. Kleists Käthchen von Heilbronn. Käthchen im Hollunderbusch. Und einmal, in meiner großen Sorge seiner Krankheit wegen, wagte ich zu klingeln. Eine ältere Frau öffnete. Was ich ihr sagte, weiß ich nicht mehr – aber meinen Professor sah ich natürlich nicht. Ich hatte kein Geld für die Straßenbahn und lief den ganzen Weg bis zur Ludwigsbrücke zu Fuß, ein glühendes Eisen im Herzen.

Meine Liebe war nicht ganz einseitig. Jahrzehnte später gestand er es mir. Ich sah ihn nach dem Krieg wieder im Bombenchaos unserer alten Schule. Als wäre da nichts passiert, stand er im Keller und experimentierte. Er erkannte mich sofort, und als ich ihm sagte, er sei meine große Liebe gewesen, sagte er: »Ich hab' Sie ja auch sehr gern gehabt.« Zu spät. Aber was hätte ein vierzigjähriger Professor mit seiner sechzehnjährigen Schülerin anfangen können ...

Vor einigen Jahren schickte mir jemand das Sterbebildchen mit seinem Foto: ein weißhaariger Mann, schön noch immer mit seinen beinahe neunzig Jahren.

Wenn Sie nun denken, ich sei sonst nie verliebt gewesen, so irren Sie. Ich kann mit Goethe sagen: »Es gab wohl keinen Tag in meinem Leben, an dem ich nicht in jemand oder in etwas verliebt war.« Ich war zwar nie eine leichte Beute für den verspielten Eros, aber eben doch erotisch entzündbar, wenngleich auf Distanz bleibend, und oft wußte der Angebetete nichts von meiner Verliebtheit.

Nun: ich bin mit meinen Bekenntnissen ein wenig weitergegangen als Sie. Was ich hier nicht schrieb, steht in meinen Büchern. Aber es geht mir gar nicht um Bekenntnisse, sondern um die Darstellung verschiedener Formen des Phänomens Verliebtheit. Eine Analyse habe ich nicht gegeben. Das habe ich mir nicht abverlangt – nur Erinnerung. *L. R.*

In den Sternen geschrieben

Als ich meinen letzten Brief bereits abgeschickt hatte, fiel mir ein, daß ich zum Thema Partnersuche etwas Wichtiges vergessen oder doch wohl nur angedeutet habe. Es fiel mir ein, als ich gestern beim Friseur (wo sonst liest unsereiner Boulevard-Blätter) die Heiratsanzeigen las. Eine Fundgrube aufschlußreicher Irrtümer und Unsinnigkeiten. Besonders die Bezüge zur Astrologie in den Anzeigen zeugen häufig von großer Unkenntnis dessen, was Astrologie zu leisten vermag.

Da sucht ein Stiermann eine Waagefrau. Zum Beispiel. Was ist es, was er sucht?

Die Vulgär-Astrologie sieht den Stiermann venus-bestrahlt, sinnlich, weich, aber auch eigensinnig, ehrgeizig, doch zugleich träge, er sieht sich gern an repräsentativer Stelle . . .

Und der sucht eine Waagefrau, die, laut Vulgär-Astrologie, ebenfalls venus-bestrahlt ist, alles Schöne und die Harmonie liebend, charmant, sanft . . .

Ja, mit so einer Frau hätte es der Stier gut – *wenn* die Astrologie so simpel bestimmend wäre und *wenn* nicht zahlreiche andere, widersprüchliche astrale Einflüsse aufs Grundhoroskop wirken würden. Da könnte es dann sein, daß der Stiermann eine energische, ungemütliche Waagefrau bekäme, wenn die als Aszendenten etwa den Skorpion hätte.

Und die Fischefrau, die einen Krebsmann sucht: Was ist's, das sie ersehnt? Eine sensible Seele gleich der ihren. Aber sie kann dann einen Egozentriker finden, der ihr mit seinen Launen nichts als Probleme einbringt.

So also geht's nicht.

Taugt dann die ganze Astrologie nicht zur Partnersuche? Doch, sie kann schon taugen, dann, wenn ein sehr erfahrener Astrologe sie benutzt, um Ratschläge zu geben.

Ich habe in Rom eine Freundin, die von Beruf Astrologin ist. Von ihr hörte ich viele Prognosen, auch politischer Art, die mich von ihrem intuitiven Wissen und ihrer Glaubwürdigkeit überzeugten. Nur ein Beispiel: Sie hatte 1955 noch nichts von dem Theologen Karl Rahner gehört. Ich gab ihr dessen Geburtsdaten. Sie sagte: »Ein genialer Mann, über den man noch diskutieren wird, wenn er schon lange gestorben ist.« Recht hatte sie!

Zu ihr kommen viele Menschen, bedeutende und einfache, und bringen ihre Geburtsdaten. Da sie verschwiegen ist wie ein Beichtvater, erfuhr ich nur durch Zufall, wer alles ihren Rat suchte, darunter etwa auch Politiker. Manche bedienten sich meiner Vermittlung, und so mußte sie denn notgedrungen die Deutung samt Namen mir übergeben. Da hörte ich dann wohl: »Das ist eine hübsche Liebschaft, aber ohne solide Basis. Die Geschichte dauert zwei Jahre.« Oder: »O Gott, wenn die heiraten, gibt's eine Katastrophe.« (Hin und wieder hatte ich Gelegenheit, die Treffsicherheit ihrer Prognosen festzustellen.)

Das ist nun freilich eine andere, eine höhere Ebene der Astrologie, die ja eine uralte, ernst zu nehmende Wissenschaft ist. Haben sich doch auch die mythischen »Heiligen Drei Könige« von »einem Stern« nach Bethlehem führen lassen, das heißt: sie folgten einer astrologischen Voraussage!

Wenn heute jemand Astrologie betreibt, so muß er eine Menge Wissen und Erfahrung haben. Wer nicht darüber verfügt, ist einfach ein Scharlatan und bringt die ernste Wissenschaft in Mißkredit (und kann den betroffenen Menschen Schaden zufügen).

Ein verantwortungsbewußter Astrologe wird niemals exakte Prognosen stellen, etwa: »Am Soundsovielten werden Sie einen Autounfall haben.« Er wird sagen: »Am Soundsovielten haben Sie eine Konstellation, die von Ihnen große Aufmerksamkeit verlangt und den Verzicht auf Risiken.« Der Astrologe sieht eine astrale Disharmonie, weiß aber, daß er sie nicht mit aller Sicherheit deuten kann. So auch bei den Liebes- und Ehe-

Prognosen. Denn der Mensch ist frei, wenn auch in gewissen Grenzen. Seine Charakter-Anlagen entscheiden, wie eine Beziehung verläuft – und diese Anlagen sind es, die von guten Astrologen wie von guten Psychologen gesehen werden können.

Was halten Sie eigentlich von den »Karmischen Vorbestimmtheiten«? Ich betrete dieses Feld mit großer Vorsicht und tiefem Respekt. Frage: Gibt es karmische Bindungen? Gibt es Wiederbegegnungen von Partnern aus einem früheren Leben? Partner, die eine solche Wiederbegegnung ersehnen, weil ihre Liebe schön war? Oder weil sie ihre Liebe falsch gelebt haben und ihre Aufgabe in einem neuen Leben besser erfüllen wollen? Gibt es karmisch bestimmte Liebe zwischen zwei Personen, oder treffen nur bestimmte Aspekte bestimmter Personen zueinander? Begegnen sich zwei Pole wieder, die schon einmal sich anzogen und dann getrennt wurden? Oder ist es das endliche Sich-Finden zweier Seelen, die sich jahrhundertelang gesucht haben? Wäre es also unsere Aufgabe, höchst aufmerksam die Zeichen eines Wieder-Erkennens zu finden? Aber bedeutet dies notwendigerweise eine Bindung fürs Leben? Könnte es nicht auch sein, daß man – karmisch bestimmt – ein Paar nur für eine gewisse Phase sein soll, die man »nachholen« muß? Wie auch immer: hier ist das Reich der großen Geheimnisse.

Ich mußte als Schülerin Schillers »Glocke« auswendig lernen, und da stolperte ich (gedanklich) über die Zeilen:

»Drum prüfe, wer sich ewig bindet,
Ob sich das Herz zum Herzen findet.«
Das »ewig« machte mir Probleme. Wie lang ist
»ewig«?

Die jüdischen Gelehrten stellten versucherisch
die Frage an den Meister: Wenn einer sieben
Frauen hatte, die nacheinander starben – welche
ist dann seine Frau, wenn er nach seinem Tod sie
im Jenseits findet? Eine Fangfrage. Der Meister
gab die kluge, die weise Antwort: »Im Jenseits
wird nicht mehr gefreit und geheiratet.« Also
gibt es Trennungen »für immer«?

Ich stolperte auch über eine andere Zeile:
»...denn mit dem Schleier reißt der schöne
Wahn entzwei.« Das klingt höchst pessimistisch
und *ist* es auch, denn »der schöne Wahn« ist die
Überzeugung, den vollkommenen Partner gefunden zu haben. Solange der Schleier des Geheimnisvollen den Alltag und das »Gewöhnliche«
überdeckt, ist alles schön. Aber der Schleier taugt
nicht für den Alltag. Das Geheimnis lüftet sich.
Der Partner ist eben nicht der ewig bräutliche
Gefährte, sondern der Mann oder die Frau für
den Daseinskampf.

Aber muß die Entschleierung brutal sein?
Muß sie überhaupt sein? Können »Brautpaare«
nicht etwas Bräutliches bewahren? Müssen sie
im grauen harten Alltag zerbrechen? Ist Liebe
nicht Liebe fürs Leben, nicht nur für die guten
Tage? Muß es nicht zumindest der Frau gelingen,
»Braut« zu bleiben, also ein immer neu zu ent-
deckendes Geheimnis? Ist nicht jeder Mensch

dem andern ein verschleiertes Bild? Wer das weiß, vor der Hochzeit, vor der Bindung »für immer«, der wird in der Ehe sich nicht vor den Kopf schlagen und seufzen: »War ich denn blind, als ich heiratete?« Ist er nicht vielmehr blind für die Vorzüge des Ehepartners? Kann er diese Vorzüge nicht entfalten helfen?

Noch ein Wort zu Astrologie und Partnerwahl: Wer seiner Liebe so unsicher ist, daß er seine Entscheidung vom Astrologen einholt, sollte vielleicht seiner Intuition folgen, die ihm leise, aber deutlich abrät.

Eine Antwort für Fragende ist das nicht, aber vielleicht doch ein kleiner Rat. *L. R.*

Postscriptum zu Ihrer Belustigung:

Zwischen meinem 20. und meinem 27. Jahr war ich sehr umworben. Aber ich hatte meine intellektuelle Phase und verachtete das soviel unreifere männliche Geschlecht. Um mir die Burschen vom Hals zu halten, erfand ich eine Test-Methode: So nahm ich einen der Bewerber mit in eine moderne Gemäldeausstellung, von der ich wußte, daß er sie gräßlich finden würde: Klee, Kandinsky, Miró etwa. Ich zeigte mich leidenschaftlich begeistert und erklärte dem entsetzten Begleiter, daß er ein verachtenswerter Banause sei. Einem andern gab ich den »Ulysses« von Joyce zu lesen; er fand ihn literarisch und moralisch schockierend, und meine Begeisterung auch. Und einen (das Urbild des Dr. Stein aus »Mitte des Lebens«) nahm ich mit in ein Konzert mit moderner Musik, Hindemith vielleicht: Er war unmusikalisch und irritiert – für mich war er danach »unmöglich«. (So ein böses Mädchen war ich!)

Jedenfalls folgte ich Schiller, wenn auch variiert. Bei mir hieß der Satz: »Drum prüfe, wer sich ewig bindet, *ob Geschmack zu Geschmack* sich findet.«

Meiner Erfahrung nach sind ausgeprägte gemeinsame Interessen das haltbarste Bindemittel. Und gemeinsame Arbeit.

Aber alles, was zu diesem Themenbereich gesagt werden kann, ist relativ. Das über allem Waltende ist Eros, der unberechenbare, schrecklich-schöne Gott. *L. R.*

Zwillingsseelen

Das ist ja ein ganzer Kosmos an Fragen, der da auf mich zukommt! Nun gut – wir haben uns darauf eingelassen, gerade solchen Themen nachzuspüren, um uns dem Geheimnis der Liebe allmählich anzunähern. Gerade weil es sich aber um ein ewiges Geheimnis handelt, fällt es mir schwer, speziell zu dem Komplex Astrologie und Partnerschaft etwas Erhellendes zu sagen; das mag daran liegen, daß mein Verhältnis zur Astrologie gespalten ist, da ich die populäre Variante (Horoskop etc.) für zu unwissenschaftlich halte, die wissenschaftliche dagegen für zu unverständlich. Zudem ist alles stets eine Frage der Prämisse, ganz speziell in der Astrologie, bei der ich oft eine Logik des Irrtums auszumachen meine, vor allem wenn man bedenkt, daß sich die verschiedenen Schulen noch nicht einmal darüber einig sind, ob die Berechnungen mit dem Tag der Geburt oder dem der Ei-Einnistung beginnen sollen. Natürlich kann man immer wieder mit Erstaunen feststellen, daß bestimmte Tierkreis-Konstellationen zusammenpassen und andere nicht, aber welche allgemeingültigen Schlüsse mag man daraus ziehen?

Im chinesischen Kulturraum gibt es dagegen eine Entsprechungslehre, die viel geeigneter ist herauszufinden, ob zwei es miteinander versuchen sollten. Ich spreche von einer uralten Physiognomik, die auf der Basis der Fünf-Elemente-Lehre entwickelt wurde. Diese fünf Elemente sind: Holz, Feuer, Erde, Metall, Wasser. Durch komplizierte Berechnungen kann nun herausgefunden werden, wer zu welchem Element gehört. Für die richtige Partnerwahl ist dann mitentscheidend, welches Element sich mit welchem verträgt. Denn generell gilt: *Holz* erzeugt *Feuer.* Feuer bringt Asche hervor. Aus Asche wird *Erde.* In der Erde findet sich *Metall.* Wo Metall ist, ist *Wasser.* Wasser läßt *Holz* wachsen.

Dieser Kreislauf spiegelt die vollständige, natürliche Harmonie wider, auf deren Basis auch eine Partnerschaft vollzogen werden sollte. Natürlich kann man nicht einfach sagen, ein Mensch mit dem Element Feuer würde nicht zu einem mit dem Element Wasser passen, denn auch hier gibt es komplizierte Regeln, die mit den Jahreszeiten, den Farben, der Gesundheit und den Blutgruppen zusammenhängen. Ich erspare es mir, näher darauf einzugehen, denn ich möchte eigentlich nur darauf hinweisen, daß diese chinesische Entsprechungslehre um vieles irdischer ist als die vom Himmel auf die Erde geholten Gesetzmäßigkeiten der Astrologie.

Sie sehen, ich bin da eher praktisch veranlagt – auch übrigens, was das Karma, die karmischen Bindungen und die sogenannten Wiederbegegnungen und die »Zwillingsseelen« betrifft. Ich will Ihnen (leider ebenfalls nur in Kürze und eben nur angedeutet) auch hierzu meine Vorstellungen schildern. Also: Ich denke, daß »Karma« eine Vorstellung ist, die bei uns ihre Entsprechung im Bild der Hölle erfahren hat. Damit will ich nicht sagen, daß beide identisch wären, sondern nur, daß diesen Vorstellungen ein moralisches Druckmittel zugrunde liegt, welches den Menschen zu einem sittlich guten Handeln anleiten will – ansonsten folgt die Strafe in Gestalt der Wiedergeburt oder des Schmorens im ewigen Feuer. Gleichzeitig bin ich aber überzeugt, daß es karmische Verbindungen gibt, nur eben ganz anders, als man sich dies auszumalen vermag. Ich meine, daß sich zwei Menschen, die sich einmal geliebt haben, *nicht* wiedersehen werden, weder im Jenseits noch sonstwo. Aber »Anteilen« von ihnen mag das gelingen. Was verstehe ich darunter? Ich meine eine Anhäufung, ein Konglomerat, eine Verschmelzung von atomaren und subatomaren Partikeln, die energetisiert und mit Bewußtsein ausgestattet sich nach dem Tod des jeweiligen »Trägers« in jeweils neuen Kombinationen zusammenfinden (nach dem Prinzip von Annäherung und Abstoßung). Nichts geht – wie wir wissen – im All verloren, alles unterliegt nur einem permanenten Wandel und setzt sich irgendwann und irgendwo neu zusammen. Darauf basieren Platons Ideenlehre und Sheldrakes Theorie des morphogenetischen Feldes. Nehmen wir das Beispiel Hans Christian Meiser. Er besteht aus soundsovielen Anteilen der ehemaligen Person A, aus soundsovielen Anteilen der ehemaligen Person B und so weiter (wobei diese Personen wiederum selbst aus Anteilen anderer, früherer Personen zusammengefügt waren etc.). Die völlig neue (und in dieser Gestalt noch nie dagewesene) Kombination der Anteile ergibt nun den HCM, den Sie zumindest brieflich kennen und der nach seinem Tod seine Anteile wieder freisetzt, auf daß sie sich mit anderen neu paaren können. Diese Theorie vermag zweierlei zu klären: Einmal die Tatsache des »déjà vu«, also des Umstandes, ein Ereignis, einen Ort usw. schon einmal erlebt zu haben. Natürlich war man es nicht »selbst«, sondern eben »nur« Anteile, denen dies widerfahren war. Zum anderen das Phänomen, diesen oder jenen Menschen zu kennen – ohne zu wissen woher. Auch hier sind es Anteile, die sich wiedererkennen, niemals aber die vollständigen ehemaligen Personen. Es handelt sich also bei den Fragen nach der Seele, nach dem Bewußtsein, nach der Wiedergeburt eher um physische, als um metaphysische Phänomene; sie sind vermutlich allesamt auf Energiemuster zurückzuführen, die immer wieder und in immer neuen Kombinationen aufeinandertreffen.

In diesem Sinne kann es nichts Neues geben, neu ist lediglich die eingegangene Verbindung.

Das Leben bietet sich somit selbst die Möglichkeit einer beständigen Neuentwicklung. Auch für die Gen- und die Chaosforschung scheint mir dieser Aspekt höchst interessant; es handelt sich zwar nur um einen Denkansatz, aber immerhin um einen, den weiter zu verfolgen mir sinnvoll dünkt. Man müßte dazu freilich alle christlichen Vorstellungen ad acta legen und sich einem völlig unerforschten Gebiet anvertrauen. Apropos trauen: Das Substantiv zu trauen heißt »Treue«, trauen beinhaltet auch die Trauung, die Hochzeit, das Sich-einander-Anvertrauen. Im Lateinischen heißt vertrauen »confiteri«, dieses stammt von cum videre = gemeinsam sehen. Gibt es ein schöneres Bild für die Liebe? Das gemeinsame Sehen, das gemeinsame Ziel in einer Kombination aus Vertrauen und Loyalität, dies sind die Ideen, die Anteile, welche eine erfolgreiche Liebe ausmachen, die so gerne mit »hormonellem Irresein« verwechselt wird! Aber ist in den Hormonen nicht auch das Wissen von Jahrtausenden gespeichert, jederzeit abrufbar (wenngleich auch als instinktive Handlung)? Damit will ich sagen, daß es zumindest denkbar ist, daß auch in den Hormonen jene oben erwähnten Anteile enthalten sind und daß damit auch Hormone in der Lage sein können, ehemalige Anteile wiederzuerkennen. Ich hoffe, Sie halten mich nun nicht für total verstiegen; alle Ausführungen sind ja nur Gedanken zu unserem unerschöpflichen Thema, Modelle, wie es sein könnte . . . *HCM.*

PS: Eben finde ich bei Georg Christoph Lichtenberg folgenden Satz: »In jedem Menschen ist etwas von allen Menschen.«

Fatale Treue

Schade, daß Sie gestern nicht Zeuge eines Gesprächs waren, das sich hier abspielte. Ich hätte gerne Ihre unmittelbare Reaktion erlebt und gehört, welchen Rat Sie der Frau gegeben hätten, die mit ihrem komplexen Problem zu mir kam.

Eine Besucherin erzählte mir die Geschichte ihrer Ehe, genau gesagt: ihre Version der Geschichte ihrer Ehe. Eigentlich im Kern eine banale Geschichte, wie sie sich sehr oft so oder ähnlich ereignet. Aber so ganz banal ist sie doch nicht, denn die Reaktion der beteiligten Personen ist nicht ganz gewöhnlich.

Die Personen der Handlung: die Besucherin, nahe Fünfzig, gutaussehend, Ehefrau eines Anwalts, kinderlos (ein Kind war bei der Geburt gestorben, sagt mir die Frau; es sei ein Mädchen gewesen, fügt sie hinzu).

Der Ehemann mit großer Praxis, Mitte Fünfzig, viel umschwärmt, doch ohne Skandale (bis dato).

Die Sekretärin, dreißig, klein, zart, hübsch, reserviert.

Die Ehe des Anwalts mit seiner Frau ist glücklich: sie dauert schon zwanzig Jahre und hat scheinbar keine erheblichen Stürme erlebt.

Doch im achtzehnten Jahr der Ehe kam – wie mir die Frau erzählt – eine Störung, das heißt, die Störung erwies sich von da an als unübersehbar. Tatsächlich hatte sie schon länger bestanden, war aber allseits verdrängt worden.

Eines Tages also kam die Sekretärin mit rotgeweinten Augen zu dieser Frau und teilte ihr mit, sie wolle kündigen. Warum denn? Weil sie, rund heraus gesagt, ihren Chef liebe, der seinerseits sie liebe oder doch sich so benehme, daß sie keinen Zweifel haben konnte, daß er sie wiederliebe. Die Frau begriff, daß ihr Mann und die Sekretärin ein Verhältnis hatten, und das schon lange und unter ihren Augen, neben ihr, die nichts ahnte oder vielmehr die Ahnung verdrängte, weil sie ihrem Mann viel Freiheit ließ, eine Freiheit, die er vorher nie mißbraucht hatte.

Jetzt aber kam heraus: Die Sekretärin, ein faires Mädchen, ertrug es nicht mehr, die Frau zu betrügen, obwohl von Betrug eigentlich keine Rede sein konnte, denn die Liebesgeschichte war derart, daß die Beteiligten annehmen mußten, die Ehefrau wisse davon und toleriere sie. Aber die Sekretärin war der Frau sehr zugetan, und die Frau wiederum hatte das Mädchen gern. Es war ihr eine Tochter geworden. Auch der Mann hatte offenbar väterliche Gefühle, die freilich ebenso erotischer Natur waren. Die junge Frau, die noch ein Mädchen war und auf ihre Art unschuldig, liebte den Mann mit dieser heiteren Unschuld, die den Mann glücklich machte, da er sich durch sie jung fühlte.

So ging denn, sozusagen in aller paradiesischer Unschuld, alles weiter. Und plötzlich ein Bruch. Warum denn? Schuld hatte der Feminismus. Andere Frauen hatten dem Mädchen gesagt, diese Beziehung sei unmoralisch, aber nicht etwa des Ehebruchs wegen, sondern weil sie gegen die Würde der jungen Frau sei. Sie sei ja im Grunde nur das Bindeglied zweier Leute, also eine Funktion, und zwar die des »dritten Rades« am gut laufenden Zweierkarren des Ehepaares. Das sei eine entwürdigende Situation. Also Schluß damit. Und so beschloß das Mädchen zu kündigen.

Der Mut und die Tränen rührten die Frau. Dazu kam rasch eine Überlegung: Wenn das Mädchen ginge, würde das eine große Störung geben. Es war sehr tüchtig und kannte sich aus in der Arbeit einer Anwaltskanzlei. »Die Kleine schmeißt den Laden«, hatte er schon mehrmals gesagt. »Die Kleine«: damit verharmloste er, seiner Meinung nach, die Beziehung. Tatsächlich aber war diese Beziehung durch die Betonung seiner väterlichen Gefühle inzestuös: er schlief mit dem Mädchen, das er als seine Tochter liebte.

Die »Kleine« aber wollte das Knäuel auflösen durch die Kündigung. Das war mutig. Aber war es richtig?

Würde das Mädchen glücklich? Nein. Ihr

würde das Herz brechen, oder sie würde eine alte Jungfer, da sie die Trennung zwar äußerlich, nicht aber innerlich vollziehen würde.

Würde der Mann glücklich? Gewiß nicht. Er würde seine Mitarbeiterin und Geliebte verlieren und keine bessere finden.

Die Ehefrau? Würde sie froh sein, das illegale Verhältnis nicht mehr dulden zu müssen? Auch sie würde den Verlust des Mädchens bedauern. Zudem würde sie die durch diesen Verlust hervorgerufene schlechte Laune ihres Mannes ertragen müssen. Es könnte sein, daß ihr Mann insgeheim (ungerechterweise) ihr die Schuld zuschriebe, daß das Mädchen ging. Und dann würde eine Neue kommen. Wie würde die sein?

Nun: die Frau redete dem Mädchen gut zu, es möge bleiben. Ein absurder Vorschlag zur Fortsetzung des Ehebruchs. Das Mädchen ging zunächst darauf ein, und nichts änderte sich an den Verhältnissen. Doch das Ganze war aus dem Gleichgewicht geraten. Es war wie im Paradies: Alle hatten vom Baum der Erkenntnis gegessen und ihre Unschuld verloren – auch der Mann, denn die Sekretärin hatte vorher mit ihm gesprochen. Er war aus allen Wolken gefallen. Jetzt so plötzlich ... Und wer soll denn die Stelle einnehmen? Wer konnte die Arbeit so einfach übernehmen? Das war seine Hauptsorge. Außerdem war »die Kleine« eine so bequeme Geliebte. Eine neue zu finden, schien ihm unmöglich (ohne Skandal, denn jetzt würde es seine Frau »offiziell« merken müssen). Kurzum: er wollte den

Kuchen essen und bewahren, er wollte beide Frauen haben – das war bequem.

Meine Frage an die Frau: Liebt Ihr Mann Sie noch?

Ja, auf seine Weise, er schläft noch mit mir.

Und liebt er das Mädchen?

Auf seine Weise: als »seine Kleine«.

Und Sie?

Natürlich liebe ich meinen Mann. Aber wenn ich jetzt plötzlich diese Liebesgeschichte zerstörte, indem ich meinem Mann ein Ultimatum stellte: sie oder ich? Damit machte ich mich lächerlich, denn das bedeutete, daß ich erst jetzt etwas gemerkt habe von dem Verhältnis, und das hieße zuzugeben, daß ich acht Jahre blind und dumm gewesen war und mich einfach betrügen ließ und dabei auch noch eine glückliche Ehefrau war (nicht nur spielte). Nun also: keine Änderung? Den Dreier-Karren weiter laufen lassen? Wie lange würde das Mädchen die Lage ertragen? Sie wird älter und findet dann keinen Ehemann mehr. Sie ist ihrem Chef treu bis zur Hörigkeit.

Also, sagte die Frau, ist die Lage hoffnungslos verfahren. Ich sagte: Und wenn Sie Ihrerseits eine Liebesgeschichte begännen?

Nein, ich will meinem Mann treu sein.

Und er: wem ist er treu?

Er? Er ist nur sich selber treu. Ein Egoist, der nicht liebt, sondern sich lieben läßt. Er arbeitet und er genießt.

Das also ist Treue? Das Aneinander-gekettet-

Sein durch verschiedene Motive? Das scheint mir eher eine dreifache Freiheitsberaubung. Aber sie zu zerreißen, bedeutete, zwei Menschen unglücklich zu machen und den dritten, den Mann, zum Verlierer, der dann seiner Frau oder der Geliebten oder beiden die Schuld an seinem Doppelverlust gäbe. Und sie, die Ehefrau, würde in einer von da an unglücklichen, weil belasteten Ehe leben müssen. Kurzum: das verlorene Paradies kann nicht wiederhergestellt werden.

Jetzt frage ich Sie: Was soll man raten in so einer Situation, in der jeder dem andern »treu« sein will? *L. R.*

PS: Übrigens stehe ich in der nächsten Zeit etwas weniger unter Arbeitsdruck, so daß mir Ihr lange geplanter Besuch willkommen wäre.

Ego-Problematik

Sie stellen mich vor eine gewaltige Aufgabe; ich weiß nicht, ob ich sie bewältigen werde.

Zunächst aber dies: Wüßte ich nicht, daß es sich anders verhält, so könnte ich meinen, die Geschichte sei von A bis Z erfunden, so kitschig, klischeehaft und banal präsentieren sich mir sowohl die »personae dramatis« (um ein Drama handelt es sich ja offenbar) als auch die Umstände und Hintergründe des Ereignisses. Aber – ich weiß es auch aus eigener Erfahrung – das Leben liebt es bisweilen, gerade solche Handlungsabläufe für uns bereitzuhalten, so daß es schwerfällt, zwischen Realität und Erfundenem zu unterscheiden. Beim Fernsehen bezeichnen wir eine solche Mischung als »Faction«, also eine Kombination aus Fakten und Fiktion.

Obwohl ich weiß, daß Ihre Geschichte wahr ist, möchte ich sie in meiner nun folgenden Analyse als »Märchen vom Dreigestirn« betrachten, vor allem deshalb, weil ich dann den Hauptmythos, der sich darin verbirgt, besser herauszuarbeiten vermag; gleichzeitig vermeide ich es auch, irgendwelche Personen zu verletzen, denn von nun an handelt es sich für mich um eine Geschichte, die ich von einer übergeordneten Warte aus betrachten kann.

Die erste Frage, die sich mir dabei stellt, ist die: Geht es bei diesen Personen wirklich um Treue, oder geht es nicht vielmehr um etwas ganz anderes? Zur Erinnerung: In meinem letzten Brief hatte ich »Treue« mit »gemeinsam sehen« identifiziert, mit »vertrauen«, mit »sich einander zutrauen«. Beim Dreigestirn scheint mir nichts davon zuzutreffen. Vielmehr steht stets das Ego der Hauptdarsteller im Vordergrund, das einmal verletzt, einmal gekränkt, ein drittes Mal unterdrückt ist usw. Gerade diese geballte Ich-Sucht einer jeden Person versperrt der jeweils anderen den Weg und somit den Durchbruch in die liebende Freiheit. Der Mann hat als »mieser Macho«, der seine Frau und gleichzeitig seine Sekretärin (die er mit seiner Tochter verwechselt) »liebt«, ein Ego, das voll des männlichen Machbarkeitswahnes ist – deshalb auch das besitzanzeigende Fürwort »sein«: die Frau gehört ihm, die Sekretärin, das Büro, das Haus . . . Sicher ist er einer der Menschen, die in Gesellschaft sagen: »Darf ich Ihnen meine Frau vorstellen.« Er stammt also aus einer bedauernswerten, aussterbenden Spezies. »Seine« Frau verfügt über ein ebenso großes Ego, nur daß es nicht zum Vorschein kommt, weil es unterdrückt ist; gleichwohl ist es aber vorhanden. Sie meint, als »alma mater« retten zu müssen, was nicht zu retten ist: die Ehe, das Ansehen, die Stellung... Auch in ihr findet sich etwas vom männlichen (!) Machbarkeitswahn. Die dritte im Bunde, das »Mädchen«, verfügt über ein Ego, das vielleicht etwas unterentwickelt, dafür aber voller Berechnung ist. Ich nehme ihr die Naivität nicht ab. Sie weiß genau, worauf sie sich eingelassen hat, obwohl sie nicht stark genug ist, ihr Lebensziel wirklich zu erkennen. Einerseits läßt sie sich vom »Chef« in eine unheilsame Situation treiben, andererseits folgt sie dem Feminismus, um sich erneut in eine unheilsame Situation treiben zu lassen. Dieses Mädchen ist Täter und Opfer zugleich, aber das sind auch der Mann und seine Gattin, und das macht die Geschichte so faszinierend (wohl auch für die Beteiligten selbst).

Welcher *Mythos* verbirgt sich nun dahinter? Mythen sind ja Handlungsvorbilder, die auch die Dramaturgie für das liefern, was wir tun oder wollen. Sind wir in der Gestaltung unserer Biographie schon allzu oft den mythischen Mustern unseres Bewußtseins ausgeliefert, wieviel leichter verfallen wir ihm, wenn unsere Gefühle nach einem Ausdruck verlangen. Liebe allein genügt uns nicht, wir wollen auch immer unsere besondere Liebesgeschichte, und die hat, spätestens seit der schönen Helena, einen Hang zur Tragik – wie auch die Geschichte vom Dreigestirn beweist, denn die Lust am Unglück der Liebe ist mindestens so intensiv wie die Lust an der Liebe selbst und sicherlich auch so alt. Die leidvolle Liebe harrt der erlösenden Erfüllung. Unglückliche oder unerfüllte Liebe birgt ja gerade deshalb die Hoffnung auf ein Happy-End, weil sie die Sehnsucht anstachelt. »Es könnte ja so schön sein . . . oder hätte zumindest so schön sein können, wenn nicht . . .« Wir alle glauben, daß für jedes Glück ein hoher Preis zu bezahlen sei. Dieses Muster pflanzt sich in der Seelenstruktur fort, so daß wir psychische Nachbilder schaffen, aus denen heraus sich unser Handeln und Versagen uns selbst und anderen gegenüber rechtfertigen läßt. Diese Paßform ist so stark, daß wir unsere Beziehung lieber dem Muster anpassen, als uns eine »Geschichte« zu suchen, die beide (oder in diesem Fall: alle drei) glücklich macht. Die Liebestragödie ist dabei nur das mythische Pendant zur idealen Liebe. Denn wenn die Tragödie wahr ist, dann hat auch der Traum vom idealen Glück seine Wahrheit. Und wir binden uns noch fester an unsere falschen Versprechungen. Genau hier tritt der Fehler des Dreigestirns ein: Alle sind sich und dem jeweils anderen treu, aber erstens nicht freiwillig und zweitens auf Grund falscher Versprechungen. Sie folgen unbewußt einem Muster, das in der Artus-Legende seinen bekanntesten Widerhall gefunden hat. Dort betrügt die edle Gattin Guinivere ihren Mann König Artus mit dessen bestem Freund Lanzelot. Alle drei möchten einander eigentlich nicht weh tun, lieben sich aber wechselseitig und ruinieren so die Ehe, den Ritterbund des Runden Tisches und das

Königreich. Das darin enthaltene Mythologem (also das Grundmuster des Mythos, die kulturell-geistige Urformel) lautet: Die Macht der Gefühle stürzt Mann und Frau noch so edlen Gemüts ins Unglück, macht aus Freunden Feinde und aus Liebenden Liebes-Kranke. Unser Dreigestirn könnte nun gemeinsam in die mythische Falle tappen, die besagt, daß Dreiecks-Verhältnisse katastrophal enden müssen. Doch es gäbe auch einen Weg aus der Falle heraus, einen echten Lösungsweg: Jeder muß lernen, daß seine Gefühle Folgen haben und daß jede Verletzung, die er damit anderen zufügt, auch seine eigene ist. Liebe meint immer den ganzen Menschen. Sie ist keine Antwort auf eine andere Liebe, sondern ein *Geschenk*. Gerade das aber haben alle drei vergessen. Sie handeln nach dem Muster: »Ich gebe, damit mir gegeben wird«, nicht aus der Einstellung: »Ich gebe, damit ich gebe.«

Wenn ich mich in jede der drei Rollen hineinbegebe, kann ich doch immer wieder nur feststellen, daß das Problem allein dann zu bewältigen ist, wenn die Ego-Problematik gelöst wird. Da dies aber zu den schwierigsten Unterfangen im Leben zählt, sehe ich für Ihre Bekannten ziemlich schwarz – so leid mir das tut. Ich möchte darüber aber auch persönlich mit Ihnen sprechen, deshalb nehme ich Ihre freundliche Einladung gerne und dankend an. *HCM*.

Liebesmystik

Jetzt liegen wieder tausend Kilometer zwischen
uns, und wir haben uns (soviel wir auch rede-
ten!) so vieles nicht gesagt, und wir hätten wo-
chenlang so weiterreden können, denn jedes Gespräch gebar ein neues, Thema um Thema
tauchte auf und blieb unvollendet. Nun: es gibt
ja die Post – freilich ein unzulängliches Instru-
ment für Leute, die so rasch Frage, Antwort,
Frage, Antwort . . . parat haben wollen.

Es war schön, Sie in meinem Heim zu haben,
das auch für Sie ein wenig »Heim« wurde – nicht
zuletzt, weil mein Salotto eher einem Biblio-
theksraum gleicht, Ihnen also vertraut ist. Ich
gehe an den Regalen entlang und zeige auf dieses
und jenes Buch und frage, als stünden Sie wirklich neben mir: »Haben Sie das gelesen? Lieben
Sie es auch? Finden Sie es wirklich gut? Das da
müssen Sie unbedingt lesen . . .« So meine Regale
betrachtend, finde ich Spuren von Veränderungen, nur mir erkennbar. Da war insgeheim ein

Fachmann am Werk, denn wer sonst hätte den Franz von Baader von den Theologen weg zu den Philosophen gestellt (wo er hingehört), und wer sonst hätte die Kierkegaard-Bände nach dem Erscheinungsjahr geordnet und dabei das »Tagebuch eines Verführers« von der literarischen Seite auf die theologische gestellt, und wer sonst hätte Novalis nahe neben Schleiermacher und Schelling gerückt und dabei den Novalis quer über die andern gelegt, vielleicht aus Unschlüssigkeit, wohin er wirklich gehöre. Ich bin sicher, ich werde auf der Spurensuche noch öfter Ihre Hand entdecken. Aber meinen Platon fanden Sie nicht, der steht, das übersahen wir, an anderer Stelle, neben Hölderlin und der Bibel, und das nicht von ungefähr. Aber warum stellten Sie den Heidegger neben Nietzsche? Da stand vorher der Huxley, der große Naturforscher, der explizite Atheist, der durch das reine scharfe Denken dazu kam zu sagen: Gott IST.

Es war mir ein Entzücken zu sehen, daß wir dieselben Autoren und von ihnen wieder dieselben Werke lieben, und daß die geliebten Bücher sämtlich auf der Grenzlinie zwischen Philosophie, Theologie und (vorsichtig gesagt) Esoterik oder besser: Mystik stehen.

Sie wunderten sich, daß eine lange Reihe in Dunkelblau so weit oben steht, daß ich sie gerade noch erreichen kann: die ihres grauen Gewandes entkleideten Bände Karl Rahners, der doch zwanzig Jahre mein Lehrer und Mentor war. Ob ich denn seine Werke nicht mehr lese, fragten Sie. Im Augenblick nicht, denn ich ertrage keine Theologie mehr, seit ich weiß, daß das »absolute Geheimnis«, von dem Rahner spricht, nicht von der modernen Intellektuellen-Sprache einzufangen ist. Geht es Ihnen nicht auch so, Ihnen, der als Protestant bei den Jesuiten Philosophie studierte und sogar promovierte? Kennen wir nicht andere Wege zum nie sich enthüllenden brennenden Zentrum des »Seins alles Seienden« (um Heidegger zu zitieren, den Sie auch im Regal fanden)?

Mir fiel im Garten eine Geschichte ein, die an Ort und Stelle Ihnen zu erzählen ich versäumte, als wir vor meinem Apfelbäumchen stehend in irgendein gärtnerisches Problem verwickelt waren (es ging ja immer vom Hundertsten ins Tausendste und war doch immer derselbe Weg zum selben Ziel). Die Geschichte erzähle ich Ihnen jetzt. Sie ist kurz, zum Weinen schön und abgründig tief.

Ein Mann ging auf der Suche nach Gott zu den Theologen und Weisen. Seine Frage: Gibt es Gott? Wo? Wie? Kein Befragter wußte eine schlüssige Antwort. Da fragte er in seiner Verzweiflung ein winterstarres Apfelbäumchen. Und da begann das Apfelbäumchen zu blühen.

Echte Liebesmystik. Gott blüht in allem Seienden, man muß das nur erfahren. Alles was blüht, ist Gott, denn das Blühende blüht aus Liebe.

Mein Garten blüht. Sie haben den Mimosenwald gesehen, und ich sehe Sie, wie Sie unter seinen Ästen durchschlüpften und wie Sie dabei die blühenden Zweige streiften, die ihre goldenen Blütenbällchen auf Sie herabrieseln ließen, und wie Ihr superkluger Kopf vom schweigenden Gold der duftenden Blüten bedeckt wurde – »gekrönt« hätte ich beinahe geschrieben. Sie sehen, ich habe poetische Erinnerungen an Sie! Auch etwas anderes sah ich: Sie betrachteten eine frisch erblühte feuerrote Kamelie und streckten die Hand aus, sie zu pflücken, wie ich glaubte. Aber Sie taten es nicht: Sie strichen zärtlich über die Blüte. Da wußte ich: Hans Christian ist ein Mensch der Liebe. Er spricht nicht nur schön über Menschlichkeit und Liebe, er liebt. Worte können täuschen (besonders bei einem so ungemein wortgewandten Menschen), aber spontane Gesten sagen die Wahrheit. Sie lieben Pflanzen und Tiere und Menschen. Wie schön! Ich sah auch Ihre Reaktion, als ich Ihnen die Pinie zeigte (»Mutter Pinie«, der erste von mir gepflanzte Baum vor 36 Jahren), unter der mein Hund Unio bestattet ist. Ich wollte das Grab mit einer Steinplatte bedecken, aber mein Hausmeister Attilio hielt mich davon ab. »Ach nein, Signora, keinen Stein. Lassen wir Gras und Blumen daraus wachsen.« Als ich es Ihnen erzählte, waren Ihre Augen feucht, und das war schön. Ein Mann, der sich nicht schämt, Rührung zu zeigen . . . Ihm glaube ich jedes Wort, das er über Liebe sagt. Erinnern Sie sich an den großen Magnolienbaum, über den ich in einem meiner Tagebücher schrieb? Er schien an einem kurzen eiskalten Januartag erfroren. Tot. Schon wollte ich Attilio sagen, er möge ihn doch absägen, aber Attilio fiel mir ins Wort:

»Nein, Signora, warten wir noch ein wenig; schauen Sie, sind da nicht ein paar grüne Blattspitzen?« Sie waren kaum zu sehen, aber sie waren da, und sie wuchsen, und Attilio, der umbrische Bauer, dieser Heilige der unbeirrbaren Hoffnung, hatte recht: Der Baum erholte sich, und Sie sahen ihn in seiner prächtigen blattglänzenden Gestalt, schöner und gesünder denn je, weitästiger und voller Kraft. Die Liebe hatte gesiegt. Sie waren, ich sah es, beeindruckt von der Geschichte, und wie Sie da vor dem wider alle Hoffnung geretteten Baum standen, wußte ich, worauf sich unsere Freundschaft gründet: auf Glaube, Hoffnung, Liebe, diese alte abgebrauchte, nie veraltete, nie überholte Triasformel. Eine sichere Basis für eine Beziehung, nicht wahr?

Nun: mein Garten läßt Sie grüßen, Attilio läßt grüßen, die Amseln und der Frosch im Ökobekken, mein Haus und ich, wir alle grüßen Sie herzlich. Kommen Sie wieder. Vielleicht haben auch Sie das empfunden, was der tibetische Lama Anagorika Govinda empfand und aussprach, als er mein Haus betrat: »Hier wohnen gute Geister.« Freilich: nur guten, liebenden Menschen zeigt sich mein Haus so offen! L. R.

Die besitzlose Liebe

Da trägt mir die Post eine freudige Überraschung in Form Ihres Briefes ins Haus, und nun finde ich gar keinen Hinweis darauf, daß Sie mein letztes Schreiben, das ich gleich nach meiner Rückkehr aus Rom – also vor genau 12 Tagen – absandte, erhalten haben. Die italienische Post!? Oder einfach so verloren gegangen? Oder vielleicht liegengeblieben und gerade jetzt in Ihren Händen? Schade, daß ich es nicht weiß, und ebenso schade, daß ich keine Sofort-Antwort auf die im Brief enthaltenen Liebes-Ideen bekommen kann – aber ich bin sicher, es handelt sich nur um eine kleine Zeitverschiebung.

Aber lassen Sie mich Ihnen jetzt für Ihre Zeilen danken, die eben vor mir liegen und die ich wieder und wieder studiere. Schließlich hat selten (oder vielleicht nie) ein Mensch so liebevoll über mich geschrieben; ich habe das Gefühl, rot zu werden, weiß nicht, ob Sie recht haben, wage aber auch nicht, Ihnen zu widersprechen. Anstelle dessen möchte ich Ihnen sagen: Die Zeit mit Ihnen war unerwartet erfüllend, und ich denke heute mit Wehmut daran, daß wir uns nunmehr »nur« schreiben können. Ihre Gastlichkeit, Ihre Gastfreundschaft, Ihr warmherziges Verständnis für meine Fragen und Nöte, und überhaupt: Ihr großzügiges Wesen – all dies hat (zusammen mit den »spirits«, Ihren guten Hausgeistern, den Penaten) mir einen unvergeßlichen Aufenthalt beschert. Ist es nicht schön zu wissen, daß es gleichklingende Seelen gibt, egal, wie groß der Altersunterschied auch sein mag? Seelen kennen eben kein Alter, sie leben in der Ewigkeit ... Vor allem ist es bemerkenswert, wie unkompliziert, offen und frei wir uns austauschten, so als wäre es angenehme Routine, eine Handlung von allergrößter Selbstverständlichkeit. Und dann Ihre Bibliothek! Für einen Bibliomanen wie mich natürlich ein Paradies. Sie mögen es mir nachsehen, daß ich einige Bände (un)willkürlich umstellte, aber ich leide an einer seltenen Krankheit, Räumatismus genannt, die bei mir meist in der Nähe von Büchern ausbricht. Pardon, ich lasse das Kalauern lieber, aber ich habe auch gespürt, daß Sie ein Mensch mit einem großen, wundervollen Humor sind, und was ist besser, als zwischen Kierkegaard und Rahner auch noch Platz zum Lachen zu finden.

Dieses verging mir freilich (wenn auch nur für einen kurzen Moment), als Sie mich mit dem »Phänomen« konfrontierten. Daß ein Auto tatsächlich ohne Motor bergauf fahren kann, ja wie von unsichtbarer Hand hinaufgezogen wird, jagt einem schon einen leichten Schauer ein. Aber ich habe mittlerweile nachgeforscht, und offenbar ist Rocca di Papa (leider) nicht der einzige Ort auf der Welt mit einer Anomalie im Gravitationsfeld der Erde. Auch in der Gegend von Ayr (Schottland) und in der Peanuts Street in Belo Horizonte (Brasilien) taucht dieses »Wunder« auf, von dem man annimmt, daß es auf besonders eisenhaltige Felsen in der Umgebung zurückzuführen sei. (Exakte Forschungsergebnisse stehen allerdings noch aus.) Egal aber, wodurch dieses Phänomen bewirkt wird: offenbart es nicht eine erstaunliche Parallele zum Thema »Liebe«, die Kunst nämlich, ohne Anstrengung bergauf zu gleiten? Ich sehe hierin einen Weg in die Transzendenz, in die Mystik der Liebe, einen Weg in das Göttliche hinein, so wie es uns aus dem indischen Tantra überliefert ist, in dem zwei Liebende körperlich verschmelzen, um gemeinsam in die jenseitigen Bezirke des Über-Sinnlichen vorzudringen. Die Einheit von Liebe und Sexualität als Gotteserfahrung, Ekstase in Reinheit, um die Trennung von Erde und Himmel zu überwinden, um Geschöpf und Schöpfer wieder miteinander zu vereinen. Davon ist die christliche Kirche der Jetztzeit natürlich »himmelweit« entfernt. Freilich gab es auch die sinnliche Mystik einer Hildegard von Bingen, einer Mechthild von Magdeburg, einer heiligen Gertrud oder einer Teresa von Avila, die zusammen mit Johannes vom Kreuz den Karmeliter-Orden gründete.

All diesen großen mystisch Liebenden war eines gemeinsam: der Verzicht auf Besitz. Dies meine ich nicht nur im materiellen Sinn, sondern durchaus auch im »partnerschaftlichen«, wie man modern sagen würde. Die höhere Form der Liebe, die besitzlose Liebe, meint aber nicht »Liebe auf Distanz«, sondern Liebe, die nicht hält, nicht bindet und nicht zwängt, sondern sich im Frei-Sein vollzieht. Im Requiem an die geliebte Freundin Paula Modersohn-Becker findet Rainer Maria Rilke dafür die unsterblichen Worte:

»Denn *das* ist Schuld, wenn irgendeines
  Schuld ist:
die Freiheit eines Lieben nicht vermehren
um alle Freiheit, die man in sich aufbringt.
Wir haben, wo wir lieben, ja nur dies:
einander lassen; denn daß wir uns halten,
das fällt uns leicht und ist nicht erst zu lernen.«

Ich weiß, daß Sie diese Freiheit in sich tragen. HCM.

Fatale Liebe

Ihr letzter Brief kam mit Verspätung zu mir, aber er ist nicht überholt; er ist sehr aktuell – grundsätzlich, aber auch in einem besonderen »Fall«. Das Stichwort, das Sie mir geben, ist: besitzlose Liebe. Sie erinnern sich gewiß an den Mann, der über den Gartenzaun hinweg sich kurz mit mir unterhielt: ein noch relativ junger Mann, der seltsam alt wirkte, weil er mit hängenden Schultern dastand. Alles an ihm, auch seine Kopfhaltung, war gedrückt und traurig. Sie fragten mich später, ob er krank sei. Er ist nicht krank. Oder doch: er ist krank vor Sehnsucht. Seine Geschichte: Er ist Naturwissenschaftler, Anfang Vierzig, verheiratet mit der hübschen Frau, die wir von ferne sahen. Die beiden Kinder kennen Sie nicht. Die Ehe, zu früh geschlossen, schien dennoch gutzugehen. Zehn Jahre lang. Bis zu jenem Tag, an dem in seinem Institut eine Inderin auftauchte, Astronomin wie er. Sie arbeiteten beruflich eng zusammen. Da geschah das schicksal-

haft Unheilvolle (so kann man es sehen): Die
große Liebe überfiel die beiden. Allerdings
scheint mir, es sei vor allem der Mann gewesen,
der »in Liebe fiel«. Daß er wohl der stärker Liebende ist, wurde mir klar, als er mir erzählte, sie
habe ihm aus Indien, wohin sie inzwischen zu-
rückgekehrt ist, geschrieben, sie sei glücklich,
wieder in Indien und bei ihrer Familie zu sein.
Das war das letzte, was er von ihr hörte, denn
weitere Botschaften hat sie sich und ihm verboten. Sie ist mit einem strengen Brahmanen verheiratet und hat ein Kind. Sie ist also nach ihrem
Erlebnis mit dem Italiener (wie weit es ging, weiß
ich nicht) heimgekehrt. Aber der Mann? Für ihn
gab es keine Heimkehr, denn er hatte sein Heim
innerlich aufgegeben. Für ihn war, wie er sagte,
»alles zu Ende«. Eurydike war im Hades verschwunden, und Orpheus blickte ihr untröstlich
nach, und nichts blieb ihm als die ständige gei-
sterhafte Gegenwart der Geliebten. Er hatte sie
verloren, sie, die er nie »besessen« hatte, da sie
doch einem anderen Mann in einer anderen Kul-
turwelt angehörte. Sie war fort und war dennoch
da, ein Schatten, ein Traum nur, und doch stärker als die Wirklichkeit. Ich versuchte ihm zu sagen, daß man eine Traumgestalt nicht fesseln
könne. Mir fiel das Rilke-Gedicht ein, von dem
auch Sie sprechen. Ich las es ihm (in italienischer
Übersetzung) vor. Ich sagte ihm auch, er müsse
glücklich sein, daß seine Liebe nicht in eine bürgerliche Falle geraten sei. Doch das überzeugte
ihn nicht. Die Inderin müsse zurückkehren zu

ihm, das sei die Lösung. Wie: sollte sie ihren Ehemann, ihr Kind, ihre Arbeitsstätte verlassen und mit ihm zusammenleben in einer bürgerlichen Ehe (falls Scheidung beiderseits in Frage käme)? Und dann? Denken Sie, sagte ich ihm, Tristan und Isolde hätten geheiratet, oder Romeo und Julia oder irgendein anderes der berühmten großen Liebespaare? Können Sie sich solche Ehen vorstellen? Wir leben sie als unseren Traum von der großen, der einzigen, der ewigen Liebe. Und wir träumen unsere eigene Liebe als ebenso große, einzige, ewige. Eine schöne, hohe Idee. Er begehrte auf: »Das soll nicht zu verwirklichen sein?!« Doch, sagte ich, es ist zu verwirklichen, aber nicht so, wie Sie meinen. Denn Sie sahen Ihre schöne Inderin als reale Frau, mit der Sie sich vereinen wollten. Unser ewiger Traum: die unlösbare, die absolute Wieder-Vereinigung von Männlichem und Weiblichem, von Yang und Yin, von Animus und Anima. Ihre Inderin ist Ihre Anima, das heißt, sie ist die Projektion des weiblichen Teils Ihres Wesens. Insofern ist sie »wirklich«: Sie selbst sind Ihre Inderin. »Ja eben«, sagte er, »deshalb mußte ich ihr ja begegnen.« Ja, Sie mußten ihr begegnen. Aber heißt das, Sie müssen die Begegnung konkretisieren und die Geliebte halten? Man kann einen Traum nicht halten, man darf einen Menschen nicht an sich fesseln, auch nicht in dem ständigen sehnsucht-kranken An-ihn-Denken. »Aber das eben ist doch Treue«, meinte er, »daß man eine Bindung verewigt und um das Verwehrte trauert.«

Ich wiederholte das Rilke-Gedicht: »Wir haben, wo wir lieben, ja nur dies: einander lassen ...« Er, der sonst so Sanfte, schrie mich an: »Ja, Don Giovanni, der konnte das: lieben, genießen und lassen.« Nein: er ist doch gerade eine Symbolfigur für den Menschen, der nicht lieben kann, sondern nur haben will, und deshalb auch nicht lassen, sondern nur ver-lassen kann, was ihm nicht mehr gefällt. Für ihn gibt es nur jeweils die konkrete Frau, die er besitzen will. Er bekommt sie, aber er verliert sie auch gleich wieder, eine nach der andern. Schauen Sie, sagte ich ihm, mit dem Besitzen-Wollen geht es so (ich strecke die Hände aus, die Handflächen nach oben offen): Da liegt die Liebe, das geliebte Wesen; wir fürchten, es entgleise oder entfliege uns. Darum schließen wir die Hand zur Faust – das Geliebte ist gefangen. In der Gefangenschaft aber stirbt es, oder es entkommt doch, und uns bleibt – so oder so – *nichts*. Halten Sie die Hände offen, bleibt der schöne Falter Liebe sitzen. Freilich: er bleibt nicht, wie er ist. Er verpuppt sich, er erfährt Wandlungen, damit ist zu rechnen. Eine lebenslange Liebe ist keine lebenslange Leidenschaft; sie ist ein treues, oft mühsames Zusammenstehen. Sie können sich ein Aufhören Ihrer Liebe nicht denken? Mir kam das Gedicht von Nietzsche in den Sinn:

»Weh spricht: Vergeh!

Doch alle Lust will Ewigkeit –,

will tiefe, tiefe Ewigkeit!«

Ihr Schmerz wird, sagte ich, noch lange bleiben,

und das wollen Sie so, denn das ist Ihnen der Beweis für die Größe Ihrer Liebe. Nähme Ihr Schmerz ab, dächten Sie, es sei Ihre Liebe, die stirbt. Davor haben Sie Angst. So werden Sie denn Ihren Schmerz in Treue pflegen, nicht bedenkend, daß Gedanken und Gefühle für geliebte Wesen Ketten sind. (Von dem Leid Ihrer Ehefrau sprechen Sie nicht, und das ist schlimm.)

Mir fallen eben ein paar Zeilen aus dem »Rosenkavalier« ein. Da geht es um die Trennung der älteren Frau vom jungen Geliebten. Die Frau, die Marschallin, sitzt vor dem Spiegel und sieht, daß sie altert und den jungen Geliebten freigeben muß für seine Sophie, und sie singt: »Leicht will ich es machen ihm und mir . . .« Leicht! Sie gibt den frei, der ihr alleiniger Besitz schien und es doch nie war. Dafür, daß sie ihn freigibt, wird er ihr immer dankbar sein und sie auf andere Weise weiterlieben.

Was sagte mein Astronom darauf? »Für mich ist alles zu Ende.«

Ich begriff: Für ihn war die Inderin sein Leben. Mit ihr ging seine Lebenskraft hinweg. Er ersehnte den Tod, um im Tod mit ihr vereint zu sein für immer. Er ist nicht der einzige Liebende, der den Tod ersehnt. Liebe und Tod sind nahe Verwandte. Beide haben eines gemeinsam: die Verschmelzung zweier getrennter Wesen, doch nur der Tod scheint die ewige Unlösbarkeit zu garantieren.

Daher ist echte Liebe ein so tod-ernstes Ereignis. Wir kennen aus der Geschichte und aus unserem realen Leben Fälle von Doppel-Selbstmorden Liebender.

Aber mein Astronom wird sich nicht töten, er hat ja Frau und Kinder, und er hat die ferne, die unsterbliche Geliebte, die, davon ist er überzeugt, bei ihm, mit ihm lebt.

Auf vielen Sarkophagen mittelalterlicher Herrscher liegt zu Füßen des steinernen Toten ein steinernes Hündchen: das Symbol der Treue. Mein Astronom sieht sein ganzes Leben vor sich als Dienst an der fernen Geliebten, die gleich ihm den Sternenhimmel erkundet. Aber steinerne Hündchen sind kein gutes Symbol für lebende Liebende!

Doch wie kann man nun wirklich lieben, ohne das geliebte Wesen haben und halten zu wollen? Ein Bekannter, ein erfahrener Mann, sagte mir einmal, man müsse den oder die Geliebte halten, wie ein Reiter sein Pferd hält: an der »longe«, an der langen Leine, die das Pferd nicht als Leine wahrnimmt und sich deshalb frei wähnt. Gilt die Regel auch für Liebende? Liebende brauchen keine Leine, denn sie gehen Seite an Seite. Mehr noch (das Bild sprengt sich selbst): sie sind eins.

Das Freilassen ist kein äußeres, sondern kommt aus dem tiefen Wissen, daß einem das geliebte Wesen nicht gehört. Nichts auf Erden gehört einem. Es gehört nur sich selbst, das heißt dem Gott in sich. Als ich im Überschwang der Verliebtheit zu meinem ersten Mann sagte: »Ich gehöre ganz und gar dir«, meinte er (so jung wie ich, aber schon weise, wenige Jahre vor seinem

Tod in Rußland): »Du gehörst nicht mir, aber du gehörst zu mir. Das Zusammengehören ist Schicksal.«

Damit bin ich beim Thema Ehe angelangt. Es ist sicher eines der großen Probleme unserer Zeit. Ich erlebte eben dieser Tage, daß eine Frau, vor der Heirat stehend, sagte: »Vieles an ihm gefällt mir nicht, aber ich werde ihn schon ändern.« Ich dachte: Sie werden ihn nicht ändern. Nie. Ich sagte ihr, aus Goethes »Hermann und Dorothea« zitierend: »Man kann die Kinder nach seinem Sinne nicht formen. So wie sie Gott uns gab, muß man sie haben und lieben.«

Und die Partner? *L. R.*

Die Falle

Nur zu gut habe ich die Begegnung mit Ihrem Nachbarn, dem Astronomen, im Gedächtnis. Wenn ich seinen Ausdruck erinnere, so sehe ich vor allem seine stumpfen, fast toten Augen vor mir, denen alles Geschehen gleichgültig zu sein schien. Es gibt ja Augen, die Interesse verkünden, Wachsein, oder solche, die voller Wehmut in die Welt blicken, oder andere voller Hoffnung. Aber diese fast anthrazitfarbenen Pupillen, welchen klar war, daß die verlorene Geliebte niemals wiederkehren würde, die dies aber dennoch nicht wahrhaben wollten – ein bewegender, ein trauriger Anblick!

Traurig vor allem deshalb, weil sich im Verhalten des Nachbarn ein Muster des Mann-Frau-Verhältnisses widerspiegelt, das so althergebracht ist, daß man es eigentlich schon überwunden glaubte. Aber das Patriarchat ist offenbar noch immer am Leben. Als ich mich vor einigen Jahren für kurze Zeit von der westlichen Welt verabschiedete und mit dem Schiff eine Reise antrat, die mich von Tahiti über Pitcairn, die Osterinseln und die Robinson-Insel nach Chile führte, hatte ich Gelegenheit, intensiv über dieses Muster nachzudenken. Ich kam zu folgendem Ergebnis, das ich schon an anderer Stelle publiziert habe, Ihnen aber nicht vorenthalten möchte.

Demnach spielt sich die Begegnung von Mann und Frau so ab:

1. Der Mann stellt der Frau eine Falle.
2. Die Frau tappt scheinbar hinein.
3. Der Mann denkt, die Frau säße in der Falle.
4. Die Frau gibt vor, sich in der Falle wohlzufühlen.
5. Der Mann hat das Fallenstellen verinnerlicht.
6. Die Frau fühlt sich in der Falle nicht mehr genügend geliebt und erkennt den Mann als *verlogen*.
7. Der Mann merkt nicht, daß er durchschaut ist.
8. Die Frau entfernt sich vom Mann.
9. Der Mann wird zum *verlorenen* Mann.
10. Die Frau gibt dem verlorenen Mann keine Chance mehr.
11. Der Mann sucht seine verlorenen Chancen wiederzugewinnen.
12. Die Frau verläßt den Mann.
13. Der Mann sitzt in der eigenen Falle.

Was ich eben schrieb, ist kollektiv wie individuell gemeint. Es ist Ihrem Nachbarn passiert. Und es

wird jedem Mann geschehen, der sein Liebesden-
ken und -handeln nicht umstellt. Wer in der Ge-
wohnheit gefangen bleibt, wird nicht zu einem
wahren Verständnis von Frau und Mann, von
Weiblichem und Männlichem durchzudringen
vermögen.

Sie fragen mich nach der Ehe. Nun gut, ich
denke, daß die bürgerliche Ehe über kurz oder
lang nicht mehr existieren wird. Das hat viele –
vor allem soziologische – Gründe, die zu erörtern
den Rahmen dieses Briefes sprengen würde. Ich
glaube, ich habe Ihnen gegenüber einmal den
Namen Otto Mainzer erwähnt: ein Schriftsteller,
der 91jährig in New York starb und dessen Werk
ich betreue. In seinem Buch »Die sexuelle
Zwangswirtschaft« schreibt er: »Die Ehe ist ein
Urtypus der sexuellen Korruption. Sie macht
den Gebrauch wie die Funktion der geschlecht-
lichen Organe des Menschen von Bedingungen
abhängig, welche ihrer Anlage und natürlichen
Gesetzlichkeit widersprechen. Sie degradiert die
spontane Umarmung der Liebenden zur ›außer-
ehelichen Unzucht‹. Sie erzeugt eine künstliche
Geschlechtsnot, welche den einzelnen zwingt,
die regelmäßige Abspeisung seiner Begierde zu
sichern, indem er auf alles persönliche, freie Sich-
einander-Nähern, Versuchen und Beschenken
für immer verzichtet.«

Aber nicht nur aus diesen Motiven heraus
wird es die Ehe in der uns bekannten Form über
kurz oder lang nicht mehr geben. Immer weniger
Menschen verstehen es nämlich, weshalb sie ihr

Liebes- und Lebensglück unter die Fuchtel eines Staates oder einer Kirche stellen sollen. Sie nehmen ihr Schicksal in die eigene Hand, und es entsteht so etwas wie eine »heilige Anarchie«, gepflegt vor allem von mystisch veranlagten Menschen, die nur eine einzige Macht anerkennen, die aber nicht irdischer Natur ist, nicht von dieser Welt.

Wie steht es um die Ehe im bürgerlichen Staat? Interessantes ist festzustellen (leider nur in Kurzform):

– Jede dritte Ehe wird heute geschieden (wobei der Wunsch dazu meist von der Frau ausgeht).

– Es entstehen sogenannte Patchwork-Lebensgemeinschaften, d. h. daß zum Beispiel eine geschiedene Frau mit zwei Kindern und ein geschiedener Mann mit drei Kindern zusammenziehen. Vorteil für die Kinder: Sie haben nun doppelt so viele Großeltern wie im »normalen« Fall.

– Die Singularisierung der Zeitgenossen hält weiter an.

– Durch die gestiegene Lebenszeit ist der Wunsch nach einem einzigen Lebenspartner nicht mehr aktuell. Es entstehen die »Lebensabschnittspartnerschaften«.

– Einerseits werden Beziehungen und Sexualität technisiert (Sadomasochismus, virtuelle Liebe etc.), andererseits erhalten sie eine stark metaphysische Komponente.

Wenn Sie mich nach meinem eigenen Verhalten fragen, so trifft wahrscheinlich das Letztgenannte auf mich zu, daher auch die intensive Beschäftigung mit der besitzlosen Liebe und der Versuch, sie nicht nur zu theoretisieren, sondern auch zu leben. Besitzlos lieben heißt ja nicht, daß man nicht beim anderen wäre, es bedeutet aber, ihn nicht zu verdinglichen, zu verzwecken, zum Objekt machen zu wollen, sondern ihn zu bejahen, selbst auf die Gefahr hin, daß man die Wege, die er geht, nicht mehr verstehen wird (»...um alle Freiheit, die man in sich aufbringt.«). Der besitzlose, auf Besitz freiwillig verzichtende Liebende lebt den gewollten »Verlust« als Grundlage eines freien Lebens, im Sinn von »frei für den anderen sein«. Er sieht, daß Leben sich nicht besitzen läßt, es sei denn als totes. Leben aber ist lebendiger Vollzug, ist Wendung, Wandlung, Widerspruch, anderes und Gegensätzliches zugleich. Der besitzlos Liebende gibt nicht, was er hat, sondern er gibt sich selbst als das, was er *ist*. Große Liebende sind also immer solche, die den anderen lassen, d. h. ihm sein innewohnendes Sein nicht durch Wegnahme verendlichen, sondern ihn auf seinem Weg bestärken, ihn durch Seinszunahme beschenken. Darin offenbaren sich Liebe und Freiheit (für jemanden) und Friede. Aber wie sollte einer im »normalen« Dasein der Überzeugung sein, daß dies eine tief beglückende Form der Liebe ist, während ihm alle Welt andere Muster vorgaukelt, die angeblich zur Erfüllung führen, in Wirklichkeit aber nur der Ausbeutung des Geschlechts und des Seelenlebens dienen. *HCM.*

PS: Es könnte geschehen, daß ich schon bald wieder bei Ihnen vorbeischaue. Ich drehe für ARTE, den deutsch-französischen Kulturkanal, in Koproduktion mit Radio Bremen zwei Filme. Der eine trägt den Titel »Der Erbe des Lebens – Bilder des Todes«, der andere heißt »Im Schatten der Finsternis – Bilder vom Bösen«. Hätten Sie Lust, in beiden Filmen Statements abzugeben (einmal über Liebe und Tod, einmal über den Verlust der »harmonia mundi«, also des durch Liebe bewirkten Gleichgewichts der »heilen« Welt)? Geben Sie mir bald Bescheid, ja?

Heilige Hochzeit

Sie zwingen mich dazu, das Phänomen Ehe neu zu überdenken. Natürlich (wieso natürlich . . .?) bin ich grundsätzlich einer Meinung mit Ihnen: Die Ehe (so wie wir sie heute verstehen und praktizieren) ist als gesellschaftlich und kirchlich sanktionierte Institution überholt oder jedenfalls in einem gründlichen Umbruch wie alles, was bislang der Gesellschaft und auch den Kirchen ihre Struktur gab und ihr Fortbestehen zu garantieren vermochte.

Aber . . . Was aber?

Ich versuche einen Widerspruch gegen Sie und mich. Ich frage: Ist es denn wirklich so, daß es *die Ehe* nicht mehr gibt (oder geben wird)? Ich berufe mich jetzt zunächst auf meine Erfahrung. Ich kenne nämlich gute Ehen unter gar nicht bürgerlich konservativen Menschen. Ich denke an meine römischen Freunde D. und B., die Sie kennenlernten und von denen Sie entzückt waren. Die beiden lebten als junge Leute in einer fundamentalistischen katholischen Gruppe, bis sie austraten, weil sie die geistige Bevormundung nicht mehr ertrugen. Später heirateten sie, allerdings nicht kirchlich, denn sie fanden, daß ihre Liebe die Kirche nichts angehe. Sie leben jetzt über zwanzig Jahre zusammen, und ihre Ehe ist schön. Die Heirat war nicht das Ende der Liebe.

Ist das ein Argument zugunsten der Ehe? Ich muß mich fragen: Was hat die Heirat den beiden eingebracht, das sie nicht auch ohne Trauschein besäßen?

Meine Freundin A. sagt: Wäre der B. nicht durch die Heirat gezwungen, treu zu bleiben, wäre die Ehe zerbrochen. Ich sage: Nun – und? Hat ihn die Heirat von seinen verschiedenen Ausbrüchen abgehalten?

Aber, sagt A., sie hat ihn dazu gebracht, immer wieder zu D. zurückzukehren.

Wirklich? War es nicht seine echte Liebe, die ihn bei seiner Frau hielt? Garantiert die Ehe die Treue? Provoziert sie nicht vielmehr die Untreue? Ist der Ring am Finger nicht das stärkste Glied einer Kette, die drückt und die man immer wieder einmal zu zerreißen sucht? Ist eine Kette das geeignete Mittel, zwei Menschen beisammen zu halten?

In der Trauformel der Kirche heißt es: ». . . bis daß der Tod euch scheidet.« Wie oft wohl provoziert diese Forderung den Wunsch, der lästig gewordene Partner möge sterben, damit man frei werde, um leben zu können? Der Wunsch ist makaber, aber verständlich, denn die Forderung nach Treue bis zum (natürlichen) Tod des Partners ist wider alle Vernunft. Sie setzt nämlich voraus, daß die Ehe etwas Statisches sei. Eine Anschauung, die wiederum etwas Statisches voraussetzt: den lebenslang sich gleichbleibenden Menschen. Ein Bild, das nicht einmal biologisch-physiologisch stimmt, psychologisch falsch ist und überhaupt nicht in unser modernes Weltbild gehört, wohin es freilich schon seit den alten Griechen nicht paßt. »Alles fließt«, sagte Heraklit. Und heute fließt alles noch viel rascher, erschreckend rasch. Menschen, die sich verlieben und heiraten, tun dies in einer bestimmten Phase ihres Lebens, meist in einer der emotionalen Unreife. Und dann entwickeln sie sich, jeder nach seinem eigenen Gesetz, und meist in verschiedene Richtungen. Sie verlieren die einst gemeinsame Basis. Sie werden einander fremd. Und so sollen sie weiterleben, »bis daß der Tod sie scheidet«? Was sie scheidet, ist heute die »Scheidung«, die Trennung von Tisch und Bett.

Übrigens trägt die griechisch-orthodoxe Kirche dieser Tatsache Rechnung: Sie erlaubt offiziell eine zweite Ehe, wenn die erste zerfällt. Die römisch-katholische Kirche ist stur: Nach der Scheidung keine kirchliche Trauung mehr.

Was ist dann mit den kaputten Ehen?

Man baute bislang Notbrücken: Man blieb beisammen auf Gedeih und Verderb, pflegte gemeinsame Interessen, meist geschäftlich-finanzielle, und zeigte nach außen das Bild einer guten Ehe, während man im Innern den andern zum

Teufel wünschte. Welche Neurosen sich daraus entwickelten, wissen Beichtväter und Psychotherapeuten. Man resigniert, man verdorrt, gibt dem Partner die Schuld am Mißlingen der Ehe, man beginnt den anderen zu hassen (Krimis zeigen Morde aus Haß), oder man sucht die Rettung in einer anderen Liebe, die Besseres verspricht. Ist eheliche »Untreue« nicht oft die Treue zu sich selbst? Und ist verbissene Treue nicht der sichere Tod der Liebe? Ist sie nicht lebens-feindlich?

Daß der Staat die Institution Ehe will, ist klar. Sie garantiert (scheinbar) das Fortbestehen der Gesellschaft durch das Fortbestehen ihrer »Keimzelle«: der Familie. Ob die Menschen dabei vor die Hunde gehen, kümmert den Staat nicht. Aber die Kirchen?

Jetzt steigt in mir ein Bild auf, ein reales Bild, das mich frühkindlich prägte, offenbar stärker, als ich bisher wußte: Das Bild war groß und goldgerahmt (ein Stahl- oder Kupferstich), hing über dem Ehebett meiner Eltern – so lange, bis der Tod sie schied, erst den Vater und später die Mutter hinwegnahm und das Bild bei irgendeinem Erben unterkam. Das Dargestellte: ein junges Paar, ein Jüngling und seine Braut in Weiß mit Kranz und Schleier. Sie halten sich an den Händen, die wiederum gehalten werden von einem etwas älteren Mann, der vor ihnen steht und zweifellos den Christus darstellt. Unverkennbar eine Vermählungsszene, inspiriert von der biblischen Geschichte der Hochzeit zu Kanaan. Der

Bräutigam schaut mutig drein und scheint (patri-
archalisch geprägt) bereit, die Verantwortung
für die Ehe auf sich zu nehmen und die junge
Braut zu beschützen, die leicht gesenkten Haup-
tes an seiner Seite steht, sichtlich bereit zu lieben
und sich führen zu lassen. Das Bild strahlt etwas
aus, das mich kritisch-revolutionäres junges
Mädchen seltsam berührte. Heute weiß ich, daß
es mir etwas zeigte, was ich verbal entschieden
ablehnte, aber wider Willen akzeptierte: daß bei
einer Ehe etwas Drittes anwesend ist, und das ist
weder Staat oder Kirche, sondern »das Heilige«,
die Heiligkeit der liebenden Vereinigung, das
»Sakrament«. Heute ist mir klar, daß die Ehe
sich auf drei Ebenen ereignet: auf der individuell-
persönlichen, der gesellschaftlich-sozialen und
der kosmischen. Als die Menschen (auch der
westlichen Welt) noch einen Sinn (die höheren
Sinnesorgane) für die Heiligkeit des Lebens besa-
ßen, war ihnen die Hochzeit wirklich ein Sakrament: Nachbild der Vermählung der Götter. Jede
Eheschließung wiederholt den Vorgang des »hie-
ros gamos«, der heiligen Vereinigung von Himmel und Erde. Die Ehe war nicht menschlich
eingesetzt, sondern göttlich sanktioniert. Im Heirats-Ritus der Upanishaden sagt der Gatte zur
Frau: »Ich bin der Himmel, du bist die Erde.«
Das bedeutet: miteinander sind wir das Ganze,
das Welt-All. Sie erwähnen in einem Ihrer Briefe
den Tantrismus, in dessen Heirats-Ritus die Frau
zur Göttin Shakti wird, der Mann zum Gott
Shiva. Die sexuelle Vereinigung der beiden (so

oft in den Tempeln bildlich dargestellt) ist die Verschmelzung von Fleisch und Geist und die Vereinigung von beidem mit dem Kosmos. Die Eheleute sind mehr als individuelle Menschen, sie sind Menschwerdungen kosmisch-göttlicher Kräfte. Die Hochzeit ist also heilig, ein Sakrament, und der Ehebruch ein Sakrileg. Der »Vollzug der Ehe« (von der christlichen Kirche gleichgesetzt mit der Pflicht zum Beischlaf) ist heilig-geheimnisvoll. Etwas von der göttlichen Sanktionierung versuchen die Religionen zu retten. In der katholischen Kirche wird Ehe als eines der sieben Sakramente bezeichnet, aber laut kirchlicher Sakramentenlehre – als eines, das die Brautleute sich selber spenden. Das eigentlich Sakramentale also ist die Liebe, und Liebe ist die irdische Entsprechung der Liebe zwischen dem Schöpfergott und seiner Schöpfung. Diese Vorstellungen (dieser Glaube) waren (sind) wundervoll. Wie armselig ist die Trauzeremonie heute vor dem Standesamt. Die Paare werden (in der Stadt vor allem) »am laufenden Band« getraut, oder vielmehr: abgefertigt. Ein paar gleichgültige stereotype Worte des Beamten, ein paar Unterschriften, und schon ist man gebunden. »Die Nächsten, bitte . . .« Die Götter müssen darüber weinen, die Große Mutter verhüllt ihr Antlitz. Wohin sind die Menschen gesunken . . .

Weil viele junge Menschen fühlen, daß die Trauung zum Sakrileg wurde, zum Verrat an der Liebe, heiraten sie nicht mehr kirchlich, und weil ihnen der Staat ein feindliches Phantom ist, auch nicht mehr standesamtlich. Sie lieben sich und leben zusammen, und das IST ES.

Gestern fragte ich den jungen Polen Z., ob er seine Liebste heiraten wolle. Er zögerte, ehe er sagte: »Ja, wenn sie es will. Ich selbst brauche keine Ehe.« Das ist bemerkenswert, da Z. ausdrücklich Katholik ist.

Ist es also die Frau, die heiraten will? Ja, oft, denn sie glaubt häufig noch immer, daß die Heirat den Mann an sie binde.

Ich bestreite damit Ihren Satz, daß der Mann die Falle stellt. Er *ist* die Falle, und die Frau geht mit verbundenen Augen hinein. Aber die Frauen, welche heiraten wollen, werden immer weniger. Sie ziehen es vor, in Freiheit zu leben, ohne oder mit Kind.

Und die Männer? Diese Frage möchte ich für einen der nächsten Briefe aufschieben. Heute will ich lieber noch etwas Persönliches anfügen.

Meine erste Hochzeit war kirchlich, obgleich sowohl mein (protestantischer) Mann als auch ich längst innerlich mit unseren Kirchen gebrochen hatten. Damals, 1939, spielte der Trotz der politisch Widerständigen gegen den offiziellen Atheismus des NS-Staates mit. Die standesamtliche Trauung war für uns eine Farce, die kirchliche aber nahmen wir ernst, weil wir durch unsere Beschäftigung mit ostasiatischen Religionen den Sinn für Heiliges bewahrt hatten. Wir hätten auch in einem anderen Ritus heiraten können, aber es gab keinen anderen für uns. Gleichwohl: wir erlebten unsere Trauung als heilige Hochzeit.

Wir heirateten in der Münchner Gasteig-Kapelle, der Traupfarrer war mein ehemaliger Religionslehrer, und auf dem Altar standen weiße Lilien. In der Hochzeitsnacht wurde unser erstes Kind gezeugt, sehr bewußt. Es war kein »sexueller Akt«, es war eine heilige Handlung. Meine beiden Kinder sind Kinder der Liebe und in Ehrfurcht gewünscht. Beide Male war die Natur ganz speziell anwesend: das eine Mal als weißer Fliederzweig, das andere Mal als Strauß weißer Narzissen, und ich betete zu einem unbekannten Gott für mein Kind, meine Augen auf die Blüten gerichtet. Daran dachte ich, als ich eben das Manuskript unseres spanischen Freundes Sánchez de Murillo las. Der Titel heißt: »Dein Name ist Liebe.« Ein Kapitel handelt vom Zeugen und Gebären – eine Liebesszene auf höchster (mystischer) Ebene, eine kosmische Hochzeit, und doch im menschlichen Bereich daheim. So also kann es sein. Sexus und Eros und Kosmos als ungeschieden EINES. *L. R.*

Göttliche Lust

Ich stelle erfreut fest, daß wir – auch wenn wir nicht immer derselben Ansicht sind – in uns offenbar eine Sehnsucht nach Zeiten tragen, die dem Menschengeschlecht in so unerreichbare Ferne gerückt sind, daß sich nur noch wenige ihrer erinnern. Ich spreche also von der Zeit, in der die Vereinigung von Frau und Mann als heilig galt, in der die Verbindung Sinn hatte und Erotik als der Weg zur höchsten Ekstase erkannt war, die wiederum die Züge der göttlichen Reinheit trug. Leider wurde mit dem einsetzenden Christentum alles, was mit dieser Art der Erotik zu tun hatte, aus der Sphäre des Göttlichen verbannt, (später) zum bloßen Triebgut des Menschen erklärt und verteufelt. Die Freude an der Lust wurde verpönt, Erotik zum puren Sex degradiert und als nützliches Übel geduldet – um den Fortbestand der Gattung Homo sapiens zu sichern. Hier liegen auch die Ursprünge des kirchlichen Verhütungsverbotes. Der Liebesakt wurde zur freudlosen Pflicht.

Der griechische Schöpfungsmythos dagegen beginnt mit einem Ur-Orgasmus: »Himmelsvater Uranos«, heißt es bei Aischylos, »verlangte danach, die Erdgöttin Gaia zu umfangen, und Liebe ergreift die Erde und Sehnsucht nach Vereinigung mit ihm. Der vom Himmel niederströmende Regen aber macht die Erde schwanger, und diese gebiert den Tieren das Futter und den Menschen die Brotfrucht.« Die Suche nach Liebe, so meinten die Griechen, findet in der körperlichen Vereinigung ihren ersten Höhepunkt. Denn in der Verschmelzung der Körper wird das Glück der Vollkommenheit wieder erlebt. Über den Weg der körperlichen Liebe vermag der Mensch in die himmlische Sphäre des Ur-Ganzen wieder einzutreten und im Göttlichen aufzugehen. Eros verhindert, daß Gott und die Welt auseinanderfallen, Eros schafft die Einheit von Himmel und Erde, von Gott und Mensch.

Übrigens war die Vorstellung von gottdurchdrungener Erotik auch Bestandteil des täglichen Lebens im alten Ägypten.

Und auch hier beginnt die Welt mit einem Ur-Orgasmus: Denn nach der Götterlehre von Heliopolis beugt sich die Himmelsgöttin Nut über den Erdgott Geb und berührt mit ihren Händen und Füßen den westlichen und östlichen Horizont. Und alle Gestirne sind ihre Kinder, die am Morgen in ihrem Mund verschwinden und am Abend wieder aus ihrem Schoß hervorkommen. Ähnlich ist es mit Nuts Tochter, der Mondgöttin Isis. Jede Nacht vermählt sie sich mit ihrem Bruder Osiris, der Nachtsonne, und gebiert den Horus, der die aufgehende Morgensonne symbolisiert. Dessen Bruder Seth aber tötet den Vater aus Eifersucht und wirft dessen Glieder über die gesamte Erde. Wie die Menschen, so mag auch die Göttin nicht ohne ihre »bessere Hälfte« sein und macht sich auf die Suche nach den verstreuten Gliedern des Gatten, kann jedoch seinen Phallus nicht finden. Deshalb zog das ägyptische Volk an den Trauertagen der Isis zu ihren Tempeln, um die verwitwete Himmelsgöttin zu trösten. Dabei stellten junge, geweihte Mädchen Binsenkörbe vor den Altar, die mit runden und länglichen, in der Mitte durchlöcherten Kuchen (Nachbildungen der Vulva) gefüllt waren. Nah bei ihnen schritt die Priesterin der Isis, die an ihren Brüsten eine Urne trug, in welcher sich ein Phallus befand, das heilige Bild der allerhöchsten Gottheit. Das Bild der Vulva ging zudem als Hieroglyphe für »Frau« in das Schriftbild ein, der Phallus symbolisierte den Samen. Und vor den Kultbildern der Liebesgöttin standen oft Phallus-Nachbildungen, welche die Fruchtbarkeit anregen sollten. Offenbar waren für unsere Vorfahren alle Kulthandlungen erotischer Natur – was haben wir nur daraus gemacht in unserem »aufgeklärten« Abendland!

Die Verbindung von Sexualität und Religion, von Eros und Gott, die in erotischen Zeremonien und öffentlicher Sinnlichkeit ausgedrückt wird, findet sich auch bei den afro-asiatischen Religionen; ihre stärkste Ausbildung erhielt diese Verbindung in der altchinesischen Lehre des erotisch orientierten Tao und im indischen Tantra, über das wir ja schon sprachen. Für die Taoisten ist die Liebe auf der Erde dieselbe wie im Himmel, denn Himmel und Erde sind eins: Universum. Und zwei Liebende sind ebenfalls eins mit dem Universum. Die höchste Vollendung göttlicher Erotik finden wir natürlich im alten Indien. Tantra bedeutet aber nicht nur Freude, Ekstase, Vibration und Wollust, sondern auch Ruhe, Frieden und endgültige Wahrheit. Interessanterweise steht Shiva als Versinnbildlichung des heiligen Samens unterhalb von Shakti, der Verkörperung des universellen weiblichen Prinzips, des fruchtbaren Schoßes als Ursprung aller Weiblichkeit. In den von Ihnen erwähnten Upanishaden heißt es übrigens auch: »Zu Anfang der Welt war das Selbst allein. Es blickte um sich und sah nichts als sich selbst. Da es aber wie ein Mann und eine Frau in inniger Umarmung war, ließ es sich in zwei Teile auseinanderfallen. Und es gingen Mann und Frau hervor.« Wie jedes Wesen nur aus dem Orgasmus entstehen kann, muß auch die Welt selbst durch einen Orgasmus geschaffen worden sein. Und da die »creatio« von Mann und Frau für die Gottheit von höchster Lust war, ließ sie sich immer wieder auseinanderfallen, um immer wieder aufs neue zusammenkommen zu können. Daher erhielt die Verschmelzung zweier Liebender den Status göttlichen schöpferischen Aktes; wenn Mann und Frau sich liebten, so nahmen sie am ursprünglichen göttlichen Geschehen teil. Die Rituale, die technischen Anleitungen zum Liebesglück wurden dabei den ersten Menschen von der Gottheit selbst vermittelt, damit auch sie des Glücks der vollkommenen Freude und der unbegrenzten Macht über das Universum teilhaftig würden. Und was haben die Christen von ihrem Gott erhalten? Zehn Gebote! Das hinduistische Tantra dagegen ist keine dogmatische Religion, keine einseitige Systemphilosophie. Tantra will gelebt sein. Es ist frei von Hemmungen, es kennt keine Neurosen, es basiert auf dem Konkreten. Und es stellt keinerlei Belohnung in einer anderen, jenseitigen Welt in Aussicht, sondern verspricht Belohnung im Hier und Jetzt. Tantra ist ein Prozeß, der von Mensch zu Mensch, von Land zu Land verschieden sein kann. Es geht dabei aber immer nur um das »Wesentliche«, was »Tantra« dem Wortsinn nach bedeutet. Um das Wesentliche (die Einheit von Mensch und Gott) zu erfahren, wiederholen die Anhänger der tantrischen Lehre immer wieder die Meditationen und Rituale, weil für sie die mystische Erfahrung des Göttlichen und die Vereinigung mit ihm das letzte Ziel des Menschen bedeutet. Tantra lehrt, daß wir eins sind mit dem Absoluten. In dieser Erkenntnis wird die Welt wieder heil, erfährt sie die lang ersehnte Heilung, kommt »der Heiland« wieder.

Ich glaube, Jolan Chang hat recht, wenn er im »Tao der Liebe« schreibt: »Ohne die natürliche Einstellung zur Liebe und zur Sexualität (wie die Alten sie lebten) kann es keine Lösung geben für die Leiden der Welt. Zerstörung und Selbstzerstörung, Haß und Kummer, Habsucht und Besitzgier haben fast immer eine einzige Ursache: den Hunger nach Liebe. Dabei quellen die Kräfte der Liebe aus einem unerschöpflichen Brunnen, der so unerschöpflich ist wie das Universum.« *HCM.*

Das ist mein Freund

Da Sie vom antiken Griechenland sprechen, will ich gleich dort anknüpfen: bei der antiken Homophilie, die keineswegs »anormal« war; im Gegenteil: sie war eine legitime Form der Liebe, gesellschaftlich anerkannt, nicht nur das, sondern hoch bewerteter Teil der Pädagogik, der Erziehung der Knaben zu Männern, eben durch homoerotische Liebe, welche die sexuelle Erziehung einschloß.

Aber ich möchte in unserer Zeit bleiben. Gestern fand ich, ohne danach zu suchen, in meinem Bücherregal eine alte Broschüre: eine Umfrage bei Schriftstellern, Politikern und Wissenschaftlern zum Thema Homosexualität. Titel: »Weder Krankheit noch Verbrechen«. Es geht um den Paragraphen 175 StGB und stammt aus dem Jahre 1968. Damals ging es um die Abschaffung der Strafbarkeit der Homosexualität. Hätte ich nicht einen Beitrag zu jener Broschüre geliefert, wie ich gestern feststellte, hätte ich nicht mehr gewußt, daß die Homosexualität bis dahin strafbar war. Wo stand denn damals unsere deutsche Justiz? Es gab doch schon einmal ein Gesetz, das Homosexualität als »Verbrechen gegen das deutsche Volk« brandmarkte und ein »legaler« Grund für den Abtransport ins KZ und die Gaskammer war. Was war denn damals, unter Hitler, das Strafwürdige an der Homosexualität? Daß Homosexuelle keine Kinder zeugten. Deutschland aber brauchte Kinder, denn es brauchte einen Vorwand für den Krieg. Wir sollten sein ein »Volk ohne Raum«. Man wollte den forcierten explosiven Überschuß an Nachwuchs. Wer keine Kinder zeugte, sabotierte Hitlers Eroberungspläne.

Daß bis 1968 noch eine derartige Idee lebte, ist absurd. Aber sie war nicht die wirkliche Ursache für die neue Hexenverfolgung. Man wollte plötzlich »eine saubere Moral«. Und Homosexualität war »unsauber«. Homosexuelle waren dem kleinbürgerlichen Verstande nach »Kranke«, und ihr Verhalten galt als Perversion, als »anormal«. Daß die christlichen Kirchen hier auf der Seite der »Normalen« standen, ist klar, vielleicht gerade, weil es innerhalb kirchlicher Mauern viele Homosexuelle gab (und gibt). Offiziell ächtete man das real existierende Phänomen der Homosexualität unter Klerikern. Ich schrieb damals auch eine Arbeit zum Thema »Zölibat und Frau«, deren Offenheit mich heute frappiert. Ich wagte zu schreiben, »daß viele Priester lebenslänglich latente Homosexuelle sind, ohne daß sie selbst sich dessen bewußt werden. Vielleicht hat gerade eine Gesamtveranlagung, welche zur Homoerotik geneigt macht, sie zu ihrer Entscheidung geführt. Möglicherweise hat eine zu starke Mutterbindung sie dem ganzen übrigen weiblichen Geschlecht entfremdet. Vielleicht haben sie sich instinktiv der Möglichkeit, je sich einer Frau zuwenden zu müssen, durch die Flucht in den Zölibat entzogen.«

Ich schrieb übrigens in jenem Aufsatz und einem noch früheren nicht »Homosexualität«, sondern »Homophilie« oder auch »Homoerotik«. Damit hob ich sehr bewußt das Phänomen der gleichgeschlechtlichen Beziehung aus dem Bereich des bloßen Sexualtriebs in den des Eros und gab ihm so seine (platonische) Würde zurück. Ich schrieb damals: »Homophilie ist eine legitime Form der Liebe zwischen Menschen. Es ist nicht einzusehen, warum etwas strafbar sein soll, was Liebe ist.«

Ich habe keine einschlägige persönliche Erfahrung mit homophiler Liebe, wohl aber eine indirekte mit dem Phänomen der Homophilie. Habe ich Ihnen schon davon erzählt? Ich habe in meiner Autobiographie darüber geschrieben. Im Jahr 1942, als die politische Jagd der Nazis auf Homosexuelle sich steigerte, lernte ich einen Kollegen kennen, der als »Homosexueller« in Berlin bekannt und nun akut gefährdet war. Er hatte Vertrauen zu mir und bat mich um Hilfe. Diese Hilfe bestand darin, daß ich ihn offiziell heiratete (ich war Witwe). Eine Heirat konnte ihn vom Makel der Homosexualität reinwaschen. Eine absurde Zumutung für mich. Aber um ein Menschenleben zu retten, konnte oder vielmehr mußte ich helfen. Wir wohnten in einem Haus mit seiner Mutter zusammen, die hoffte, ich könnte ihren Sohn zur »Normalität« bekehren, wozu aber weder ein Anlaß noch eine Möglichkeit bestand. Ich habe damals die versuchte Annäherung des Kollegen an einen schönen Dorfjungen mit Entsetzen beobachtet und hegte von da an längere Zeit eine gewisse Reserve gegenüber dem Phänomen der Homosexualität. Jener Kollege (er ist längst verstorben) zog nach dem Krieg in die DDR, wo Homosexualität – wie ich jener Broschüre entnahm – nicht verteufelt und nicht strafbar war.

In Italien lernte ich einen Diplomaten kennen, vor dem ich meinen schönen Sohn Stephan schützen mußte. Der Mann, dessen Neigung bekannt war, lebte in ständiger Angst, zwar nicht vor Strafverfolgung, sondern vor den neapolitanischen Jungen, die ihn (der immerfort zu Adressenänderungen sich gezwungen sah) überall aufspürten und erpreßten. Jene gerissenen jungen Neapolitaner prostituierten sich für Ausländer. Fischerjungen, die ihr einträgliches Handwerk als »guide« betrieben, was eine Bootsfahrt auf dem Meer einschloß und den dazu gehörenden Sex. Verführer eher als Verführte. Und sie hatten nebenbei ihre Mädchen. Durch jenen Diplomaten bekam ich Einblick in das Netz der Homophilie. Männer, die sich dorthin wagten, riskierten viel. Der Erpressung ein Ende zu setzen war schier unmöglich. Eine Anzeige hätte nicht dem Erpresser, sondern dem Erpreßten geschadet.

Es scheint jetzt wohl, als habe ich das Phänomen Homosexualität nur von seiner negativen Seite her betrachtet. Wie kann ich dann schreiben, es sei eine legitime Form der Liebe? Wie konnte ich solche Beziehungen auch im Bekanntenkreis verteidigen?

Sie kennen mich schon von meinem politischen Handeln her als eine Verteidigerin der Minderheiten, wie etwa der Sinti und Roma (sowohl in Deutschland wie in Italien). So wäre mein Eintreten für die Homosexuellen eine Form des Kampfes um das Recht der Minderheit? Das wohl auch. Aber das allein würde nicht ausreichen, um meinen Satz zu begründen, es sei eine legitime Form der Liebe.

Vor vielen Jahren kam zu mir ein Besucher, jung, sehr hübsch, sehr intelligent. Er war sichtlich gequält von einem Problem, das er nicht formulieren wollte oder konnte. Es dauerte Stunden, bis wir zum Kern seines Lebensproblems kamen: Er habe, sagte er, trotz seines großen Bedürfnisses nach Liebe keine Beziehung zu Mädchen, obwohl sich ihm mehrere anboten. Hatte er einen Freund? Nein, das auch nicht. Als er dies sagte, wurde er rot und unsicher. Das führte mich auf die richtige Spur. Vorsichtig tastete ich mich weiter voran, bis ich sicher war, daß ich es wagen durfte, ihn zu fragen, ob er denn je gedacht habe, er könne homosexuell sein. Da sprang der sonst so Sanfte plötzlich auf und rief so vehement »Nein!«, daß ich erkannte, ihn getroffen zu haben. Und warum sein so heftiges »Nein«? »Weil«, sagte der explizite Katholik, »das ja eine Todsünde wäre.«

»Und warum eigentlich?«

»Weil es ein Sturz ins Triebhafte ist, ins Tierische.«

»Und die heterosexuelle Liebe?«

»Die ist geheiligt durch die Ehe.«

Ich dachte: Mein Lieber, du hast ja keine Ahnung, wieviel Triebhaftigkeit und Perversität es in Ehen gibt. Die Heiligung der Ehe liegt in der Liebe, nicht in der kirchlichen und gesellschaftlichen Sanktionierung.

Ich fragte ihn, ob er denn nicht glaube, daß auch Gleichgeschlechtliche sich lieben können, wobei das eigentlich Sexuelle genauso integriert sein könne wie in der Ehe.

»Aber es ist einfach unnatürlich«, beharrte er.

Was ist natürlich, was nicht? (Daß es auch unter Tieren Homosexualität gibt, wollte ich gar nicht erst erwähnen. Kinder, die auf dem Land aufgewachsen sind, kennen zum Beispiel das lächerliche und vergebliche Bespringen von Kühen untereinander.)

Seine Antwort: »Es gibt eben Männer und Frauen, und die . . .«

»Halt: es stimmt, daß es Männer und Frauen gibt, aber mit diesem Satz begehen Sie eine ›simplification terrible‹. Es gibt in der gesamten Schöpfung das Männliche und das Weibliche.

Aber das Männliche ist nicht identisch mit dem konkreten Mann, und das Weibliche nicht mit der konkreten Frau. In jedem Menschen ist beides, nur verschieden-gewichtig. Es gibt feminine Männer und maskuline Frauen. Was sich anzieht, ist das Männliche und das Weibliche. Ist es nicht denkbar«, sagte ich meinem jungen Besucher, »daß Sie sehr viel Weibliches haben, so daß Sie nicht nach weiblicher, sondern nach männlicher Ergänzung suchen, um ganz zu werden?«

Natürlich dauerte dieses Gespräch mehrere Stunden. Ich redete nicht sehr direkt, sondern vorsichtig. Ich durfte ihn ja nicht erschrecken. Ich mußte ihn dahin führen, seine mir offenbare homophile Neigung sich bewußt zu machen und zu akzeptieren und seine Sündenangst aufzulösen.

Eines Tages kam er wieder, und nicht allein. Er stellte mir seinen Begleiter vor: »Das ist mein Freund.« Dieser Freund war ein schöner, kräftiger junger Mann, neben dem der andere ausgesprochen mädchenhaft wirkte. Beide waren glücklich. Sie verhielten sich diskret zärtlich zueinander. Ein Paar. Um es gleich zu sagen: Die beiden sind heute noch ein Paar nach mehr als zwanzig Jahren. Sie strahlen Frieden und Liebe aus. Da hatten das Yang und das Yin zur Einheit gefunden. Das also gibt es. Und es gibt es wohl öfter, als man meint. Vielleicht leben die homophilen Paare, die durch keine Institution gebunden sind, erfüllter als die konventionellen Ehepaare.

Meine Frage: Warum wollen viele homophile Paare dennoch eine Sanktionierung zumindest durch die Kirche? Weil sie religiös sind und Kirche und Ehe ernst nehmen? Das wohl auch. Aber es gibt einen anderen Grund: Sie sind, obwohl keine verfolgte Minderheit mehr, dennoch Ausgegrenzte. Sie wollen die Gleichheit, die gleiche Normalität, dieselben Rechte (Adoption, Rente usw.). Und sie sehen nicht ein, warum ihr Anderssein das verdächtige Ganz-Andere sei. Jemand als »Schwulen« zu bezeichnen, bedeutet immer noch ein negatives Urteil, eine offene oder geheime Ächtung und eine tiefe Verletzung.

Soviel ich weiß, hat in Holland eine Kirche (welche?) ein homophiles Paar getraut mit der Trauformel: ». . . bis daß der Tod euch scheidet.«

Der Tod. Es gab vor einigen Jahren einen Fernsehfilm, live aufgenommen über längere Zeit. Ein Mann hatte sich Jahre zuvor mit AIDS infiziert. Sein späterer Partner wußte das. Es hat ihn wohl erschreckt, aber er blieb dem Kranken treu. Treu bis zum Tod. Der Kranke starb in seinen Armen. ». . . bis daß der Tod euch scheidet.« Ist das keine sakramentale Weihung der Liebe auch bei Homophilen?

Vorige Woche bekam ich, einem Brief beigelegt, ein gelbes Faltblatt zum Thema Homophilie, herausgegeben von der Gruppe »Angehörige homosexueller Menschen«. Es liegt in Schweizer Kirchen aus und ist gedacht zur Aufklärung über Homophilie und die damit verbundenen Probleme. Ein mutiger Schritt nach vorne, längst fällig.

Ich sehe, daß mein Brief wie ein Plädoyer für die Homophilie wirkt, während er doch ein Plädoyer für Toleranz sein soll. Ich habe noch einiges zum Thema zu sagen. Ein andermal. Ich schließe jetzt vorläufig mit einem Satz, der ein Seufzer vieler Frauen ist: »Es ist ein Jammer, daß die interessantesten Männer Zölibatäre oder Homophile sind!« Ein Satz, den die Männer replizieren können mit der Frage: Habt ihr Frauen euch einmal gefragt, ob ihr nicht selbst mitschuldig seid am Anwachsen der Homoerotik? Habt ihr Mütter uns zu sehr, zu wenig oder falsch geliebt? Ihr aggressiven Feministinnen: Treibt ihr uns nicht in Beziehungen, die es uns erlauben, so zu lieben und so geliebt zu werden, wie wir es wirklich brauchen? *L. R.*

Liebe im Paradies

Leider muß ich mit einigen »technischen« Fragen beginnen: Für die beiden ARTE-Filme haben Sie Ihre Mitwirkung ja bereits versprochen, ich werde also in fünf bis sechs Wochen mit einem Kamerateam bei Ihnen in Rocca erscheinen (wie schön, Sie wieder in gewohnter Umgebung zu erleben); nun aber kommt eine weitere Film-Bitte: Ich habe Ihnen doch erzählt, daß ich bei Radio Bremen die TV-Sendereihe »Menschen-Kunde« moderiere, bei der auch unser gemeinsamer Freund Eugen Drewermann schon einige Male zu Gast war. Ich würde mich freuen, wenn ich Sie zur Sendung mit dem Titel »Leben danach« einladen könnte. Termin der Aufzeichnung wäre allerdings schon in drei Wochen und zwar in Bremen. Hätten Sie Lust? Zeit? Freude, daß wir uns schon jetzt wiedersehen? Wir werden darüber telephonieren, denke ich.

Nun zu Ihrem tiefen, schönen Brief. Am meisten beeindruckte mich der Satz: »Es ist nicht einzusehen, warum etwas strafbar sein soll, was Liebe ist.« Nun, strafbar war ja nicht die Liebe unter Gleichgeschlechtlichen, sondern der Vollzug, die Körperlichkeit. Und genau hierin offenbart sich erneut die von mir immer wieder und so vehement angegriffene Rolle der Machtinstitutionen in ihrem Verhältnis zu den »Untertanen«. Es war so, und es wird immer so bleiben: Nur wer das Sexualverlangen und -verhalten eines Volkes kontrolliert, kann sich des Machterhaltes sicher sein. Denn es ist die ungeheuerste, größte, stärkste Kraft, die sich hier Bahn bricht: Es ist die Kraft des Lebens selbst. Und es ist kein Wunder, daß die »sexuelle Revolution« (die letztlich freilich gar keine war) Hand in Hand ging mit der politischen Bewegung der 68er. Ich meine, es wird nicht Frieden sein auf Erden, solange Menschen immer wieder versuchen, diese Lebenskraft in anderen Menschen zu unterdrücken. Darf das Leben denn nicht Lust sein?

Ich schreibe dies, denn ich habe einmal einen Ort erfahren, an dem diese Lust lebendig war, an dem eine schier unglaubliche Freiheit herrschte und an dem sich exemplarisch das vollzog, was ich als Idealzustand vielleicht zu oft verherrlicht habe. Sie fragen, wo denn solch ein paradiesischer Ort gelegen sein könnte. Im Ägäischen Meer. Es handelt sich um die griechische Insel Mykonos, auf der ich in den Siebzigern vier Jahre lang lebte. Das Eiland war damals schon berühmt-berüchtigt für Leben in Freiheit, Liebe unter der Sonne, vorzügliche Inselküche – und das Fehlen jeglichen Gesetzes, das einem ausgelassenen und zügellosen Leben Einhalt geboten hätte. Die Sage von der Liebes-Insel verbreitete sich schnell, und schon kamen die ersten Vertreter des Jet-sets, um die Windmühlen, die engen Gassen, die weißgetünchten und bougainville-umkränzten Häuser und die fabelhafte Kykladenarchitektur in Besitz zu nehmen. Kinder des Olymp wie Jackie Kennedy, Elizabeth Taylor, Soraya, deutsche Prinzen und Müßiggänger von internationalem Ruf trafen sich bald zum munteren Stelldichein und fanden außerdem eine Bar, welche Mykonos zu weiterem Weltruhm verhelfen sollte: PIERRO'S, nach hellenischem Gesetz auf den Namen des damals 15jährigen Fischerjungen Andreas eröffnet, in den sich der italienische Maler Pierro verliebt hatte. Dieser Platz war Treffpunkt und Rummelplatz der Homosexuellen (oder Homophilen, wie Sie sagen würden), welche die Verheißung auf zügellose Ausschweifung auf die Insel lockte. Und in der Tat, niemand störte sich an den wilden, allabendlich zur Schau getragenen Kostümen, den geschminkten und geglitterten Gesichtern, den nackten Körpern am »Superparadise«-Strand. Denn diese Bürger zeigten – trotz aller Ausgelassenheit –, daß sie mit Vernunft begabte Wesen waren, und brachten der Insel der Träume den Ruf besonderer Ästhetik ein. Die sexuelle Attitüde allerdings gaukelte den Herren der Schöpfung eine Scheinfreiheit vor, die sie bedingungslos annahmen, nicht wissend, daß Mykonos in antiker Zeit

»Micha« bzw. »Michonos« hieß, was soviel wie »Bordell« bedeutet. Die Einwohner der Nachbarinsel Delos, heilige Geburtsstätte von Apoll und seiner Zwillingsschwester Artemis, benutzten Michonos, um ihren Trieben freien Lauf zu lassen. Daran hat sich auch nach 2000 Jahren nichts geändert.

Auf dieser Insel verbrachte ich also meine glücklichsten Tage, nicht weil ich mich den Homophilen zurechnen würde (Sie wissen ja, daß in deren Umgebung stets die außergewöhnlichsten Frauen anzutreffen sind), sondern weil ich hier jene Freiheit erahnen konnte, die mir für das Menschengeschlecht vorschwebte. Es war nicht die später einsetzende heterosexuelle Revolution, die das Freiheitsparadies für Gleichgesinnte zerstörte; es waren, wie immer, zukunftsorientierte Reiseunternehmen. Und es waren die Griechen selbst, die nach kurz genossener Befreiung von den Zwängen der Militärdiktatur bis heute nicht wissen, was ihr Land wert ist und bedeutet. Die Welt liebt Griechenland mehr, als die Griechen es tun: jenes Griechenland, das die gleichgeschlechtliche Liebe ebenso hoch einschätzte wie die gegengeschlechtliche und das Ideal der »platonischen« Liebe kreierte, welche stets als ungeschlechtliche fehlinterpretiert wird; »platonisch« meint durchaus das geschlechtliche Verhältnis zweier Männer, meist eines älteren mit einem jüngeren, wobei der ältere nicht nur in sexuellen Fragen als Erzieher, als Lehrer gilt. 2000 Jahre nach Platon gibt es dies alles nicht mehr; das, was einst als »natürlich« aufgefaßt wurde, ist – wie Sie ganz richtig bemerken – ausgegrenzt. Und dennoch stellen wir weltweit eine enorme Zunahme gleichgeschlechtlicher Paare fest. Auf fast jedem Kontinent feiert man einen »Gay Day«, es werden Olympische Spiele für Homophile ausgerichtet, und die öffentliche Ächtung schwindet allmählich. José Sánchez sagt, man könne immer dann einen Anstieg der Homosexualität verzeichnen, sobald sich eine Kulturgesellschaft ihrem Höhepunkt (und damit ihrem Ende) nähert. Ich möchte dem nicht widersprechen, man könnte höchstens zusätzlich darüber spekulieren, ob die rapide Zunahme der Homosexualität nicht auch als Trick der Natur angesehen werden kann, der Überbevölkerung Einhalt zu gebieten. Ein schöner Gedanke, nicht wahr: das sich selbst regulierende Universum.

Auf Mykonos lernte ich übrigens eine hochinteressante Liebeskonstellation kennen: P., Gynäkologe, J., ehemaliger Tänzer, und W., Zahntechniker. P. war der älteste, J. zwei und W. ganze zwanzig Jahre jünger. P. hatte die Mutterrolle inne, J. die des Vaters, und W. war das Kind. Die drei liebten sich, das war ganz offensichtlich – und man schlief (auch zu Hause) in *einem* Bett. Mir gefiel diese ungewöhnliche Konstellation gerade deshalb, weil sie nur scheinbar ungewöhnlich war, in Wirklichkeit aber alle Attribute der bürgerlichen Ehe aufwies. Ein weiteres Dreigestirn also. Was macht übrigens jenes, über das Sie mir so ausführlich berichteten? Hat sich die

Frau scheiden lassen? Ist der Mann mit seiner »Kleinen« ausgezogen? Oder bilden – diese Variante wäre besonders spannend – die betrogene Ehefrau und die »Kleine« ein Paar? Ich stelle mir das Seelenleben des Patriarchen vor, der erfährt, daß »seine beiden Frauen« ihn *gemeinsam* verlassen haben, um es fortan der Dichterin aus Lesbos gleichzutun . . .

Hier ertappe ich mich übrigens bei einer typischen Phantasie des heterosexuellen Mannes, für den die Vorstellung von zwei sich liebenden Frauen viel aufregender ist als die von zwei (oder mehreren) Männern. Geht es Frauen da umgekehrt? *HCM*.

Sappho

Ich beginne diesen Brief, ehe ich Ihre Antwort auf meinen letzten habe. Mich drängt es zu einer Ergänzung des meinigen. Ich schrieb über Homoerotik, aber nur über jene der Männer. Als ob es das Phänomen bei Frauen nicht gäbe. Es war nur nie Gegenstand des allgemeinen Interesses und auch nicht Gegenstand juristischer Zugriffe, nicht einmal im NS-Staat, in dem Frauen ja vorwiegend als Mütter künftiger Soldaten (Helden-Mütter) galten. Die Frau an sich zählte nicht im Männerstaat. Es gab aber selbst damals Lokale für lesbische Frauen. Ich weiß das, denn ich wurde 1942 von einer lesbischen Kollegin in Berlin in ein solches Lokal mitgenommen. Ich fand nichts Aufregendes dabei. Die Frauen trugen Männer-Anzüge mit Schlips, rauchten Zigaretten mit Spitze oder auch Zigarren, tranken, tanzten, schwatzten. Es waren lauter Intellektuelle. Es war langweilig. Ich dachte mich weit weg auf die Insel Lesbos und zur großen Sappho. Was hatten die Berliner Lesben zu tun mit dem heiligen Mysterium? Damals, um 600 v. Chr., wurden Frauen schweren Einweihungsriten unterzogen. Sie mußten jahrelang in Dunkelheit leben (in Höhlen meist) und einen »Todesweg« gehen, hinab in ihr eigenes Innerstes, in den Kern ihrer Weiblichkeit, damit sie die »alchemische« Hochzeit ihrer Weiblichkeit mit ihrer eigenen Männlichkeit vollziehen konnten. Wir wissen heute einiges über jene Mysterien, wie sie zum Beispiel in Eleusis ausgeübt wurden. Wo immer solche »Einweihungen« stattfanden, ging es um die Erweckung der besonderen weiblichen Kräfte: der Liebes-Kräfte, die von individueller, personaler Liebe aufstiegen bis ins Kosmische, zur All-Liebe. Ob diese Einweihungen verbunden waren mit körperlich-sexuellen Riten, weiß ich nicht. Es scheint aber so. Es muß ja so sein, denn Liebe ist immer ganzheitlich.

Es gibt von der großen Sappho Gedichte, die von ihrer wilden Sehnsucht nach einer bestimmten Frau sprechen, nicht von mythisch-mystischer All-Liebe. Ich las vor einem halben Jahrhundert ein Gedichtfragment, von dem eine einzige Zeile mir im Gedächtnis blieb: ». . . Schauer unterrieselt die Haut mir . . .«, das fühlt sie, wenn sie an ihre Geliebte denkt. Jetzt fand ich in Band II des Edith-Stein-Jahrbuchs ein fast vollständiges Gedicht von Sappho. Es ist ein Gebet an Aphrodite, die Göttin der erotisch-sexuellen Liebe. Das Gedicht ist eine Klage um eine Frau, welche die Liebe einer andern nicht erwidert.

Aphrodite möge geben, daß ihr, die »in der Seele rasend« ist, geschehe, was sie maßlos wünscht: »daß die, die heute noch lieblos, bald schon liebe, auch wenn sie nicht will . . .«(!) Wenn Sie den Band »Das Weibliche« zur Hand haben, finden Sie das Gedicht im 2. Kapitel über »Tiefe und Vielfalt von Frau und Weiblichkeit«, eine Textauswahl aus Frauen-Dichtungen aus zweieinhalb Jahrtausenden. Eine Fundgrube zum Thema Liebe. Die Auswahl, oft auch die Übersetzung, stammt von unserem andalusischen Freund, dem Karmeliter José Sánchez de Murillo. Bemerkenswert: ein spanischer Ordensmann befaßt sich (gedanklich und sprachlich-literarisch) positiv mit der erotisch-sexuellen Liebe, auch der lesbischen. (Was alles im Christentum Raum hat . . .)

Sie schrieben von Mykonos als dem Paradies der homoerotischen Männer. Welcher Unterschied ist zwischen der Liebe von Mann zu Mann und der von Frau zu Frau? Ist Liebe nicht gleich Liebe? Ist Liebe nicht immer das gleiche tiefe Gefühl der Sehnsucht und der Wunsch nach der Einung, verbunden mit dem Ur-Schmerz, daß die restlose Einung nicht gelingt? Spielt das erotisch-sexuelle Moment nicht hier wie dort die gleiche dominante Rolle?

Schon, schon. Aber mir scheint, die lesbische Liebe ist, wiewohl auch eine sinnliche Leidenschaft (wie die Gedichte der Sappho authentisch zeigen), doch eher seelisch-gemüthafter Natur. Sie ist jedenfalls nicht gewalttätig und viel näher am Ideal der besitz- und machtfreien Liebe. Frauen-Beziehungen sind zärtlicher (in der Regel; es gibt natürlich auch Probleme der Dominanz). Aber Männer sind nun einmal brutaler schon von ihrer Physis her (ob sie es wollen oder nicht: Sie sind eben so). Der Phallus ist das Symbol der wenn auch noch so von Erotik verhüllten Gewalt. Der Mann penetriert die Frau im Geschlechtsakt. Das erste Mal ist die Frau (das Mädchen) wirklich einem Opfertier ähnlich. Sie hat Schmerzen, sie blutet, sie hat dunkle Ängste, bei aller ebenso dunklen, lustvollen Neugier.

Mir fällt soeben ein Buch ein, zu dem ich seinerzeit das Vorwort schrieb (deshalb erinnere ich mich so gut daran). Die Herausgeberin des Buches ist eine französische Journalistin, Marcelle Auclair. In einer Zeit sehr heftiger Diskussion um die Strafbarkeit der Abtreibung in Frankreich wollte Marcelle Auclair die Erfahrungen der Frauen erforschen. Sie setzte eine Anzeige in die Zeitung, betroffene Frauen mögen sich äußern. Die Kolleginnen sagten, die Umfrage werde nichts Wesentliches einbringen; die Frauen würden sich scheuen, über dieses Tabu-Thema zu schreiben. Doch es kamen Aberhunderte von Briefen, anonyme und auch namentlich gezeichnete. Die Eröffnungen waren erschreckend. Das ganze schwarze Unheil des Patriarchats kam zutage. Das Resümee: es waren meist nicht die Frauen, die die Abtreibung wollten, sondern der Ehemann oder »Liebhaber«. Die Frauen schilderten offen, wie sie vom oft betrunkenen oder sexbesessenen Mann vergewaltigt wurden. Programmiert vom Gesetz der Unterordnung und der kirchlich sanktionierten Pflicht zum Beischlaf, fügten sie sich. Und sie kannten keine Verhütungsmittel oder wagten sie nicht anzuwenden, da die Kirche sie ja verbot. Der Mann erwartete – wenn er überhaupt so weit dachte –, daß die Frau sich zu schützen wisse. Und wenn sie schwanger wurde, gab er – das war absurd und doch folgerichtig – ihr die Schuld. In ihrer Not ging sie, wenn sie nicht das Geld hatte für eine risikolose Abtreibung im liberaleren Ausland, zur »Engelmacherin«. Wie viele Frauen sich dabei schwere gesundheitliche Schäden zuzogen oder gar starben, kann man nur vermuten. Einen rechtlichen Schutz gegen Vergewaltigung in der Ehe gab es nicht (darüber wird noch heute gestritten!). Daß solche Frauen und jene, die sich solidarisch mit ihnen fühlten, ihre Ehen und Liebschaften schließlich als Hölle erlebten und daß ihre anfängliche Liebe sich in Haß verwandelte, ist mehr als begreiflich. Was den Frauen blieb, war die Sehnsucht nach echter Liebe, nach weiblicher Zärtlichkeit, nach der verständnisvollen Seele, die sie, nach ihren Erfahrungen mit dem Mann, bei der Frau zu finden hofften und meist auch fanden und finden.

Ich bin öfters von Männern gefragt worden, wie es denn sein könne, daß Frauen körperlich sich von Frauen angezogen fühlen. Nun: das geschieht nach dem Gesetz, demzufolge die gegensätzlichen Pole einander anziehen. Auch in der

Frau gibt es das männliche Element. In jeder lesbischen Liebesbeziehung ist eine Partnerin »der Mann« und die andere »die Frau«. Diese Polarität ist sehr interessant. Und sie gilt im übrigen auch für homoerotische Beziehungen zwischen Männern.

Die Neigung zur Homoerotik – sowohl unter Frauen wie auch unter Männern – entspricht dem Geist unserer Zeit, dem Geist, dem die Zukunft gehört: dem Geist des Friedens, das heißt der Absage an jede Form von Gewalt – daher auch die Absage an die Institution Ehe, die nur zu oft von der Frau als Herrschaftsinstrument des Mannes erlebt wird.

So ist denn von Lesbos schließlich ein Bogen zur Gegenwart geschlagen. Aber er wird weiter gespannt werden müssen: von der egoismusgefährdeten Zweier-Liebe zur Sympathie mit allen Wesen.

Vorerst muß gelernt werden – von der Frau so gut wie vom Mann –, daß Liebe Freiheit bedeutet. Auch die schönste Liebe macht geneigt, das geliebte Wesen auf subtile Weise zu binden.

Während ich am letzten Abschnitt meines Briefes schrieb, kam Ihr Brief zum Thema. Es amüsiert mich zu lesen, daß Sie die Vorstellung von der erotischen Beziehung zwischen Frauen viel aufregender finden als zwischen »zwei oder mehr Männern« (so schreiben Sie), und Sie wollen wissen, ob die Vorstellung von Männerliebe Frauen aufrege. Für mich hat diese Vorstellung nichts Aufregendes. Meine Phantasie beschäftigt sich nicht damit. Was mich mehr interessiert, ist das Phänomen der Freundschaft zwischen Männern, ein Thema, zu dem ich in den »Bekenntnissen« des Augustinus Stoff finde.

Meine Konklusion zum Thema: Männer sollen von (lesbischen) Frauen lernen, wie eine Frau geliebt werden will, und Frauen sollen lernen, homoerotische Männer und deren echte, tiefe Bedürfnisse zu verstehen und zu tolerieren. Denn nur die gegenseitige Bejahung schafft Frieden. *L. R.*

PS: Zu Ihrer Frage, ob ich bei Ihrer Bremer Sendung mitarbeiten möchte, sage ich ein klares Ja.

PS 2: Zu Ihrer weiteren Frage, was denn aus »unserem Dreigestirn« wurde, weiß ich im Augenblick nichts zu sagen. Zur Scheidung kam es bis jetzt nicht. Bei dem Bekanntheitsgrad des Anwaltes hätte ich davon gehört. Ich glaube, die drei leben einfach so weiter wie bisher. Ihre Vorstellung, die beiden Frauen könnten sich gefunden haben, ist amüsant. Übrigens wär's möglich bei der gegenseitigen Sympathie.

PS 3: Was mich im Augenblick interessiert, ist die Frage nach der Möglichkeit von Ehen oder eheähnlichen Verbindungen von »normalen« Frauen mit (vorwiegend oder eindeutig) homoerotischen Männern. Modell André Gide und seine Frau Madeleine.

Anspruch auf Ewigkeit

Ich hoffe, Sie sind wohlbehalten wieder in Italien eingetroffen, nachdem Ihr Auftritt in der Menschen-Kunde-Sendung ja für Furore gesorgt hat, sicherlich nicht nur sender-intern.

Von allen Beteiligten soll ich Ihnen nicht nur die besten Grüße bestellen, sondern Ihnen auch mitteilen, daß Sie ihre Herzen geöffnet haben, speziell durch die persönlichen Gespräche im Anschluß an die Aufzeichnung. Man sieht dabei, wie wichtig das von Mensch zu Mensch übermittelte Wort ist. Aber auch ich war höchst begeistert, wie souverän Sie mir coram publico Auskunft gaben. Es ist ja beileibe nicht einfach, über so Gewichtiges wie den Tod und das »Leben danach« auf heitere Weise zu sprechen. Leider konnten wir die Frage der »Liebe nach dem Tod« nicht vertiefen.

Einige Gedanken dazu: Jede menschliche Liebe unterliegt aufgrund ihrer Zeitlichkeit (also aufgrund der Tatsache, daß die Beteiligten irgendwann einmal sterben müssen) und ihrem Anspruch auf Ewigkeit (denn wozu sollte man lieben, wenn die Zielrichtung nicht das Dauernde, Bleibende wäre?) der Spannung zwischen Endlichkeit und Unendlichkeit. Somit muß man von einer dem Menschen auferlegten Paradoxie sprechen. Aus der Sehnsucht und dem Unsterblichkeitsbedürfnis des Liebesdranges heraus werden die Liebenden in die Endlichkeit und Härte der Wirklichkeit gedrängt. Liebe ist also stets mit immanenten Vorzeichen des Abschieds zu sehen, ebenso wie das Gesamtleben stets das Wissen vom Tod in sich trägt. Aber liegt nicht gerade in der Möglichkeit der Überwindung des Abschieds, des Ab-Scheidens, die Fähigkeit zur Selbsttranszendenz begründet, auf daß man mehr werde, als man ist? In der Sendung sagten Sie etwas, was mich äußerst bewegte: Sie sprachen davon, daß Sie vergangenes Jahr zehn Ihrer liebsten Menschen verloren, darunter Ihren eigenen Sohn. Mir schien in Ihren Worten ein liebendes Mitgefühl von unendlichem Wissen mitzuschwingen, ein unerklärlicher Ton, der mir (und vermutlich auch den Zuschauern) aufzeigte, wie weit Liebe reichen kann – eben über den Tod hinaus. Schon deshalb ist die Phrase »bis daß der Tod euch scheidet« schlichtweg falsch. Ich bin sicher, daß die Liebe den Tod besiegen kann. Hieß es nicht im alten Rom: »Amor vincit omnia«? Wenn die Liebe alles besiegt, dann auch den Tod. Kürzlich machte ich eine erstaunliche Feststellung. Im Wort AMOR verbirgt sich MOR(S) =

TOD. Das »A« könnte ein »alpha privativum« sein, das eine Negation ausdrückt. Dann hieße A-MOR also NICHT-TOD! Wer liebt, kann nicht sterben. In einem Schlager heißt es: »Menschen, die sich lieben, sterben nie.« Hier ist wohl auch die psychologische Erklärung für die Faszination zu finden, die der Gedanke des Doppelselbstmordes auf Liebende ausübt. Sie sind sich sicher, daß die Kraft ihrer Liebe stark genug ist, auch in einer anderen, besseren Welt weiter zu bestehen.

Allgemein gesprochen aber ist es nötig und möglich, in der Endlichkeit, innerhalb der Zeit, die Unendlichkeit wahrzunehmen. Und hier möchte ich wieder das Thema der Gleichgeschlechtlichkeit ins Spiel bringen (wobei ich übrigens davon überzeugt bin, daß alle Männer und Frauen in den verschiedenen Lebensabschnitten immer wieder Phasen der Faszination am eigenen Geschlecht erleben, ohne dies unbedingt ausleben zu müssen – ein Beispiel dafür ist die Schwärmerei für einen Star gleichen Geschlechts und die Identifikation mit ihm). Die Liebe der Gleichgeschlechtlichen erfüllt nicht, wie die der Gegengeschlechtlichen, einen zeitlichen Zweck (die Fortpflanzung). Insofern ist sie frei, von eventuellen biologischen Absichten, Programmen, Mustern. Ist die gleichgeschlechtliche Liebe deshalb vielleicht sogar höher einzuschätzen als die heterosexuelle, weil sie ja offenbar nur Idealistisches als Basis und Ziel hat, sich sozusagen aus dem Evolutionskorsett gelöst hat? Ich traue mich nicht, diese Frage zu beantworten.

Wie aber kann den Gleichgeschlechtlichen gelingen, die Spannung zwischen Endlichkeit und Unendlichkeit aufzuheben? Wie kann man lernen, daß die Liebe nicht dem Gesetz der Vergänglichkeit unterliegt? Ich meine, es kann nur gelingen, wenn wir verstehen, daß das Besitzdenken (das Attribut des Mannes) sich auf Endliches erstreckt. Mit anderen Worten: Der Mann müßte lernen, das Besitzdenken zu transzendieren. Dies kann ihm gelingen, wenn er sich am Weiblichen orientiert. Auf diese Weise überwindet er die Endlichkeit der Welt. »Lieben ist dauern.« Sprachen wir nicht schon einmal über dieses Rilke-Wort? Liebe kann nur dauern, wenn sie nicht mehr in sich selbst befangen ist, sondern sich auf die Unendlichkeit richtet; dadurch reicht sie über die Endlichkeit hinaus und verbindet, wie Khalil Gibran sagt, die Gegenwart mit der Vergangenheit und der Zukunft. Schon deshalb läßt sich sagen, daß in der Liebe alle Gegensätze in sich zusammenfallen, und deshalb macht eben nur die Liebe alles »heil«. Ist es da ein Wunder, daß Jesus auch der »Heiland« genannt wird? Sie sehen, wir sind schon mitten in der Thematik, die uns demnächst im ARTE-Film über das Böse beschäftigen wird. *HCM.*

Kristalle

Wie lang liegt unser Bremer Treffen zurück? Jahre! Es war schön, mit Ihnen zu arbeiten in dem japanischen Zen-Garten, den der Sender für uns ins Studio hingezaubert hatte: dieses spiralig gekämmte Kiesfeld mit dem Fels im Zentrum, das zur Meditation geradezu zwang.

Nach der Sendung hatten wir wenig Zeit zu einem Gespräch – und da fällt mir mit leiser Bestürzung ein, daß ich »Du« zu Ihnen sagte. Nun sind Sie ja wirklich viel jünger als ich, aber so jung nun doch nicht, daß sich das Du als selbstverständlich anböte. Sie vermieden, es zu erwidern, und so blieb es beim »Sie«. Aber warum eigentlich? Wir kennen uns so gut und sind uns geistig so nah, daß es ganz natürlich ist, wenn Sie mein Du erwidern. Nun also – Du! Ich sage nicht häufig Du zu anderen Menschen. Die Scheu vor dem raschen Überspringen von Respekts-Barrieren hält mich ab. Denken Sie – denke –, daß ich zu meinem spanischen Freund noch nach Jahren

Sie sage. Wir finden es schön als ein Zeichen tiefen gegenseitigen Respekts und des Verzichts auf zu große Intimität. Mein Du-Angebot ist nicht minder auf Respekt gegründet, und das ist kein Widerspruch.

Seit Bremen geht es in meinem Kopf lebhaft zu. Einfälle und Gedanken treiben ihr Wesen und Unwesen. Ich habe Mühe, das Chaos zu ordnen. Ich ziehe einiges heraus, was mir wichtig erscheint. Als ich über Lesbos schrieb, vergaß ich zu sagen, daß nicht nur alle Buben eine homoerotische Phase durchleben, sondern auch die Mädchen. Es gab darüber einen berühmten Film: »Mädchen in Uniform«, eine Internatsgeschichte mit tragischem Ausgang. Und ich selbst schrieb ja in meinem ersten Buch »Die gläsernen Ringe« ein Kapitel, das bis auf Einzelheiten autobiographisch ist. Ich war dreizehn, als an unsere Schule eine neue Lehrerin für Deutsch kam. Sie war jung, etwa dreißig; sie war schön mit ihrem schwarzen Haar, ihren dunklen Augen und der unvergeßlich elfenbein-farbenen Haut. Sie war ganz anders als alle unsere Lehrerinnen. Sie war sicher Feministin, womit ich sagen will, daß sie sehr selbstbewußt war und sehr distanziert zu den Männern. Ich erinnere mich noch heute, daß ich sah, wie ein Lehrer seine Hand auf die ihre legte, als sie die Tür zum Lehrerzimmer öffnen wollte. Sie zog ihre Hand schroff zurück, als habe sie etwas Ekliges berührt. Viel, viel später erfuhr ich von ihrer lesbischen Freundschaft mit einer Schülerin.

Ich hatte eine Klassenkameradin, die ich im Buch Cornelia nannte; die Lehrerin nannte ich Erinna. Cornelia und ich liebten gleichzeitig und in gleicher Weise diese neue Lehrerin. Wir waren Opfer unserer ersten erotischen Leidenschaft, und die galt einer Frau. Von Lesbos erfuhren wir wohl noch nichts, aber wir lebten unsere Liebe mit allen Schmerzen, so wie Sappho sie lebte. Erinna wußte von unserer Liebe und ließ uns gewähren, bis zu einem gewissen Grad. Wenn ich meiner eigenen Dichtung glaube, so hat sie allerdings versucht, zumindest Cornelia zur Mäßigung zu bringen. Vergeblich: in meiner Geschichte endet Cornelia im Selbstmord: sie »geht ins Wasser«, sie ertrinkt in den Fluten ihrer chaotischen Leidenschaft, die von der Lehrerin so nicht erwidert werden durfte und die die Pädagogin nicht erwidern wollte.

Ich lasse Cornelia einmal sagen: »Erinna ist streng wie ein attisches Götterbild.« Auch ich litt viel und teilte Cornelias wilde Sehnsucht nach – ja, wonach denn? Daß Erinna uns liebte mit besonderer, ausschließlicher Liebe? Mehr. Wir wollten viel mehr und wußten nicht was. Erinna war nicht einfach unsere angeschwärmte Lehrerin, sie war eine archetypische Figur, sie stand uns für Liebe schlechthin. Ich rettete mich nach zwei Jahren: Ich verliebte mich in unseren Physikprofessor. Das ist der natürliche Weg. Die lesbische Phase ist ungemein wichtig. Mir vermittelte sie das frühe Wissen von der unheimlichen Gewalt des Eros. Jene Zeit war die Einwei-

hung, die Erweckung der Liebeskraft schlechthin.

Meine reale Freundschaft mit »Cornelia«
(Gertraud hieß sie in Wirklichkeit) dauerte bis zu
ihrem frühen Tod. Eine Mädchen-Freundschaft,
die bei aller seelischen Intensität keine Spur körperlichen Begehrens hatte. Wir waren keusche
Mädchen, »Jungfrauen« an Leib und Seele. Ich
verwahre noch Briefe aus jener Zeit, die zeigen,
wie junge Mädchen ihre Erotik sublimieren. Wir
erhöhten sie bis zur Mystik. Es gab eine Zeit, in
der ich ins Kloster gehen wollte. Gertraud opferte sich auf in der Sozialarbeit an der Seite eines
Priesters, den sie liebte. Sie starb mit zweiund-
zwanzig an Erschöpfung. Auch Erinna starb
früh, mit etwa vierzig. Ich überlebte und überlitt
beide. Was mir blieb, war der pädagogische
Eros: die Liebe zur Jugend und der Glaube an die
Möglichkeit, sie »hinaufzuführen«. Ist der pädagogische Eros nicht jeder Liebe innewohnend?
Möchte nicht jeder (reife) Partner die geliebte
Person zu seiner eigenen Entwicklungshöhe führen? Und ist es nicht eine tiefe Ursache für Enttäuschungen in der Liebe, wenn es dem Liebenden nicht gelingt, den Partner hochzuführen?
Wenn ein spiritueller Mann eine Frau liebt, die
auf ihrer ungeistigen Entwicklungsstufe ver-
harrt? Wenn eine Frau geistig reifer wird, der
Mann aber nichts als seine Karriere im Sinn hat?

Eine Ehe ist geglückt, wenn beide Partner sich
gegenseitig zur menschlichen Reife führen. Aber
wo ereignet sich das schon. Ich kannte ein Ehe-

paar, in dem der Mann »Idealist« war und sich für sozialethische Ideen einsetzte, während die Frau, mit beiden Beinen auf der Erde stehend, ihn zärtlich-ironisch als »meinen Spinner« bezeichnete. Er gab schließlich auf und wurde, was sie von ihm erwartete: ein guter Geschäftsmann. Er war sehr unglücklich, sie aber zufrieden. Er hätte besser nicht geheiratet. Hier berühre ich das Thema Zölibat oder besser: Ehelosigkeit. Das Thema liegt mir am Herzen. Dazu gehören Themen wie: Enthaltsamkeit, Keuschheit, Reinheit. Darüber später, oder nach und nach.

Inzwischen kam Dein sehr schöner Brief von der »dauernden Liebe«, der Liebe über den Tod hinaus. Er kam an, nachdem ich tags zuvor einen TV-Film gesehen hatte, einen Dokumentarfilm, der mich bewegte und der wie eine Ergänzung zu Deinem Brief ist, ein Beitrag zum Thema Unendlichkeit und Endlichkeit der Liebe. Du wirst verstehen, was ich meine.

Der Film: Ein Schweizer Bergsteiger liebt Kristalle und macht die Suche nach Bergkristallen zu seinem Lebensberuf. Er verbringt viele Wochen in den Bergen, in großer Höhe, allein mit dem harten Gestein, in dem er Bergkristalle vermutet und oft findet. Bergkristalle sind Wunder. Sie sind irgendwann, nach und nach, Tropfen für Tropfen, entstanden, vor Tausenden von Jahren, tief verborgen im Fels. Rings um sie veränderte sich das Gestein – sie blieben, wiewohl in sich wachsend, immer sie selbst, ihrem Gesetz treu, ganz rein, ohne Beimischung anderer chemischer

Stoffe. Sie sind »rein«, durch und durch Eines, durchsichtig, nichts verbergend und doch geheimnisvoll. Sie sind einfach »da« und ruhen in sich selbst. Aber ihre Spitzen zeigen immer nach oben, von woher jene Tropfen kommen, die sie formen, Jahr um Jahr, Jahrtausend um Jahrtausend in der Vergangenheit, und so auch in künftigen Zeiten, wenn man sie nicht stört. Sie sind schön, und sie sind zweckfrei Schönes. Und sie sind »dauernd«. Symbole des Ewigen mitten in der Zeitlichkeit.

Was mich so fasziniert an Bergkristallen, ist ihre Reinheit. Ich schrieb vorhin, wir seien »keusche Mädchen« gewesen. Doch das Wort »keusch« ist nicht ganz treffend: Es ruft den Gedanken an sexuelle Enthaltsamkeit wach. »Reinheit« ist der größere und tiefere Begriff. Ein reiner Mensch ist einer, der nichts zu verbergen hat und der mit dem Schatten, den er wie jeder Mensch hat, in Harmonie lebt. Du erwähnst Jesus, den Heiland. Er wäre, wenn und sofern er als Mensch existierte, ganz rein. Darum eben war er ein Heiler, weil er selbst heil war. Kristallen rein.

Aber wohin gerate ich mit meinen Gedanken, meinen Einfällen! Ist das eine Antwort auf Deinen Brief? Ich sagte schon, daß es in meinem Kopf lebhaft und chaotisch zugeht. Aber ich will doch noch auf einen Passus in Deinem Brief eingehen: Ist es nicht so, daß vom großen Liebes-Spiel nur der erste Akt auf dieser Erde und zu dieser Zeit stattfindet? Geht das Spiel weiter nach dem, was wir »Tod« nennen? Glauben Liebende an den Tod ihrer Liebe? Glauben sie an ihren eigenen Tod? Wer nicht an den Fortgang des Spieles glaubt, hat es natürlich eilig, »hier und jetzt« alles zu erleben. Daher die Gier nach der Umarmung, nach dem im Hier und Jetzt sich erfüllenden Sexus. Aus dem Un-Glauben kommt die Un-Hoffnung auf die Ewigkeit der Liebe. Man läßt dem Kristall keine Zeit, sich in reiner Form zu bilden. So weist der Kristall unreine Stellen auf, Schad-Stellen, an denen er brüchig ist. *L.*

Um seiner selbst willen

Nun ist es also offiziell: wir duzen uns. Innerlich habe ich es schon nach meinem ersten Rom-Besuch getan, aber ich wagte es nicht, Dir diese wunderbare, verbale und intime Form der menschlichen Vertrautheit anzubieten. Nun hast Du es getan, und ich danke Dir dafür.

»Das Du und das Wir sind älter als das Ich« heißt es bei Nietzsche, und im Werdegang eines Menschen heißt das erste Du (auch wenn es noch nicht ausgesprochen werden kann): Mutter.

Das Du – und auch das ist etwas ganz Besonderes – ist ein anderes Ich, etwas, das nicht ich selbst bin, aber das in hohem Maße mit mir zu tun hat. Für die Liebe erscheint mir dabei das »Ja, du!« der treffendste Ausdruck, besser noch als »Ich liebe dich«. Warum?

Erstens, weil »Ich liebe dich« sehr egoistisch klingt (nur die Südländer stellen das angebetete Du an den Anfang: Ti amo . . ., die Nordlichter dagegen beharren auf der Vormachtstellung des

Ich: *Ich* bin es, der dich liebt, I am the one, who loves you, das »Du« kommt also erst an zweiter Stelle, je t'aime . . .).

Zweitens, weil das Du für einen ganz bestimmten Menschen steht, der aus Milliarden anderer erwählt wurde; und drittens, weil in der Kombination aus der Bejahung und der Ansprache ein, wie mir scheint, erhabenes Moment zu finden ist: Der geliebte Mensch, das Du, das »Du-Ich« wird bejaht, bestärkt, aufgebaut, wird durch die Ansprache erst zum Subjekt, zur Person, ja zum Menschen. Im »Ja, du!« liegt der Respekt, der nicht nur allen Lebenden, sondern allem, das ist, entgegengebracht werden sollte. Dann könnten jene Harmonie und jener Respekt entstehen, von denen Du sprichst. Kannst Du Dir vorstellen, daß jener Respekt selbst in der körperlichen Verschmelzung beibehalten wird? Respekt nicht verstanden als Abstand, sondern als Ehrfurcht? Ehrfurcht vor dem Leben, vor dem Sein, vor dem Göttlichen, dem Geheimnis, das im anderen, im Geliebten manifest geworden ist. Diese Art von Keuschheit wäre für mich Reinheit und Ekstase zugleich; mit anderen Worten: voller Ehrfurcht bei, mit und in dem anderen sein und dabei »außer sich sein«, eben ek-statisch, das Ego überwunden habend – ist das nicht Liebe, so wie sie seit Anbeginn gemeint war? Schön übrigens, was Du vom pädagogischen Eros schreibst. Wir hatten einen Lehrer, der als Pädagoge meisterlich war. Nicht nur ich, sondern auch viele meiner Kameraden, ja ganze Generationen himmelten ihn an; bei einigen führte dies sogar zu einer derart weit reichenden Identifikation, daß sie ihn stimmlich, gestisch und mimisch nachahmten, und zwar nicht, um ihn lächerlich zu machen, sondern um ihm gleich zu sein.

Ich unterstütze Deine Ansicht, diese Schwärmereien seien reine Liebe, allein schon deshalb, weil man keinerlei Absicht verfolgt (keine finanzielle, biologische, sexuelle, gesellschaftliche . . .). Nein, man liebt diesen Menschen, wie er ist und weil er ist und vor allem: um seiner selbst willen. Gibt es das in der Ehe? In den wenigsten, möchte ich annehmen. Eine solche Liebe bedarf keines Kompromisses, keiner Bereitschaft dazu, keiner Verstellung, keines Streites, keiner Versöhnung. Und doch ist diese Liebe nicht einfach mit Freundschaft gleichzusetzen.

Übrigens dachte ich kürzlich lange darüber nach, was denn Freundschaft sei, und wen man als Freund bezeichnen könne. Plötzlich kam mir die Antwort: jemanden, mit dem man problemlos den Schlaf teilen kann. Gerd Giesler, der Photograph und Verleger, mit dem ich stets meine sonderbaren journalistischen Reisen in alle möglichen Gebiete der Erde machte, brachte mich auf diese Idee. Ich erinnerte mich, daß wir uns oft in Situationen fanden, in denen wir nur ein Bett hatten, das wir notgedrungen teilen mußten. Dies geschah stets ohne Scheu, völlig natürlich, selbstverständlich. Gerd ist übrigens glücklich verheiratet und Vater eines süßen Töchterleins. Auch in der Freundschaft gibt es offenbar eine

Liebe, die aus Reinheit und Unkompliziertheit besteht, eine Liebe, die auf Verständnis und Erwartungslosigkeit beruht und vielleicht deshalb länger hält als manche Ehe . . . *HC.*

André und Madeleine

Ich wollte über Freundschaft etwas sagen, aber
dann kam mir etwas dazwischen, ein anderes
Problem, und Du weißt, daß mir das Konkret-
Aktuelle immer wichtiger ist als die Reflexion
über ein Phänomen allgemeiner Art.

Ich hatte Besuch. Eine Frau, die nach Jahren
der Ehe entdeckt hat, daß ihr Mann homosexuell
ist. »Schwul«, sagte sie mit Verachtung. Sie hätte
es längst wissen können, aber sie verdrängte es
nach dem Motto: »Weil nicht sein kann, was
nicht sein darf.« Der Mann, Lehrer am Gymna-
sium, sei von seinen Schülerinnen umschwärmt,
so daß sie zu glauben geneigt war, er sei ein Frau-
enheld. Und nun die Entdeckung.

Was wollte die Frau von mir? Sie wollte erfahren, mit welchen Mitteln sie ihren Mann
»retten« könne, ehe er ganz und gar in diesem
»Laster« sich verliere. Ihre bisherigen Rettungs-
versuche haben sich als untauglich erwiesen. Sie
wirft sich vor, ihn sexuell nicht stimuliert zu ha-

ben. Sie habe sich körperlich vernachlässigt und auch versäumt, sich geistig weiterzubilden und so fort. Kurzum: sie sucht die Schuld bei sich und ist überzeugt, daß, ändere sie sich, es ihr gelingen werde, den Freund ihres Mannes »auszustechen«. Sie hatte auch versucht, den Freund in ihre Ehe einzubeziehen und ihn »ganz natürlich« als den »Dritten« zu »dulden«. Eines Tages, so meinte sie, werde die »schwule Phase« abgelebt sein, ganz von selbst, so wie man eine Kinderkrankheit hinter sich bringt und dann immun ist fürs Leben. Im übrigen liebe sie ihren Mann trotz seiner »schweren Verirrung«. Ich korrigierte: »Nicht trotz, sondern mit seiner Homophilie. Sie müssen ihn lieben, so wie er ist.«

»Und ich soll ihn ins Verderben laufen lassen? Das soll Liebe sein?«

»Ja, das ist Liebe: dem Geliebten alle Freiheit lassen.«

Und dann erzählte ich ihr die Geschichte von André Gide und seiner Ehe mit Madeleine. Verzeih, wenn ich eine offene Tür bei Dir einrenne. Aber ich bin nicht sicher (trotz Deiner literarischen Versiertheit), ob Du die (heute vergessene) Geschichte kennst.

André, ein »Jüngling« noch an Leib und Seele, liebte seit Kindertagen seine um zwei Jahre ältere Kusine. Sie verstanden sich wunderbar. Schließlich, noch sehr jung, heirateten sie. Nach langem Zögern. Bei der konventionell religiösen Madeleine spielte wohl auch das Verbot der Verwandten-Ehe eine Rolle. Doch es war nicht eigentlich dies, was sie zögern ließ: es war ihr Instinkt. Madeleine, die Jungfräuliche, Keusche, liebte ihren André tief, aber sie fühlte kein Begehren, so wie auch er, der Unerfahrene, sie nicht begehrte. Für ihn war Madeleine das »attische Götterbild«, das man anbetet, aber nicht berührt und nicht »nimmt«. Madeleine war nicht Weib genug, um ihn zu verführen, und das wäre auch nicht oder kaum möglich gewesen, denn André war genuin homoerotisch. Die Ehe wurde nicht »vollzogen«, ihr ganzes Leben hindurch nie, und sie lebten fünfzig Jahre mitsammen. Jahrzehntelang waren sie glücklich, trotz einiger kleiner Krisen und einer sehr großen. Sie waren »ein Herz und eine Seele«, aber niemals »ein Fleisch«.

War André impotent? Wohl nicht, denn er zeugte mit einer Freundin eine Tochter (im »Ehebruch«). Madeleine erfuhr es später. Sie machte ihm nie einen Vorwurf. Aber es muß für sie sehr schwer gewesen sein.

War Madeleine frigide? Möglich. Sie muß reizvoll gewesen sein, aber fanatisch keusch durch Erziehung. Und André half ihr nicht, die Barriere zu übersteigen.

Wie konnten die beiden ein halbes Jahrhundert mitsammen leben? Wie war es möglich, daß Madeleine die Homoerotik Andrés nicht kannte? Sie hätte sie früh kennen müssen: Bei einer gemeinsamen Reise nach Nordafrika beobachtete sie, wie fasziniert André von den Körpern der Araberjungen war. Es scheint, als habe er ihre Aufmerksamkeit geradezu provoziert. Sie verstand und verstand nicht. Sie konnte ihrem André so ein »Laster« nicht zutrauen, und vielleicht war sie so groß in ihrer Liebe, daß sie ihm verzieh, ohne die Sache ganz in ihr Bewußtsein zu lassen. Ihre Liebe jedenfalls ertrug alles – bis zu einer gewissen Grenze. Eines Tages reiste André mit seinem Liebling nach London. In der Zeit seiner Abwesenheit kam ihre angestaute Trauer zur Explosion: Sie verbrannte Andrés Briefe, geschrieben in glücklichen Zeiten. Liebesbriefe. Sie verbrannte sie alle. Sie wollte die Vergangenheit mit ihm vernichten. Als André es erfuhr, verfiel er beinahe dem Wahnsinn. Was ihn so tief erregte, war nicht so sehr diese ihre Aktion, sondern der Verlust der Briefe, von denen er behauptete, sie seien das Beste, was er je geschrieben habe. Ein literarischer Verlust. Madeleine glaubte, die Verbindung zunichte gemacht zu haben. Aber das Wunder geschah: Ihrer beider Liebe überdauerte selbst diese Krise, und sie blieben in zärtlicher Freundschaft beisammen bis ins Alter. So muß man lieben.

Dies alles erzählte ich meiner Besucherin auf eine ihr verständliche Weise. Sie hörte mit halbem Ohr zu, und plötzlich rief sie: »Aber ich leide!«

»Ja«, sagte ich. »Sie leiden, weil Sie Ihren Mann nicht genug lieben.«

Sie widersprach heftig: »Würde ich so um ihn kämpfen, wenn ich ihn nicht liebte?«

»Nicht genug«, wiederholte ich. »Wenn Sie ihn wirklich liebten, würden Sie sein Glück wollen.«

»Eben das will ich doch. Er ist doch nicht glücklich.«

»Wissen Sie, warum? Weil Sie ihm ein schweres Schuldgefühl anerziehen.«

»Aber das hat er sich doch selbst zuzuschreiben mit dieser unseligen Beziehung, diesem Laster.«

»Laster . . . Streichen Sie doch dieses Wort aus Ihrem Vokabular, Homophilie ist kein Laster, sie ist eine Form der Liebe und ein Schicksal, ob ein glückliches oder unglückliches – das entscheiden Sie für Ihren Mann mit.«

»Ich?«

»Ja, denn Sie wollen gar nicht, daß er glücklich ist in der anderen Verbindung. Unglücklich soll er sein, damit er reumütig zu Ihnen zurückkehre – zu Ihnen, von der er sich gar nicht entfernte, wenn Sie so groß wären, ihm seine Freiheit zu geben. Respektieren Sie doch diese Freiheit!«

»Er ist ja frei, das zeigt er doch, indem er tut, was er will, ohne Rücksicht auf mich und mein Leiden.«

»Was wissen Sie von seinem Leiden und davon, was ihn die Rücksicht auf Sie kostet? Wieviel Heuchelei und Verstellung in der Gesellschaft!«

Nun: die Frau war nicht zu überzeugen davon, daß ihr Mann sie mehr liebte, gäbe sie ihm seine Freiheit.

Diese Geschichte ist kein Einzelfall. Es gibt viele solcher Ehen. Meist ist das Motiv die Angst vor einem Skandal, die ein solches Paar dazu bringt, den Schein einer »normalen« Ehe aufrechtzuerhalten.

Übrigens vergißt (oder verdrängt) man, daß fast alle Menschen bisexuell sind und sich (wenigstens anfallsweise) zu einem gleichgeschlechtlichen Partner hingezogen fühlen, oft zu ihrem eigenen Schrecken.

Aber: so tolerant ich bin, rate ich doch, wenn ich gefragt werde, davon ab, sich mit einem offen oder doch vermutet Homophilen in einer Ehe zu verbinden in der Erwartung, die Ehe werde ihn »normalisieren«. Es geht schief, es sei denn, man hat eine so tiefe Liebe wie Madeleine Gide zu André. Aber man nimmt große Leiden auf sich, das muß man wissen.

Wußte Katja Mann, daß ihr Ehemann Thomas homoerotisch war? Sie wußte es nicht. Er wußte es, aber er war bisexuell. Er, der nach seinem eigenen Bekenntnis ungemein sinnlich war, liebte seine Frau und zeugte mit ihr sechs Kinder, aber seine tiefste Liebe galt einem Mann. Er schreibt es in seinen Tagebüchern und stellt es dar in seiner Novelle »Tod in Venedig«.

Übrigens wurden drei der Kinder von Thomas Mann homophil. Sie entgingen der NS-Verfolgung nur dadurch, daß sie im Ausland lebten. So brauchten sie nicht am Ärmel das rosa Dreieck zu tragen, so wie Juden den Davidstern tragen mußten. Ob Deine Generation das weiß? Natürlich kennt Ihr auch nicht einen unserer bitteren Witze aus jener Zeit. Etwa diesen: Wißt ihr, was

Thomas Manns (lesbische) Tochter Erika und ihr (homophiler) Mann Gustav Gründgens über dem Ehebett hängen haben? »Wanderer, kommst du nach Sparta, so verkündige dorten, du habest uns hier liegen gesehen, wie das Gesetz es befahl.« . . .

Heute wird man nicht mehr bestraft, nein, das nicht, aber noch immer ist Homosexualität, so verbreitet sie auch sein mag, ein Makel und gefährdet Karrieren. Ich erfuhr kürzlich, daß ein junger Mann in einen Mönchsorden eintreten wollte und der Ehrlichkeit wegen dem Oberen sagte, er sei homophil. Darauf wies der Obere ihn ab, als sei ein Homophiler für die Gemeinschaft gefährlicher als ein potenter, sinnlicher »Normaler«.

Du siehst: das Problem beschäftigt mich nachhaltig. Es wird mich weiter beschäftigen im Zusammenhang mit dem »Zölibat«, der mir ebenfalls ein akutes Problem ist. *L.*

PS: Ich vergaß zu sagen, daß ich die Frau, meine Besucherin, fragte, ob sie nicht ihren Mann aus seinem Konflikt zwischen Neigung und Pflicht erlösen wolle, indem sie auf die Umarmung verzichte.

Sie antwortete mit einem Ausdruck von Abscheu: Also eine »Josefs-Ehe«?

Was meinte sie damit, worauf spielte sie an? Wir wissen es: die unglückselige Meinung (ach, das Dogma!!) der Kirche, Jesus von Nazareth sei nicht vom Verlobten Marias gezeugt worden,

sondern Maria sei »vom Heiligen Geist über-
schattet« gewesen – eine Empfängnis ohne irdischen Mann also. Die Theologie braucht diese
Legende, um aus ihr das Dogma von der Jung-
frauen-Geburt ableiten zu können. Die Kirche
mutet uns zu, seit Jahrhunderten, für wahr zu
halten, daß die Frau (das Mädchen) Maria Jung-
frau blieb »vor, bei und nach der Geburt«. Daß
Maria, die einem Manne verlobt war, empfangen
und gebären konnte, ohne daß ihr Hymen durch-
stoßen wurde, ist jedoch nicht biologisch zu verstehen, sondern spirituell. Maria war (Du kennst
Meister Eckeharts schöne Version?) »unberührt
ein Acker, auf dem nie etwas anderes gesät
wurde als ›Geist‹«. Sie war eine »Reine«. Damit
wir dies glauben konnten, wurde es uns rational
verstehbar gemacht. Gesagt wurde es so nie, aber
dargestellt. Die bildende Kunst malte Josef als einen alten Mann. Eine historisch unhaltbare An-
nahme. Hätte Josef die junge Maria geheiratet,
ohne ein Kind zeugen zu können oder zu wollen,
so wäre das nach jüdischem Gesetz ein schwerer
Verstoß gewesen. Denn jeder jüdischen Ehe
mußten Kinder entstammen. (Das hat die christliche, die katholische Kirche übernommen.) Andererseits brauchen wir Menschen das Über-Na-
türliche mehr als das Natürliche. Die Größe auch
nicht-christlicher Heroen muß gezeigt werden
durch den Mythos ihrer Herkunft.
　　Übrigens ist im Evangelium die Rede von
»Brüdern Jesu«. Unsere Theologen entschärfen
dieses Wort und behaupten, mit »Brüdern« seien

nur Verwandte gemeint. So halten sie ihr Dogma vom göttlichen, geist-gezeugten Einzelkind aufrecht. Bis heute. Und verwechseln die einfache Realität mit dem hohen Mythos, den wir auch in anderen Religionen finden (im Hinduismus die Geburt Krishnas, in Griechenland die Geburt der Athene . . .).

Doch warum, zum Teufel (pardon), befasse ich mich überhaupt noch mit diesem Thema? Weil es mich bewegt, daß zwei Menschen, die sich tief lieben, erotisch-sexuell enthaltsam leben können, weil sie ihre Liebe transzendieren können in einen Bereich, in dem das sexuelle Begehren zum reinen Feuer wird.

Freundschaft ist Wille

Schön war unser erneutes Zusammensein in Rom. Wir können so gut mitsammen arbeiten. Wir haben den gleichen künstlerischen Geschmack, die gleichen Ideen, unsere Einfälle ergänzen und steigern sich. Ich bin dem »Schicksal« (was immer das ist) dankbar für unsere Freundschaft, zu der unsere Verbindung sich hinauf-entwickelt.

Was eigentlich ist das: Freundschaft? Wir haben schon darüber gesprochen, aber zu kurz, zu flüchtig. Du hast gesagt, Du habest ein Kriterium für das, was Freundschaft ist, und Du wüßtest, wo die Grenze zwischen Liebe und Freundschaft verlaufe. Deine Erfahrung: Du habest einmal, weil nur ein einziges Bett vorhanden war, mit Deinem Freund in diesem Bett schlafen müssen, und Du habest es ungeniert getan, und Dein Freund auch, und obgleich Ihr Euch sehr sympathisch wart, sei keine Spur erotisch-sexuellen Verlangens ins Spiel gekommen. Wäre das auch so gewesen, hättest Du neben einer Frau liegen müssen? Möglich. Es hängt von der Höhe der Hemmschwelle ab, oder vom Mangel erotischer Anziehung. So wäre also die Grenze zwischen Liebe und Freundschaft dort, wo das körperliche Begehren beginnt? Freundschaft wäre weniger als Liebe? Nein, das glaube ich nicht. Freundschaft ist eine andere Kategorie. Aber was ist sie dann?

Ich habe, angeregt durch unser römisches Gespräch, viel darüber nachgedacht und habe einige Kriterien gefunden, die Unterscheidungen zulassen.

So fand ich: Liebe will etwas, das Freundschaft nicht will und nicht braucht: die leibliche Vereinigung. In der Liebe will man »eindringen«, um Eines zu werden. Man will die vollkommene Identität, den mystischen Akt der Eins-Werdung. Freundschaft will das nicht. Sie will das Gegenüber, nicht die Verschmelzung. Es ist möglich, daß aus einer Freundschaft eine Liebschaft wird, aber es ist unerläßlich, daß Liebe zur Freundschaft wird oder daß Freundschaft der Liebe innewohnt. Wesentlich ist in der Freundschaft ruhiges Vertrauen.

Liebe geschieht einem. Freundschaft muß man sich schaffen. Liebe ist Gefühl, Freundschaft ist Wille. Liebe als Gefühl kann man nicht halten, Freundschaft kann überdauern da, wo Liebe erlöschen würde.

In der Liebe zeigt man sich dem Geliebten, wie man von ihm gesehen werden möchte: von der schönsten Seite. Dem Freund kann man sich zeigen, wie man ist; ihm spielt man keine Rolle vor. Mit den Wunden, die einem die Liebe schlägt, flüchtet man zum Freund, um sich auszusprechen und sich die Wunden lecken zu lassen.

Liebende machen sich ein Bildnis voneinander und sind zutiefst enttäuscht, wenn dieses Bildnis sich verändert oder sich als Illusion zeigt. Freunde geben sich illusionslos. Freilich rechnen sie auch mit der Treue, einer Treue, der man mehr zumuten darf als der Liebe.

Was Freundschaft ist, konnte man im NS-Staat erleben. Meine spätere Freundin Ingeborg nahm 1940 ihre jüdische Freundin bei sich auf, obgleich nach den »Rasse-Gesetzen« bei Todesstrafe verboten war, Juden zu beherbergen. Ingeborg riskierte also alles: sich selber, um die Freundin zu retten. Solche Beispiele gibt es viele. Das zu wissen, versöhnt einen mit der Menschheit, in der Treuebruch die Regel ist. Denken wir an die Verträge, die Nationen durch ihre Regierungen miteinander schließen und nicht halten, wenn es opportun ist, sie zu brechen.

Es gibt viele Arten von Freundschaften: »Geschäftsfreundschaften«, diktiert von gemeinsamem Gewinnstreben. Oder Freundschaften, die in einer Notsituation sich bilden: Kriegs-Kameradschaften zum Beispiel, die den Krieg um Jahrzehnte überdauern. Oder Berg-Kameradschaften. Gemeinsame Erfahrungen binden. Es gibt seltsame Freundschaften: die zwischen Geiselnehmern und Geiseln zum Beispiel. Es gibt ruhige Freundschaften und leidenschaftliche, die der Liebe ähneln und doch keine Liebe sind.

Freundschaften sind verschieden je nach dem Alter, in dem man sie erlebt: flüchtige Jugendfreundschaften oder solche zwischen alten Menschen. Auch die Intensität ist verschieden und hängt vom Charakter ab.

Ich lese zur Zeit die »Bekenntnisse« des großen Augustinus. Dieser heißblütige Nordafrikaner kannte den Eros in vielen Gestalten, in vielen »Perversionen«. Aber in all dem Getümmel von Leidenschaften gab es eine besondere Beziehung: *den* Freund. Eine Freundschaft, »köstlich überaus, und gereift an der Glut der gleichen Neigungen«, nämlich der philosophisch-religiösen Ideen des 3. Jahrhunderts. »Meine Seele konnte nicht leben ohne ihn«, schreibt Augustinus Jahrzehnte später. Einmal erkrankte der Freund auf den Tod, und Augustinus »wich nicht von seiner Seite, so innig hingen wir aneinander«. Der Freund genas, erkrankte aber von neuem und starb. Augustinus wurde schier wahnsinnig vor Schmerz. »Alles, was ich mit ihm gemeinsam erlebt hatte, war ohne ihn grenzenlose Pein. Überall suchten ihn meine Augen, und er zeigte sich nicht. Und ich haßte alles, weil es ihn nicht barg und mir nichts mehr sagen konnte ... Ich war mir selbst zur großen Frage geworden ...« Wenn man ihn trösten wollte mit Gott (seine Mutter war Christin, er noch lange nicht), so schien ihm dieser Gott ein Trug-Gott. Er hatte das Gefühl, als seien seine eigene und des Freundes Seele »nur eine einzige Seele gewesen in zwei Leibern«.

Nun: ist das nicht Liebe, wenn man den andern als die Hälfte seiner selbst erlebt? Wo ist jetzt die Grenze zwischen Liebe und Freundschaft?

Freilich: Augustinus war ein heißblütiger, immer aufs »Absolute« gerichteter Mann. Wenn er liebte, liebte er ganz. Nicht jeder Mann kann so lieben, und nicht jeder kann ein Leben lang um den Jugendfreund trauern, und nicht jeder so tief bereuen, sich an Vergängliches gehängt zu haben statt an den Unvergänglichen.

Ich bin ein treuer, beständiger Mensch. Meine Freundschaften dauern lebenslang, sie überdauern Krisen und auch den Tod. Ja, ich schließe Freundschaften mit Wesen, die ich nie sah. So bin ich tief befreundet mit Teresa von Avila, mit Teilhard de Chardin, mit Goethe. Sie leben in mir und führen mich. Ich hatte das Glück, nie ohne Freunde zu sein, wenngleich manche dieser Freundschaften ihre Krisen hatten.

Ich bin nicht immer leicht zu ertragen, und ich meinerseits bin empfindlich. Aber Disharmonien quälen mich, und so neige ich zur raschen Versöhnung auch bei Kränkungen, die mir zugefügt werden. In mir ist ein uraltes Wissen davon, daß jedermann recht hat, denn er lebt in seinem System, in seiner ureigenen Struktur, er muß so handeln wie er handelt und kann nicht anders, so wie auch ich mein System *bin*. Ich habe ein grenzenloses Verständnis für alles, erworben nicht nur durch meine lebenslange Beschäftigung mit Psychologie, sondern durch meinen Umgang mit vielen und sehr verschiedenen Menschen. Bisweilen fällt es mir freilich schwer, die Dummheit vieler Menschen, vor allem der Politiker oder auch der religiösen Fundamentalisten, zu ertragen. Aber verstehen kann ich sie, weil ich das System verstehe, dem sie verhaftet sind.

Ich lese zur Zeit – neben Augustinus und dem Buch unserer Taiwan-Freundin Chao-Hsiu Chen – die Biographie der George Sand. Sie hatte nach einer unseligen Ehe viele Liebschaften, und alle waren glücklos, wenn auch groß-formatig, weil sie selbst groß war. Aber, so schreibt sie, sie habe »in die Liebe etwas anderes hineingetragen und von ihr etwas anderes gefordert, als sie mir gab. Ich hätte in denen, die von mir Liebe verlangten, Freunde und Söhne finden können«.

Aber nachdem sie zweimal »sich hingegeben« hatte, fühlte sie nicht mehr das Recht, einem Manne Freundschaft »aufzuerlegen«. Denn »dazu bedarf es moralischer Autorität. Die Männer lieben nur mit Widerstreben als Freunde ...«

Es ist so: Der Mann will die körperliche Vereinigung, die Frau vor allem Geborgenheit und Zärtlichkeit. Ob dieser Satz durchgängig stimmt, weiß ich nicht, und schon gar nicht, ob er heute noch so stimmt, da in vielen Männern ihre anima, ihre Weiblichkeit aufsteigt. Aber daß Frauen vor allem Freundschaft, also nicht Hitze, sondern Wärme suchen, scheint mir offenbar. Daher das Anwachsen lesbischer Beziehungen.

Ich habe nun tagelang nachgedacht über das Phänomen Freundschaft und mein Leben nach meinen Beziehungen durchforscht. Meine sehr wenigen Lieben waren eindeutig Lieben.

Doch ich muß mich korrigieren: Eine meiner längsten und tiefsten Freundschaften war die mit meinem geistigen Lehrer Karl Rahner. Eine eindeutige Freundschaft, die bis zum Tod des Freundes dauerte, ja bis zu seiner letzten Lebensstunde, in der wir noch einige Augenblicke telefonieren konnten. Als ich über sie schrieb, gab ich dem Buch den Titel »Gratwanderung«. Ich war mir bewußt, daß wir von der hohen geistigen Ebene auch hätten abstürzen können. Aber wäre es ein Absturz gewesen? Nun: es war jedenfalls nicht unser Weg. Der verlief eben »hoch oben«. Freilich: die Wertung ist keine allgemein gültige. Wenn Zölibatäre ihren (vermeintlichen) Höhenweg verlassen, so bedeutet das nicht unbedingt einen Absturz.

Ich hatte (und habe) außer »freundschaftlichen Beziehungen« echte Freundschaften. Solche, bei denen der Eros mit im Spiel war, ohne daß er ausgelebt worden wäre, nicht aus verkrampfter »Askese«, sondern weil beide Partner wußten, daß es eben keine »Liebe« war.

Ich habe auch Freundschaften mit Frauen. Eine besteht seit fast siebzig Jahren! Sie begann unter dem Zeichen des pädagogischen Eros: eine Schülerin, zwölf Jahre alt. Ich war achtzehn. Sie übergab mir ihre Gedichte und ihre Probleme. Ich nahm beides ernst. Sie behauptet, ich habe sie früh geformt. Daraus wurde eine unverbrüchliche Freundschaft.

Und meine Freundschaft mit der gelähmten Magdalena: Sie dauert auch schon Jahrzehnte. Und jene mit Erica. Sie ist telepathisch: Ich rufe sie an, aber ihr Anschluß ist belegt, weil sie eben versucht mich anzurufen. Und und und. Aber ich muß Dir gestehen: In diesen schönen Freundschaften vermisse ich den Gegenpol. Meine anima braucht den animus. Mein Yin braucht das Yang.

Aber schön sind alle meine Freundschaften, weil ich Freundin sein kann. Denn ich bin zuverlässig. Du wirst es noch merken. Mit mir kann man »Pferde stehlen«. Auf mich kann man bauen – auch Luftschlösser baue ich mit! Du weißt es. Es ist wichtig, daß man die Ideen des Freundes mit-denkt, mit-hofft, mit-liebt! *L.*

Der Kula-Ring

Deine beiden Briefe werfen viele Fragen auf, vor allem hinsichtlich des Verhältnisses Liebe – Freundschaft. Du sagst dazu sehr wichtige Dinge, die mir zeigen, wo der Unterschied liegt. Ich möchte noch etwas dazu ergänzen: Auf dem Pariser Hundefriedhof liegt »Kamerad Hasso« begraben, ein deutscher Schäferhund. Auf seinem Grabstein steht:

»Daß mir der Hund das Liebste sei,
sagst Du, o Mensch, sei Sünde.
Der Hund bleibt mir im Sturme treu,
der Mensch nicht mal im Winde.«

Ist das nicht schrecklich, schrecklich schön und wahr zugleich? Und betrifft es nicht eines unserer Themen, die Treue, zutiefst? Oder ist diese Treue »wahre Liebe«? Freundschaft? Reinheit? Ich meine, hier überschneiden sich die Begriffe. Um etwas Aufklärung zu schaffen, möchte ich Dir etwas von den Trobriand-Inseln erzählen, von denen ich Dir schon einmal berichtet habe. Dort

gibt es das wohl letzte echte Tausch*ritual* dieser
Erde. Es dient dazu, die Freundschaft zwischen
den Bewohnern der Inseln so zu festigen, daß ein
unsichtbarer Ring entsteht, der alle miteinander
verbindet. Man nennt diesen Ring *Kula*. Das
nach strengen Regeln praktizierte Ritual besteht
darin, daß Halsketten aus rotem Muschelgeld
und Armbänder aus Kugelmuscheln ringförmig
getauscht werden. Der mit dem Kanu betriebene
»Handel« beginnt mit dem Tausch von Halsketten und fährt von Osten über Süden, Westen und
Norden zum Ausgangspunkt zurück, wogegen
der Tausch von Armbändern den umgekehrten
Weg nimmt. So gelangen alle Gegenstände eines
Tages wieder in die Hände der ursprünglichen
Besitzer. Da die getauschten Güter heute keinerlei Wert besitzen, kann man davon ausgehen,
daß es sich bei dem Kula-Ring tatsächlich um ein
echtes Freundschaftsritual handelt. Ich glaube,
sein Sinn liegt darin: Wenn sich jeder bemüht,
mehr zu geben als der andere, hat am Ende trotz-
dem jeder genug – was zur Vertiefung bzw. Un-
auflösbarkeit der Freundschaft führt.

Noch einmal: wenn sich jeder bemüht, mehr zu
geben als der andere . . . wäre das nicht auch eine
ideale Voraussetzung für Liebe? Und: passiert
dies nicht auch während des Geschlechtsaktes
(welch scheußliches Wort!), also besser: während
der liebenden Vereinigung und Verschmelzung?

Damit wären wir wieder bei Otto Mainzer,
demzufolge ein geglückter Akt, in Schönheit und
Reinheit vollzogen, mit Liebe identisch ist. Es ist

schon nicht einfach mit der Liebe, das sehe ich auch an Deiner Geschichte aus dem vorletzten Brief. Was mich besonders frappiert: schon wieder ein Dreiecksverhältnis, aber ein ganz außergewöhnliches. Ist die Liebe nicht etwas, das sich zwischen zweien abspielt? Ist die Monogamie eine patriarchale Erfindung zur Unterdrückung des Weiblichen? Zur Aufrechterhaltung der Macht? Ich glaube, wir sind uns darüber einig, daß die Unterdrückung des sexuellen Verlangens sowohl bei Frauen wie auch bei Männern größten Schaden angerichtet hat. Wieder kommt mir das Christentum in den Sinn, das eine solch faszinierende Religion bzw. ethische Instanz sein könnte, wäre es nicht so leibfeindlich, könnte es eine »liebende Wissenschaft« (wie José Sánchez sagen würde) verkünden und könnte es Jesus als »den Mann« und Maria Magdalena als »die Frau« präsentieren. Wenn Gott in Jesus »Fleisch geworden ist«, weshalb ist das Fleisch dann schlecht, Sünde, verteufelt? Ich denke, wir wissen, daß ein natürliches Verhältnis zur Sexualität, zum jeweils anderen oder auch zum eigenen Geschlecht, für lange, lange Zeit verschwunden bleiben wird (nicht nur wegen AIDS), und dies macht mich für alle kommenden Generationen traurig. Denn wie sollen Menschen das erfahren, das wir Reinheit und Ekstase genannt haben? Vor dem Bildschirm? Als Videospiel? In virtuellen Realitäten?

Du sprichst vom »rosa Winkel« der Nazis. Das ist heute noch bekannt, aber leider zu wenigen. Wie im NS-Staat die Homosexualität verteufelt wurde (irgendwo las ich kürzlich, daß im heutigen Indien Homosexualität noch unter Strafe stehe, allerdings nur zwischen Männern, für diejenige, die die Frauen betrifft, gibt es in Hindi nicht einmal ein Wort!), wurde und wird Sexualität ganz allgemein verteufelt, z. B. in den einstmals so liebesfreudigen Gewässern der Südsee. Tonga-Insulaner erzählten mir, die Missionare hätten ihnen jede körperliche Freude verboten, weggenommen, gestohlen: und sie hätten es sich gefallen lassen, weil sie dafür Schulen und Krankenhäuser bekamen; heute trauern sie ihrer verlorengegangenen Libido nach (denn sie ist tatsächlich »geschrumpft« und kommt nur noch ganz selten zum ursprünglichen Ausbruch); sie verwünschen zwar nicht die Geister, die sie riefen, aber sie sind auch nicht besonders glücklich, daß sie ihre Freiheit gegen die Lehren der methodistischen Kirche eingetauscht haben, selbst wenn am Sonntag die Gotteshäuser brechend voll sind. Irgendwie macht es mich traurig, wenn ich über die Liebe so intensiv nachdenke; es fällt mir ein Wort von Indra aus Strindbergs »Traumspiel« ein: »Es ist schade um die Menschen.« Gleichzeitig weiß ich aber, daß ich diese Reinheit und diese Ekstase zu leben in der Lage bin, ebenso wie Du.

»Das ist Liebe –
zum endlosen Himmel nach oben fliegen,
hundert Schleier auf einmal zerreißen,
beim ersten Atemzug sich dem Leben ergeben,

nach dem letzten Schritt ohne Füße
weitergehen,
die Welt als einen Traum betrachten,
und nicht so, wie sie uns erscheint.«
Das schrieb der persische Dichter Rumi vor 800
Jahren. Seine Liebe aber war die zur Transzendenz, jenem Bereich des Göttlichen, der auch
Denken und Leben Karl Rahners bestimmte. Natürlich habe ich Deine Briefe an ihn gelesen und
bin fasziniert von der Tiefe und Poesie Deiner
Liebesfähigkeit. Nun war Rahner als Jesuit ja
dem Zölibats-Gelübde unterworfen. Meine Frage also wäre: Was hältst Du vom Zölibat? *HC.*

Ungeteilte Liebe zur Liebe

Deine Frage nach dem Zölibat berührt ein Thema, das mich seit Jahrzehnten beschäftigt. Ich habe viele Zölibatäre erlebt und also viele Arten, den Zölibat zu halten oder zu brechen.

Ich wuchs auf in einem klerikalen Milieu. Mein Onkel, Bruder meines Vaters, war ein Heiliger, ein Frommer, ein Reiner. Er war Pfarrer auf dem Land. Er lebte asketisch. Daß er den Zölibat hielt, war selbstverständlich für ihn. Seine Haushälterin war eine tölpelhafte Bauernmagd. Er stand sommers wie winters um vier Uhr auf, badete im nahen Bach, meditierte oder betete zwei Stunden in der kalten Kirche, dann zelebrierte er die Messe; nach einem ärmlichen Frühstück gab er Religionsstunden in der Schule. Am Nachmittag hatte er Sprechstunde für seine Bauern und Torfstecher, die mit all ihren Nöten zu ihm kamen. Nach seinem Tod erfuhren wir, daß er alles Geld verschenkt hatte.

Ganz anders mein Großonkel, der auch Pfarrer war, dazu »Geistlicher Rat« und Dekan seines Kirchensprengels. Ich habe ihn hochstilisiert in meinem ersten Buch »Die gläsernen Ringe«. Wie er wirklich war, erfuhr ich viel später. Eine Großnichte schrieb mir, er habe ihr »nachgestellt«, und sie mußte nachts die Tür verriegeln. Und sie war nicht die einzige. Seine Haushälterin war meine ausnehmend hübsche, schwarzlockige Tante Fanny. Die beiden stritten oft, ein Zeichen dafür, daß Spannungen bestanden. Ich nehme an, daß meine Tante sich ihm verweigerte. Aber sie lebten ihr Leben lang zusammen.

Diese beiden Kleriker, Onkel und Großonkel, haben mein Bild vom Zölibat geprägt. Ein zwiespältiges Bild, so zwiespältig, wie der Zölibat sich eben zeigt.

Nun zu Deiner Frage nach meinen privaten, sehr besonderen Erfahrungen. Ich würde die Frage mit Stillschweigen übergehen, hätte ich nicht in meinem Buch »Gratwanderung« schon viel zuviel verraten.

Nun denn: Ich suchte eines Tages einen »Guru«, einen Seelenführer, und glaubte ihn gefunden zu haben in M.A., einem schönen, sehr gescheiten, wissenschaftlich gebildeten Abt eines Benediktinerklosters. Er war fünfzig, ich vierzig. Es war eine Liebe auf den ersten Blick. Aber wir waren seltsam unschuldig und wußten nicht, lange nicht, was da in unser Leben eingebrochen war: eine Liebe, die von Anfang an auf einer hohen Ebene angesiedelt war. Ein sexuelles Begehren reichte nicht da hinauf. Ich war ja noch verheiratet, wenn auch in brüchiger Ehe, und er war Priester, Mönch, Abt. Ich verwahre außer der lebendigen Erinnerung einige seiner Briefe. Er erkannte als erster die Gefahr. Er wehrte sich dagegen, mir Seelenführer zu sein. Den brauchte er selbst. In einem Brief schrieb er als Zitat aus Dantes »Divina commedia«:

»Nel mezzo del cammin
Mi ritrovai in una selv' oscura.«

In der Mitte seines Weges fand er sich in einem dunklen Wald. So also erlebte er den Einbruch der Liebe zu einer Frau. Ich war keine Verführerin. Ich verehrte ihn. Wir sahen uns umständehalber oft und hätten viele Gelegenheiten zu Umarmungen gehabt. Wir berührten uns nie mit Händen, nur mit den Augen, und nur einmal küßten wir uns unter Tränen. Einmal schrieb er mir auf einer Karte:

»Jetzt gang i ans Brünnele,
trink aber nit.«

Ein schwäbisches Volkslied. Er ging an den Brunnen, immer wieder, ja, aber das Wasser spiegelte rein sein Bild. Für zwei Jahrzehnte oder länger. Wir lebten den Verzicht (worauf eigentlich?) in der Ekstase der reinen Liebe, die nichts will als lieben. Nun ist er »heimgegangen«. Seinen Zölibat und sein Mönchsgelübde hat er nie verletzt.

Du sprachst neulich von einer Dreiecks-Liebe. Daß Du das so sagen konntest, beruht auf einem Mißverständnis, an dem ich selber schuld habe. Höre: Der Verzicht auf M.A. hatte mich in die Höhe einer mystischen Religiosität getragen – in eine dünne Luft, in der zu leben ich doch noch zu jung war. In dieser Zeit führte mich das Schicksal zu Karl Rahner. Auf einem Umweg: Der Exeget Richard Egenter bat mich um einen Aufsatz zum Thema »Zölibat und Frau«. Ein Schüler Rahners hatte darüber geschrieben, aber ich fand die Arbeit nicht. So schrieb ich an Rahner, und er lud mich ein zu einem Gespräch über das Thema Zölibat. Da tat sich mein Herz auf, und ich erzählte von »meinem« Zölibatär und meiner Liebe. Er hörte aufmerksam zu und tat dann die seltsame Frage: »Ist das exklusiv?« Ja, sagte ich. Dieses Gespräch wurde das immer wiederkehrende Thema für Jahrzehnte. Ich war fasziniert von R., liebte ihn aber nicht. Die Briefe scheinen das Gegenteil zu beweisen. Aber die unruhvolle Liebe des Partners zwang mich, meine Gefühle für ihn zu übersteigern, um ihn nicht zu sehr zu enttäuschen und zu verletzen. Aber daß ich M.A. liebte, war dennoch ein Schmerz für ihn. Die beiden Männer schätzten sich sehr. Und mir war das Los zugeteilt, Liebe und Freundschaft auseinanderzuhalten. Für Jahrzehnte.

Wer hat uns Dreien den Verzicht abverlangt? Wer spielte da Schicksal und Verhängnis?

Du fragst mich nach meiner Meinung zum Zölibat. Jedermann erwartet von mir, daß ich den Zölibat ablehne. Ja – wenn es so einfach wäre.

Wogegen ich bin und worüber ich schon vor Jahrzehnten schrieb und sprach, ist die Koppelung von Priestertum und Ehelosigkeit. Die katholische Kirche klagt lauthals über den Mangel an Priestern, einen Mangel, den sie selbst verschuldet hat durch ihr stures Festhalten an jenem iunctim. Ich kenne viele Männer, die wunderbare Priester wären, ließe man sie heiraten und damit ihr menschliches Recht auf Eros und Sexus leben. Diejenigen aber, die dennoch Priester werden oder schon sind, fühlen sich gezwungen, den versprochenen Zölibat zu halten, aber ihre Natur rebelliert. So brechen sie ihn eben, aber mit schlechtem Gewissen. Ihre Liebe zu einer Frau treibt sie in die Schizophrenie. Sie wollen »den Kuchen essen und aufbewahren«. Wieviel Leid, wieviel Lüge und Verstellung vor der Öffentlichkeit ... Wie viele seelische Krankheiten. Jeder Beichtvater und Psychotherapeut kennt die schweren Neurosen, die so viele Priester mit sich schleppen. Ich kannte einen Priester, der mit seiner Sekretärin schlief, aber am Morgen darauf nicht wagte, die Messe zu lesen, ehe er nicht einem Mitbruder die »Todsünde« gebeichtet hatte. Die Hände, die den nackten Leib einer Frau berührt haben, sind schmutzig und nicht würdig, die Hostie zu berühren. Was für ein Beweis für die gnostische Herabwürdigung des menschlichen Körpers!

Ist denn diese Enthaltsamkeit wirklich christlich? Petrus, der Heilige, der erste »Papst«, hatte eine Frau. Legal. Die späteren Päpste hatten ihre Konkubinen. Illegal – legal. Ich flog einmal von München nach Rom und kam mit deutschen Nonnen ins Gespräch über Priester. Sie flogen zurück nach Afrika. Sie sagten, daß ihre Schwarzen (ich vergaß, in welchem Land, aber es mögen einige Länder sein) keinen Priester anerkennen würden, wenn er nicht durch Heirat oder eine ehe-ähnliche Beziehung seine männliche Potenz bewiese. In Rom weiß man das, aber man schweigt dazu. Entweder unverheiratete Priester dort oder keine.

Ich sah schon mehrmals die Zeremonie der Priesterweihe. Sie ist bewegend. Die jungen Männer liegen vor dem Bischof auf dem Boden, das Gesicht nach unten, die Arme ausgebreitet, »adsum« antwortend, wenn ihr Name genannt wird, »hier bin ich«. Für immer Dein. Und sie glauben, das leisten zu können in der Ekstase ihrer »Erstlings-Liebe«. Wie viele halten das durch?

Es gibt Männer, die sich nicht zur Ehe eignen, obgleich sie »normal« sind, potent und liebesfähig, aber nicht willens, ein Leben lang in einer engen Paarbeziehung zu leben. Geborene »singles«. Kannst Du Dir S. als Ehemann und Familienvater denken? Und doch ist er ein »Liebender«. Seine Liebe gilt allen, die ihm begegnen, und sie gilt *allem,* denn sie ist mystischer Natur. Er liebt das Unvergängliche im Vergänglichen. Er hat eine wunderbare Beziehung zum »Erotisch-Sexuellen«. In seiner Weihnachtspredigt sagte er: »Gott ist Fleisch geworden, also ist das Fleisch göttlich.« Damit schockierte er die braven Kirchenmäuse, die nicht ahnen, daß er eine tief christliche Wahrheit aussprach und daß sie selbst zutiefst unchristlich denken, nämlich gnostischmanichäisch-dualistisch: der Geist ist rein, das Fleisch ist unrein.

Hätte der Geist einen Menschenleib gewählt, um in ihn einzugehen, wäre das Fleisch unrein?

Weil für S. das Fleisch heilig ist, hat er ein so schön unbefangenes Verhältnis zur Frau. Wie übrigens auch der zölibatäre Dalai Lama. Von ihm erfuhr ich, daß die jungen Männer, die Mönche werden wollen, viele Jahre Noviziat durchleben müssen, ehe sie die bindenden Ordensgelübde ablegen dürfen. Sie müssen mit Mädchen Erfahrungen sammeln, damit sie wissen, wie schwer oder wie leicht es ihnen fallen wird, enthaltsam zu leben.

Von einem Tibeter, den ich für einen Schamanen halte, erfuhr ich, daß ein Schamane, der mit einer Frau schläft, seine magischen Kräfte verliert. Ein Nachhall davon spielt beim Zölibat mit: Der Ehelose und Enthaltsame bewahrt all seine sexuelle Kraft konzentriert und sublimiert und vermag sie auszustrahlen. Es gibt Priester, die sich für »Besondere«, Ausgesonderte, höhere Geschöpfe halten (und dafür gehalten werden wollen). Hätten sie sexuelle Beziehungen, nähme ihnen das den Nimbus des Höheren, des Geweihten.

Ich sagte, ich sei nicht so ganz simpel gegen den Zölibat und die Enthaltsamkeit. Es ist etwas Großes, wenn man sich einer Idee weiht, also sich selbst übersteigt. Freilich: die Idee, welche auch immer, kann nur eine einzige sein: die vollkommene Liebe.

Diese Idee der ausschließlichen Liebestreue liegt auch der Ehe zugrunde. Nicht umsonst gilt die Heirat als »Sakrament«, das sich die Verlobten selber spenden und zu dem die Kirche nur ihren Segen gibt. Der Sinn des Sakraments ist die Liebe. Der Sinn des Zölibats ist ebenfalls die Liebe, aber die ungeteilte Liebe zur Liebe selbst.

Du siehst, ich bin eine Fundamentalistin der Liebe und des Absoluten. Alles oder nichts. Ich liebe den Wahnsinn der reinen Liebe. Und ich habe bewiesen, daß man mit diesem Wahnsinn leben kann. *L.*

Außer-sich-Sein

Deine Worte brachten mich zu dem Gedanken, ob es nicht für jeden Menschen eine ganz spezielle Form der Liebe gibt, die derart gestaltet ist, daß sie ihn, aber auch *nur* ihn und sein Pendant erfüllen kann. Nehmen wir Rainer Maria Rilke zum Beispiel. Seine Art zu lieben wurde ihm oft vorgeworfen, aber hätte er anders lieben und leben können? Oder was wäre geschehen, wenn er es getan hätte? Dann wäre diese großartige Dichtung an uns vorübergegangen.

Ist es denkbar, daß es so viele Arten der Liebe wie Menschen gibt? Ich glaube schon. Das ist eben das Individuelle an ihr. Die Nuance. Die Eigenheit. Kafkas Liebe war anders als die von Dostojewski, welche sich wiederum von der Puschkins unterschied . . . (Gleiches gilt natürlich auch für »normale Sterbliche«.) Wenn nun aber die Liebe in ihrer Ausprägung, in ihrem Erscheinungsbild derart individuell ist, gibt es dann etwas, das allen Formen gleich ist, das sie verbindet, das sie einheitlich macht? Ja. Aber dafür gibt es kein Wort, keine Beschreibung, lediglich Metaphern. Und deren wiederum sind so viele, daß man gar nicht alle aufzählen, geschweige denn bedenken kann. Zwei (ganz wichtige) Metaphern sind »Reinheit« und »Ekstase«, da bin ich mir ganz sicher. Wichtig ist nur zu klären, was sich dahinter verbirgt. Mir fällt ein Satz ein, der, so glaube ich, von Sánchez stammt: »Keuschheit ist in Liebe vollzogene Sexualität.« Er hätte auch »Reinheit« sagen können. Um diese Reinheit geht es den Zölibatären ja immer, nur daß sie meinen, die Frau, das Weibliche mache sie unrein. Warum? Hierfür habe ich eine sehr verwegene Theorie, die ich Dir dennoch vorstellen möchte: In verschiedenen Religionen gilt die Frau wegen ihrer Menstruation als unrein. Forscht man etwas nach, merkt man bald, daß es sich um patriarchalische Religionen handelt, also um von Männern errichtete Moralgebilde zur Erhaltung und Verbreitung der (männlichen) Macht. In anderen (weiblich geprägten) Kulturen jedoch ist die Menstruation heilig, es ist das Blut der Mondgöttin, das Blut der Erde, der Muttererde, deren Brüste man noch heute in Afrika mit den Füßen stampft (Milchtreten!). Dieses monatlich wiederkehrende weibliche Blut gehört zu den ganz großen Mysterien in der Menschheitsgeschichte, weil mit dem Wissen darum das Wissen um kosmologische Zusammenhänge gegeben ist. Mit anderen Worten: Sobald die Frauen merkten, daß ihr Zyklus mit den am nächtlichen Himmel zu beobachtenden lunaren Phasen irgendwie zusammenhing, hielten sie ein Stück kosmologischen Wissens in Händen, ein Wissen, das direkt auf ihren Körper einwirkte und mit dem sie umzugehen verstanden. Über solches konnte die Männerwelt nicht verfügen, was zu den ersten Unterdrückungen führte. Daraus resultierte schließlich die Umdrehung des lunaren in das solare Weltbild, bei dem eben die Sonne und nicht mehr der Mond im Vordergrund stand. Die Macht der Mondin war für immer gebrochen. Ich glaube, die Unterdrückung des Weiblichen fand ihren Höhepunkt in der Mondlandung der Amerikaner. Denn wie hieß die gesamte Mission? »Apollo«! Und das ist der Sonnen-Gott! Das Pflanzen der Fahne auf dem unversehrten Körper der Mondin war demnach der letzte Akt der Penetration. Mit diesem Tag war der Zyklus der männlichen Herrschaft abgeschlossen. Und wenn man sich überlegt, was danach kam: Studenten-, Friedens-, Öko-, Frauenbewegung . . . Alle diese Bewegungen hatten und haben eines gemeinsam: sie sind erhaltende, konstruktive – man könnte auch sagen: gebärende Bewegungen. Deshalb sind sie weiblich. Deshalb sind sie gut. Nicht, daß ich das Männliche verteufeln würde; es hat dem Weiblichen aber weder etwas Adäquates entgegenzusetzen, noch kann es sich in reiner Form (zumindest gegenwärtig, da wir uns in einer immensen Umbruchphase befinden) mit ihm glückvoll vereinen. Was Du von den Schamanen schreibst, geht in dieselbe Richtung. Durch Sexualität würde der Schamane seiner magischen Kraft beraubt – eine Vorstellung, der ja auch das Priestertum anhängt. Ich halte auch diese Auffassung für grundfalsch, sosehr ich alles, was mit Schamanismus zusammenhängt, schätze. Ich meine im Gegenteil: Durch Sexualität (mit dem richtigen Partner und im richtigen geistig-spirituellen Verständnis vollzogen) gewinnt man erst magische Kraft. Denn dann werden Yin und Yang wieder eins, es erzittert die Erde, die Polaritäten fallen in sich zusammen, und – es gibt keinen Grund mehr für Krieg. Unsere nächsten Verwandten, die Bonobo-Affen (eine kleine Schimpansen-Art in den Wäldern Zaires) setzen Sexualität ganz bewußt zur Konfliktvermeidung und liebevollen Verständigung ein. Sie haben kein Problem mit dem Zölibat.

Die Bibel lehrt uns doch, der Mensch sei ein »Ebenbild Gottes«. Nun besteht der Mensch aber aus Fleisch, von dem Sánchez sagt, es sei göttlich, denn wäre es nicht göttlich, so wäre der Mensch auch kein Ebenbild Gottes.

Und die Ekstase, das Außer-sich-Sein, findet eben nur statt, wenn ich beim und im anderen bin. Ein Prozeß, der nicht einmal körperlich sein muß, wie wir von der Ekstase der Mystiker wissen. In der Ekstase treffen wir wieder mit dem Göttlichen zusammen – und genau das geschieht im erotischen Akt. Zwei Menschen verschmelzen und werden eins und ungeteilt. Sie werden für einen kurzen Moment: göttlich. Und gerade das soll verboten sein? Wird zur »Unzucht« verdammt!? Soll dem Menschen fortgerissen werden, auf daß er – ja was?

Ich möchte einmal eine ganz simple Formulierung verwenden: Alles, was dem Menschen an Natürlichem gegeben ist, ist gut; wenn er aber versucht, das Natürliche zu unterdrücken, entsteht nicht nur »Kultur« bzw. das »Unbehagen« an ihr, sondern der Mensch schafft auch ein völlig verkehrtes Verhältnis zu sich selbst. Er vergewaltigt sich und damit das Göttliche in sich. Das ist die wahre Sünde! *HC.*

Objekte der Eifersucht

Ich bin besorgt um Dich, denn Du arbeitest zu viel. Du weißt, wohin das bei mir geführt hat: in den »Streß«, der mich buchstäblich zu Boden warf. Nun, Du wirst schon rechtzeitig bremsen, so hoffe ich.

Du schreibst, es gebe vermutlich so viele Arten der Liebe, wie es Menschen gibt. Was ist das Einende, das Gemeinsame, fragst Du. In den »Tagebüchern« Franz von Baaders finde ich viele Sätze, Absätze, die Fragmente blieben, aus denen zu sehen ist, daß er sich intensiv befaßte mit der Frage, was denn Liebe sei. Da steht zum Beispiel: »Liebe ist das Vermögen, sich einem anderen zu eigen zu geben . . . Wer liebt, gibt sich selbst . . . Auf diese Weise wird der Liebende mit dem Geliebten vereinigt . . . und wird aus Zweien in Eines verwandelt . . . Und diese Verwandlung ist nicht genötigt oder gezwungen, hat nicht Pein oder Furcht, sondern ist freiwillig, süß, lieblich . . .«

Ja, aber auch, sage ich, vermischt mit Schmerzen. Denn Liebende wollen eins sein nicht nur geistig, sondern auch leiblich; sie wollen beisammen sein, und jede Trennung ist Leiden. Trennung »für immer« kann tödlich sein oder in den Wahnsinn treiben.

Denken wir an meinen Nachbarn, den traurigen Physiker, den das Schicksal von seiner Einzig-Geliebten getrennt hat durch unübersteigbare Schranken: seine Ehe, ihre Ehe, die Unmöglichkeit ihrer Scheidung infolge ihrer Kastenzugehörigkeit in Indien; die Unmöglichkeit für sie, in Italien eine entsprechende Arbeit zu finden, wie auch für ihn, in Indien eine zu finden – die ganze ausweglose Lage. Seit zwei Jahren dauert sie an, und sie wird weiter dauern, wenn die Ehefrau nicht eines Tages ausbricht, dann, wenn die Kinder alt genug sind, um ohne Vater leben zu können; sie selber braucht den Mann nicht mehr, sie ist hochbezahlte Wissenschaftlerin und in jeder Hinsicht selbständig. Und er? Wird er sich mit einer anderen Frau trösten? Oder mit seiner Karriere? Nein. Er wird weiter leiden, sein Leben ist zerbrochen. Ich schaue über den Gartenzaun. Es ist herzzerreißend zu sehen, wie die beiden im Garten arbeiten, zwanzig Meter voneinander entfernt, stumm. Das Bild der Resignation. Und wer trägt die Schuld am Zerbrechen der Ehe? Leicht gesagt: er natürlich. Ist es nicht richtiger zu sagen: das Schicksal? Oder der Gott Eros? Hat den Armen nicht Eros mit Wahnsinn geschlagen? Ist diese Liebe nicht Besessenheit? Ist nicht jede große Liebe eine Art Wahnsinn, weil sie einen Traum für konkrete Wirklichkeit nimmt und nicht mit der Vergänglichkeit aller Seinsweisen rechnet? Jede Liebe will Dauer, will Ewigkeit, will körperliche Nähe für immer.

Aber auch zeitliche Trennung enthält Leiden. Wie viele schicksalshafte Abschiede gibt es! Die Welt-Lyrik ist voll von Abschiedsliedern mit der bangen Frage: Kommt der geliebte Mensch wieder zurück? Ich war vor Jahren in Nordspanien, in Galizien, am Cap Finisterre – der äußersten Westspitze Europas, dem Ende des Festlandes vor dem Ozean. Die Frauen, junge und alte, tragen dort schwarze Kleider und schwarze Tücher. Trauerkleidung. Haben sie Tote zu beklagen? Sie klagen um Lebende. Ihre Männer, von der Armut Galiziens getrieben, gingen übers Meer nach Südamerika. Kommen sie nie wieder? Wer weiß. Viele sterben drüben, viele bleiben verschollen, wenige kehren zurück, doch nur für kurze Zeit. Ich sah eine Frau auf einer Klippe am Meer sitzen, ganz in der Haltung der Feuerbachschen Iphigenie, diesem Urbild der Sehnsucht, des »Heim-Wehs«. »Das Land der Griechen mit der Seele suchend.« Die Frau in Galizien: Symbolfigur für alle Wartenden.

Es gibt ein Foto von mir, der vielleicht Siebzehnjährigen: das Bild einer Wartenden. Worauf wartet sie? Weiß sie es? Sie sehnt sich – wonach? Nach Liebe. Sie hat es sicher nicht so genannt, nicht einmal gedacht, aber es war so.

In Tel Aviv sah ich 1962 eine Gruppe deutscher Emigranten. Sie saßen da, sprachen nicht, schauten nach Norden. Heimweh-Kranke. Aus der deutschen Un-Heimat vertrieben. Unser Wort »Elend« ist die althochdeutsche Form von »Ausland«. Wenn Liebende getrennt werden, sind sie im »Elend«, sind Heimat-Vertriebene, denn wo ist Heimat, wenn nicht am Herzen des Geliebten? So wäre denn das Herz des Geliebten der Ort, an dem das Heimweh gestillt wird? Ja, aber warum dann die Unstillbarkeit menschlichen Heimwehs? José Sánchez schrieb: »Der Mensch hat Heimweh, weil er seinem Wesen nach Heimweh ist.« Wir sind Nomaden auf diesem Planeten. Wir sind immer unterwegs, real und in Gedanken und Wünschen. Immer meinen wir, anderswo sei alles besser, anderswo fänden wir eine bleibende Heimstatt. »Dort, wo du nicht bist, da ist das Glück.« Wir laufen einem Ziel nach, das wir »Glück« nennen. Wer hat uns je versprochen, daß wir an einen Punkt gelangen würden, an dem unsere sehnsüchtige Suche dauernde Ruhe fände? Sagt nicht das Wort Sehn-Sucht alles? Eine »Sucht«, Synonym für Krankheit und zugleich für Suche. Eine krankmachende Suche. Dabei benehmen wir uns wie ein Hund, der wie besessen sich drehend nach seinem Schwanz sucht, den er als etwas außer ihm Seiendes wähnt, während er ihn doch nicht zu suchen braucht, da er ja als Teil seiner selbst er selbst ist.

Geht es uns nicht auch in der Liebe so? Wir suchen die Erfüllung in einem anderen Wesen und haben unsere Vorstellung, wie dieses Wesen sein muß, damit es unsere »andere Hälfte« sein kann. Wir warten; wir erwarten das Glück von etwas anderem als von uns selbst. Das ist schon richtig so. Nur: wir erwarten zuviel vom anderen statt von uns selbst. Oder: wir erwarten zuviel von der »Liebe«. Wir erwarten absolute Liebe und absolute Dauer und absolute Unwandelbarkeit und absolute Treue und absolutes Gestilltsein unserer Sehnsucht.

Wehe, wenn dieses Absolute sich nicht erfüllt. Dann gibt man dem Partner die Schuld. Dann fängt man an, ihm zu mißtrauen, und sucht Ursachen. Und man findet sie: der Partner enttäuscht. Warum ist er nicht mehr so wie zu Beginn der Ehe, der Liebe? Man vergißt, daß Liebe nicht etwas ein für allemal Festgelegtes ist, sondern so wandelbar wie das Leben. »Alles fließt«, auch die Liebe.

Wie aber, wenn der Partner wirklich einen konkreten Anlaß zum Mißtrauen gibt?

Gestern war meine altvertraute Freundin D. hier. Sie schien mir bedrückt. »Was ist denn?«

»Nichts. Nichts Besonderes.«

In der Tat: Es war nichts Besonderes. Wir kannten das schon. D.s Mann hatte sich, wie schon mehrmals während der zwanzigjährigen Ehe, in eine Kollegin verliebt.

»Und du bist eifersüchtig?«

»Nein, nein.«

»Doch, du bist es, und das ist gut so, und er sollte das auch wissen.«

»Ich zeige es ihm nicht.«

»Du sollst es ihm aber zeigen, denn sonst denkt er, es sei dir gleichgültig. Du brauchst ihm keine Szene zu machen, es gibt auch andere Arten, ihm zu zeigen, daß die Affäre dich leiden macht.«

»Aber er ist so naiv. Er sagt es mir ja jedesmal, wenn er einen Seitensprung macht. Daß er es mir sagt, ist seine Form der Treue.«

»Nun gut, dann spielt euer Spiel eben weiter. Die Spielregel ist: Er braucht ab und zu Abwechslung und kehrt danach fröhlich-unschuldig zu dir zurück. Du leidest und erfährst so, daß du ihn immer noch liebst. Ich nenne es ein Spiel, denn es gefährdet eure Ehe nicht. Aber es gibt auch ein Spiel mit dem Feuer. Also Vorsicht. Ich hatte einmal eine schöne Vase aus hauchdünnem chinesischem Porzellan. Wenn man sie gegen das Licht hob, sah man, daß sie einen ganz feinen Sprung hatte. Eines Tages stieß jemand sie leicht an, und sie zerbrach dort, wo der Sprung gewesen war. Übrigens: hast du einmal versucht, euer Spiel andersherum zu spielen? Hast du deinen Mann schon eifersüchtig zu machen versucht?«

»Ja, aber es ging schief. Er klopfte mir auf die Schulter und sagte: Also, wenn du dich verliebst, dann bitte nicht in so einen blonden Schönling. Such dir was Besseres aus. Heißt das nun, daß er mich nicht mehr liebt, wenn er mich so leicht flirten läßt?«

»Nein. Er liebt dich vermutlich mehr als du ihn. Er vertraut dir. Er vertraut dir in doppeltem

Sinne. Er vertraut deiner Treue, auch wenn du flirtest. Und er vertraut dir, daß du ihn verstehst, wenn er flirtet.«

»Er flirtet nicht, er geht fremd. Das ist doch wohl ein Unterschied.«

»Meine Liebe, Männer sind polygam, es ist ihre Natur, biologisch und psychologisch gesehen.«

»Du verteidigst ja die Männer!«

»Nein, ich bin nur realistisch. Aber ich sage dir noch einmal: Spielt nicht mit dem Feuer. Zwar ist dein Mann kein Othello, aber in jedem Mann steckt etwas von ihm!«

»Hätte Desdemona ihren Othello erdolcht, wenn er ihr untreu gewesen wäre?«

»Vielleicht. Es gibt einen Film mit dem Titel: ›Frauen morden leichter.‹«

»Weil sie stärker lieben und stärker leiden und weil sie schwächer sind und leichter verzweifeln, oder warum sonst?«

»Ist Eifersucht etwas Böses? Ist es nicht etwas ganz Natürliches, das zur Liebe gehört als ihr Schatten?«

»Gegenfrage: Ist alles Natürliche gut?«

»Soll man nicht eifersüchtig sein?«

»Meine Liebe, man kann sich Gefühle nicht verbieten, man kann sie unterdrücken, aber nur bis zu einem gewissen Grad. Eines Tages kann so ein Gefühl explodieren. Hör doch die Nachrichten im Fernsehen: Wieviel Morde gibt es, die letztlich unaufgeklärt oder vielmehr im Motiv rätselhaft bleiben. Morde, die jahrelang unterschwellig vorbereitet waren, im Unbewußten – oder auch bewußt. Und wie viele Morde werden nur in Gedanken ausgeführt! Kinder morden ihre Eltern, Untergebene ihre Vorgesetzten, politische Gegner morden einander (oft nicht nur in Gedanken) – die Welt ist voller Morde und Mordwünsche.«

Es gibt nicht nur die Eifersucht zwischen Mann und Frau; es gibt viele Arten von Eifersucht, viele Objekte der Eifersucht. Einer neidet dem anderen den Erfolg, die Macht, den Besitz, die Schönheit... Eifersucht ist Neid, ist Mißgunst, Ehrgeiz, man will haben was der andere hat. Man will das sein, was der andere ist, man neidet ihm sein So-Sein.

Ur-Modell: Kain und Abel. Sie brachten ihrem Gott Rauchopfer. Abels Opferrauch stieg zum Himmel auf, Kains nicht. Abel war angenommen vom Herrn, Kain nicht. Da erschlug Kain seinen Bruder. Wahnsinn.

Gehört Eifersucht unabdingbar zur condition humaine? Oder zu jedem lebenden Wesen? Auch Tiere kennen Neid und Eifersucht: Futterneid; Eifersucht eines männlichen Tieres auf den Rivalen; Eifersucht domestizierter Tiere auf die Liebe des Menschen. Und Pflanzen? Sie neiden den anderen das Licht und überwachsen rücksichtslos die Schwächeren.

Was für eine Schöpfung! Und was für ein Schöpfer... Im Alten Testament war Jahwe der »eifersüchtige Gott«, der keine anderen Götter neben sich duldete. Und wie eifersüchtig waren die griechischen Götter untereinander! Und wie eifersüchtig sind die Frommen aller großen Religionen – fast aller: Hindus und Buddhisten ausgenommen. Ist nicht die ganze Geschichte der Menschheit eine Abfolge von Ereignissen, die aus Neid und Eifersucht entstanden?

Soll es denn immer so weitergehen? Ist denn kein Mittel gegen Neid und Eifersucht? Wenn die Unterdrückung dieser Gefühle nicht hilft, was dann? Es gibt nur ein Mittel: das Mitgefühl. Diese aktive Form der Liebe, die dazu führt, daß wir uns als Eines fühlen. Daß wir zuinnerst erfahren, was die Buddhisten wissen und was sie sagen läßt: »Tat twam asi«, das bist du. Alles ist *eins*.

Liebe deinen Nächsten wie dich selbst. Denn du bist für den anderen das Du, so wie er das Du für dich ist.

Nun bin ich von Heimweh und Sehnsucht auf das dunkle Gebiet der Eifersucht geraten, über die ich eigentlich gar nicht schreiben wollte. Offenbar hat mich meine tiefe Sehnsucht nach Frieden dorthin getrieben. *L.*

Unglücksmythen

Ich spüre durch Deine Zeilen hindurch eine Sehnsucht, die sich aber vielleicht gar nicht auf eine konkrete Person bezieht, sondern eher meta-physische Gründe haben mag. Diese Art von kosmischem Heimweh kann jedoch nur wiederum durch eine konkrete Liebe geheilt werden, denn in ihr spiegelt sich die große, allumfassende Liebe wider, von der die irdische nur ein Abglanz ist. Ist dies der Grund, warum uns Trennungen so schmerzlich sind, vor allem Trennungen, die *nicht* endgültig sind, weil die Beteiligten noch leben? Man hat herausgefunden, daß Männer die Trennung von einer Partnerin doppelt so leidvoll empfinden wie Frauen die Trennung von einem Partner. Denn der verlassene Mann erlebt in der Trennung das Urtrauma seiner Geburt noch einmal, das Abgeschnittensein vom weiblichen Gegenpol, vom Yin. Die Frau dagegen wird ohne entsprechendes Trauma nach einem neuen Yang Ausschau halten, auch wenn ihr Trennungsschmerz groß und voller Not ist. In Deinem Brief schreibst Du auch von Paaren, die sich zwar liebten, deren Zuneigung aber katastrophal endete – enden mußte, möchte ich ergänzen. Denn hier haben wir es mit Unglücksmythen in der Liebe zu tun. Über eine Geschichte, die von König Artus und Guinivere, haben wir ja schon gesprochen. Es gibt indes weitere, von denen eine jede exemplarisch ist.

Romeo und Julia: Die beiden stammen aus zwei verfeindeten Familien, die eine Verbindung unter keinen Umständen zulassen wollen. Es bleibt nur der Ausweg der gemeinsamen Flucht, die aber durch »giftige« Mißverständnisse tragisch im gemeinsamen Tod endet. Das Mythologem, also das Muster, das sich darin verbirgt und das von nicht wenigen Menschen nachgeahmt wird, heißt: Für unschuldige Liebe ist kein Platz in einer Welt aus Haß und Intrigen. Daraus entsteht die mythische Falle, die verkündet: Liebe ist nichts für diese Welt. Der Weg aus der Falle bekundet, daß für Menschen mit Geduld und Liebe immer Hoffnung besteht.

Zweite Geschichte: Tristan und Isolde. Eigentlich sollte Tristan Isolde für seinen König als Braut werben, verliebt sich aber selbst in sie, die nach anfänglichem Zögern sich der Liebes-Bestimmung hingibt, wodurch beide ihre Umgebung gegen sich aufbringen und nur noch im Tod Vereinigung finden können. Das Mythologem: Die Macht der Liebe zerstört alle Bande der Vernunft und des Gewissens und am Ende die Liebenden selbst. Die mythische Falle: Liebe ist lebensgefährlich. Der Lösungsweg: Liebe bedeutet auch Verantwortung und Ehrlichkeit – zu einer ehrlichen Beziehung kann man auch stehen.

Dritte Mythe: Lohengrin und Elsa. Der geheimnisvolle Gralsritter Lohengrin rettet Elsa vor dem Tode, die beiden verlieben sich und wollen heiraten. Aber in der Hochzeitsnacht sucht Lohengrin wegen Elsas Fragen nach seiner Herkunft das Weite. Mythologem: Wenn die Liebenden kein wirkliches Vertrauen zueinander finden, treibt es sie wieder auseinander. Mythische Falle: Fragen schadet der Liebe. Lösungsweg: Vertrauen und Liebe müssen Hand in Hand gehen – nur wer dem anderen vertraut, kann selbst Vertrauen finden.

Vierte Geschichte: Hamlet und Ophelia. Ophelia liebt den zögerlichen und »verkopften« Hamlet bis zum Wahnsinn. Er ignoriert sie so lange, bis sie sich aus Verzweiflung ertränkt. Mythologem: Unerfüllte Liebe führt zu Wahnsinn und Tod. Mythische Falle: Liebe und Wahnsinn liegen unmittelbar beieinander. Lösungsweg: Erkennen, daß blindes Verlangen keine Liebe ist und daß nicht jedes Gefühl eine Erfüllung finden muß.

Fünfte Geschichte: Othello und Desdemona. Er, der entlassene Feldherr der Venezianer, fühlt sich von allen verraten und verdächtigt seine ihn über alles liebende Frau der Untreue. In seinem Wahn erwürgt er die Arme. Das Mythologem, die Essenz, lautet hier: Die große Liebe verfällt der Eifersucht und frißt die Liebenden. Die Falle: Liebe kann jederzeit in mörderischen Haß umschlagen. Und der Lösungsweg: Vertrauen ist wichtiger als jede Gewißheit; auch Eifersucht ist eine heilbare Krankheit.

Ich habe dies schon an anderer Stelle beschrieben, nämlich in dem inzwischen vergriffenen Buch »Madonna trifft Herkules«, das ich gemeinsam mit Michael Görden verfaßt habe. Was mich an diesen Mythen am meisten fasziniert, ist die Tatsache, daß ein jeder Mensch mehr oder weniger nach diesem inneren Handlungsmuster »funktioniert«, daß es aber auch möglich ist, die Muster ganz bewußt zu durchbrechen und sich seine eigene Mythe zu erschaffen. Es ist, als wären (ganz speziell in der Liebe) die Mythen geheime Wegweiser, wie man sich *nicht* verhalten sollte – oder kennst Du Glücksmythen, die einem sagen, wie es gutgehen kann? Ich nicht.

Letzte Unglücksmythe: Orpheus und Eurydike. Hierzu habe ich eine ganz spezielle Ansicht. Meiner Meinung nach verbirgt sich hinter der Geschichte dieser Liebenden etwas, das ähnlich revolutionär ist wie Freuds Interpretation der Ödipus-Saga. Ich denke, Orpheus ist ein Sinnbild für den vor der Frau versagenden Mann. Denn genau in dem Moment, in dem die Frau seiner bedürfte, in dem er sie erlösen könnte, dreht er sich nach ihr um und macht alles zunichte. Er schafft es nicht, sie in das Helle des Tageslichts, also des Bewußtseins zu holen, so daß sie in der Unterwelt bleiben muß. Er ist kein Retter, kein Erlöser, kein Mann. Damit meine ich nicht, daß Männer immer die rote Rüstung des rettenden Ritters anlegen müßten, ich will aber sagen, daß es für das Mann-Sein mehr bedarf, als einfach nur Mann zu sein. *HC.*

Freiwillige Unfreiheit

Wir haben uns so schön aneinander gewöhnt. Ist Gewöhnung aber nicht ein Verlust an Freiheit? Du legst so viel Wert auf Freiheit. Mußt Du nicht jede Art von Gewöhnung ablehnen? Denn sich an etwas oder an jemand gewöhnen gehört in den Bereich des Haftens und Hängens. Sollte ein Mensch, der sich entschieden auf den spirituellen Pfad begab, nicht von jeder Art des Haftens sich befreien?

Sich vom Hängen an irdisch-materiellem Besitz zu lösen, ist relativ leicht. Auch vom Erfolg und von Ehrungen sich befreien kann man, wenn man intelligent genug ist, das Treiben zu durchschauen. »Maja«, »Sansara« nennen die Buddhisten die Ebene, die zu transzendieren ist. Sie ist ja nur eine Schein-Wirklichkeit. Ich habe das begriffen und bin in hohem Maße frei davon. Aber wie steht es mit der stärksten aller Fesseln: der Liebe?

Du redest immer wieder von »besitzfreier«

Liebe. So ein Wort klingt schön. Aber was meint es wirklich? Was ist denn eine Liebe, die nicht »mein« sagt und an jeder Stelle des Leibes und der Seele fühlt, daß man sich gebunden hat oder vom Schicksal gebunden wurde an ein DU? Liebe (absolute, radikale) *ist* Bindung. Exklusive Bindung. Ich rede hier von der *großen* Liebe, die aus zwei Menschen *das Paar* macht – ein Drittes also, ein Übergeordnetes. Die Abwandlung des Bibelwortes »Wo zwei in meinem Namen zusammen sind, bin ich in ihrer Mitte.« Wo zwei in echter Liebe verbunden sind, bin ich, der Gott der Liebe, bei und in ihnen. Wenn bei der kirchlichen Trauung der Priester die Stola um die Handgelenke des Brautpaares legt, so ist das, als legte er den Brautleuten eine Fessel an, und sie sind dann freiwillige Gefangene ihrer Liebe, und aus eins plus eins wird dann nicht zwei, sondern ein höheres Eines. Wenn zwei Menschen sich bewußt lieben, so geben sie ihre individuelle Freiheit auf. Ich jedenfalls kann mir keine Liebe denken, bei der jeder Partner (pars = Teil!) auf seine Freiheit pocht. Vielleicht ist das (um noch mal auf Deine Frage nach meiner Weiblichkeit einzugehen) das spezifisch Weibliche: Ich identifiziere mich mit meinem Partner, ich sehe die Erde mit seinen Augen, ich fühle seine Nöte als die meinen, ich bin das Glas, das mitklingt, wenn er die Luft im Raum zum Vibrieren bringt (wir sind auf die gleiche Frequenz gestimmt), ich richte meine Pläne nach seinen Notwendigkeiten, ich gebe ihm seinen Platz im Brennpunkt meines Denkens. Das alles heißt nun nicht, daß ich seine unkritische Sklavin bin. Im Gegenteil. Ich sage ihm Kritisches, wenn nötig, auch in bezug auf seine Arbeit, und bin mitunter sein Korrektiv durch mein Anderssein. Aber ich fühle immer meine »andere Hälfte« als in mir anwesend und entscheidend. Todo o nada – alles oder nichts, das bedeutet mir Liebe.

Und wo bleibt meine Freiheit, die ich seit meiner Scheidung von Carl Orff so lange sorgfältig gehütet habe? Meine Freiheit liegt darin, daß ich freiwillig auf meine Freiheit verzichte und diesen Verzicht gar nicht als Verzicht erlebe, sondern als hohen Zugewinn.

So ist es auch mit jener Liebe, die Mystiker ihrem Gott gegenüber erfahren. Mystische Liebe ist vollkommene Hingabe an ein Du (Gott genannt) und durch die Hingabe an dieses Du an alles Seiende, das ja dieser Gott *ist.*

Mystische Liebe ist Liebe schlechthin, und je näher irdisch-erotische Liebe der höchsten Liebe kommt, desto reiner und intensiver ist sie.

Mit der Liebe ist es so wie mit der Rose: »Die Rose blüht. Sie kennet kein Warum. Sie blühet, weil sie blüht.« (Angelus Silesius) Liebe blüht ohne Warum und Wozu. Sie ist grundlos abgründig. Je tiefer sie ist, desto freier macht sie, denn die große Liebe ist die Befreiung vom Ich. Das Paradoxon: Je stärker ich gebunden bin, desto freier bin ich.

Wenn nun aber der Gott Eros Liebende trennt, was dann?

Ich sah in Italien wieder meinen traurigen

Nachbarn, trauriger denn je. Ohne jede Verbindung mit der fernen Geliebten. Er arbeitet, hat Erfolg, lebt mit Frau und Kindern, und alles scheint »normal«. Aber er lebt ein Schattenleben. Er hat tatsächlich seine Freiheit verloren, er hat sich selber verloren. Hat er eine falsche Liebe geliebt? Müßte seine Liebe nicht stark genug sein, die Trennung zu überleben? Ich habe den Verdacht, daß er sich selbst zerstören will, um ihr treu zu sein. Das Liebes-Opfer.

Ich versuche ihm zu sagen, daß seine verzehrende Liebe niemandem etwas bringt, auch nicht der fernen Geliebten, der er mit seinem Verlangen Kraft entzieht. Ich sage ihm auch, daß sein großer Schmerz eine Gnade sein könne, nämlich der Beweis für die Größe seiner Liebe. Er lächelt traurig, er versteht nicht, er will nicht verstehen. Sein Lächeln schneidet mir ins Herz. Wie gut ich ihn begreife. Liebe will Nähe. Liebe will Leib und Seele des Geliebten. Seine Ehe geht über seinem Selbstzerstörungswunsch in die Brüche. Er kann die Liebes-Fessel nicht abwerfen, denn das wäre für ihn Verrat an dieser Liebe. Ich kann ihm nicht helfen. Niemand kann ihm helfen, da er selbst es nicht kann.

Seine Ehefrau wird sich eines Tages scheiden lassen, sie ist zu jung, um nur für die Kinder zu leben. Ihren Mann hat sie für immer verloren.

Ich wundere mich, daß Leute, deren Erstlings- und Hochzeitsliebe ich miterlebte, sich so leicht scheiden lassen. Mir kommt der Verdacht, daß die Menschen nicht mehr lieben können und nicht mehr lieben wollen aus Angst vor der Bindung und vor der Trennung. Sie gehen dem Risiko aus dem Weg, das die Hingabe an eine tiefe Liebe bedeutet. Die Armen. Sie suchen eine Freiheit, die sie nur in der Hingabe dieser Freiheit finden können.

Aber Du, Hans Christian, Du, der Du lieben kannst und willst (wie ich annehme), wie kannst Du so betont von Freiheit reden? Bist Du sicher, daß Du das nicht als magische Formel benutzt? Du läßt den Falken frei, weil Du nur so die Gewähr hast, daß er immer wieder zu Dir zurückkehrt, und weil Du fürchtest, daß er die Kette durchhacken würde, die ihn gewaltsam festhält? Ist es so? Wie auch immer: ich will für mich keine Freiheit und, ehrlich gesagt, ich finde, das darf gar kein Thema für große Liebende sein, denn sie muß, wie die Treue, selbstverständlich sein. (So habe ich nicht immer gedacht; das Gesagte gehört zur Summe meiner Altersweisheit.)

Wie, wenn die Trennung Liebender geschieht durch das, was wir Tod nennen?

Ich habe eine Freundin, die seit mehr als fünfzig Jahren glücklich verheiratet ist. Sie sagt: »Wenn W. vor mir stirbt, gehe ich mit ihm.« Wie: will sie denn Selbstmord begehen in einer Art Witwen-Verbrennung? »Nein«, sagt sie, »ich sterbe ganz einfach zugleich mit ihm, das weiß ich; er nimmt mich mit.« (Meist ist es freilich so, daß die Männer früher sterben und die Frauen sich endlich frei fühlen können.)

Je mehr ich nachdenke über Deine Betonung

der Freiheit, desto besser verstehe ich mich selbst. Ich will gar keine Freiheit. Ich will die Bindung. Ich will sie mit dem Partner, ich will sie mit meinen Freunden, ich will sie mit der Erde und mit dem Kosmos, ich will sie mit der Menschheit und ihrem Schicksal, ich will sie mit *Allem,* das heißt: ich will sie mit der göttlichen Wesenheit. Für mich ist freiwillige Bindung identisch mit Liebe.

Natürlich gibt es auch für mich Augenblicke, in denen ich auffliegen möchte, alles hinter mir lassend, alle Verantwortung abwerfend, ein freier wilder Vogel, der auch in mir haust. Aber das sind Versuchungen zur Untreue mir selbst gegenüber. Ich *bin* meine Liebe; ich *bin* meine freiwillige Unfreiheit, denn sie befreit mich von meinem Ich. *L.*

PS: Bei allem, was ich hier schreibe, denke ich an Goethes Wort:

»Sagt es niemand, nur dem Weisen,
Weil die Menge schnell verhöhnet.
Das Lebend'ge will ich preisen,
Das nach Flammentod sich sehnet.«

PPS: Beim Durchlesen dieses Briefes fällt mir mit Schrecken auf, daß ich (entgegen meiner eigenen Behauptung) doch nur von *meiner* Liebe und *meiner* Freiheit oder Unfreiheit schrieb und damit über den Partner verfüge, den ich vielleicht gerade mit dieser meiner Identifikation subtil erpresse. Ach, wie schwierig ist gerade für einen wortempfindlichen Schriftsteller, die rechten Worte zu finden. Wieviel präziser ist doch die Sprache des Körpers!

Lösung vom Leid

Vor etwa zwei Stunden fragte mich ein Reporter im Rahmen eines Interviews, welches Verhältnis *wir beide* denn eigentlich(!) hätten. Ich war überrascht, daß er überhaupt von uns wußte, und wollte nun meinerseits von ihm in Erfahrung bringen, was er unter »Verhältnis« verstünde. Ganz unverblümt meinte er: »Sind Sie miteinander intim?« Nun hätte ich ihn natürlich wiederum fragen können, was er sich unter »intim« vorstelle, doch ganz spontan antwortete ich ihm: »Wenn Sie mit Ihrer Frage auskundschaften wollen, ob wir miteinander schlafen, so werde ich Ihnen dabei nicht behilflich sein. Und das mit gutem Grund. Denn verneine ich die Frage, sind Sie enttäuscht, weil Sie keine ›Sensation‹ bekommen; bejahe ich sie aber, gibt es einen Skandal, der niemandem nützt, wobei man nie weiß, ob ich die Wahrheit gesagt habe oder nicht. Weder das eine noch das andere hat also irgendeinen Nutzen, weshalb ich es vorziehe zu schweigen.«

Der Herr Reporter blickte mich etwas verblüfft an, schaltete sein Tonbandgerät aus und verabschiedete sich, indem er mir etwas umständlich die Hand drückte.

Was ist überhaupt ein Verhältnis? Eine Beziehung? Wäre nicht »Bezug« wesentlich angebrachter als »Beziehung«? »Statt dieses Besitzes erlernt man den Bezug«, schreibt Rainer Maria Rilke in den »Sonetten an Orpheus«. Er will den Bezug Mensch – Mensch lehren, der ihm wesentlicher und unkorrumpierter erscheint als die Beziehung (oder der Besitz) Mann – Frau. Daher sein endloser Drang nach der besitzlosen Liebe, den ich freilich nicht unkritisch übernommen habe, der mir aber stets die Kraft gab, weder Liebe noch Werk zu vernachlässigen. Soviel ich weiß, ist es Dir in Deinem Leben nicht anders ergangen – und Gott sei Dank sind wir nicht wie Goethe und viele andere Dichter veranlagt, die die Liebe stets zum Anlaß nahmen, neue Inspiration zu erhalten. Natürlich inspiriert die Liebe, aber es darf nicht dazu kommen, daß man davon abhängig wird bzw. Menschen verzweckt, nur um der Inspiration teilhaftig zu werden. Ich möchte die Goethe-Haltung nicht verurteilen, sondern verstehen, schließlich zeigt sie die ungeheuere innovative Kraft, über die die Liebe nicht nur selbst verfügt, sondern die sie in einem Menschen völlig unvermittelt auszulösen vermag. Ohne diese Kraft gäbe es vermutlich zwei Drittel der Literatur, der Musik, der bildenden Kunst nicht. Hat Liebe also – abgesehen von ihrer phy-

sischen und psychischen Aufgabe – noch eine ganz andere, bisher unbekannte? Die Liebe ist offenbar kulturfördernd. Und dennoch hat sie stets mit Leid zu tun, selbst wenn es ein Happy-End gibt (per aspera ad astra). Mir ist dieser abendländische Gedanke nicht ganz geheuer, weil ich weiß, daß so die Unglücksmythen entstehen, über die wir schon gesprochen haben. Die Weltliteratur besteht aus *unglücklichen* Lieben, die Weltmusik ebenso (von Carmen bis Madame Butterfly). Würde die Geschichte eines glücklichen Paares zum Bestseller avancieren? Kaum. »Kitsch« würden die einen sagen, »langweilig« die anderen. Vielleicht hat deshalb Paul Wazlawick sein meistgelesenes Werk »Anleitung zum Unglücklichsein« genannt. Die Tatsache aber, daß wir immer noch der Ansicht sind, Liebe und Leid gehörten zusammen, läßt mich zu dem Schluß kommen, daß die Kulturstufe, auf der wir uns gerade befinden, nicht sehr hoch sein kann. Daran trägt auch unsere Religion Schuld, in deren Mittelpunkt ja personifiziertes Leid steht. Wie schön dagegen ist der Buddhismus, der die Erlösung vom selbstverursachten Leid aufzeigt, und zwar schon im Diesseits! Zu dieser Haltung gehört eben auch das richtige Leben, das, wie unsere taiwanesische Freundin in ihrem »Buddhistischen Buch der Liebe« schreibt, auch das »große Fühlen« genannt wird, etwas, das weit über das Mitgefühl hinausgeht. Ich zitiere:
    »Wenn der Schmerz nicht zur Liebe gehört
    Ist ihr dann Freude zu eigen?

Der Weise sagt: Schmerz betrifft Dein
Innerstes. Und Du besiegst ihn nur
Wenn Du Dich vergißt. Wahre Freude triffst
Du dann, wenn Du die Freude, die Dein
Innerstes entzückt, vergessen hast.
Deshalb: wenn Du Dich nicht von Schmerz
Und nicht von Freude leiten läßt, dann
Schmerzt der Schmerz nicht mehr und Du
Kannst die Freude still genießen.
Das Heute ist schön.
Das Morgen ist schön.
Das Übermorgen ist schön. «
Welch eine völlig andere Lebens- und Liebesauf-
fassung! Ich meine, der Orient hat dem Okzident
doch einiges voraus, vor allem, was die »leben-
dige Ethik« betrifft. *HC.*

Schöpferische Spannung

Dein Brief mit der Frage des Reporters, ob wir, Du und ich, ein »Verhältnis« haben, hat mich erheitert. Da hat Dich Deine Schlagfertigkeit im Stich gelassen. Ich hätte gesagt: Natürlich haben wir ein Verhältnis: Wir verhalten uns zueinander und zwar sehr freundschaftlich und intim, das heißt, wir sagen uns einiges, das wir nicht allen sagen. Wir haben auch Verhältnisse mit anderen Menschen. Wir leben nur mit, durch und in Verhältnissen . . .

Im übrigen, Herr Reporter (hätte ich gesagt), können Sie sich offenbar Beziehungen zwischen Mann und Frau nur als Bett-Verhältnisse vorstellen. Es gibt andere, nicht minder intensive, unter Umständen nicht minder intime . . .

Vielleicht aber hätte ich dem Reporter dies alles nicht gesagt, sondern wäre schweigend davongegangen. Wäre ich jünger, hätte ich ihm eine Ohrfeige gegeben und gesagt: »Das ist für Ihre pubertäre Neugier.«

Nun zum Eigentlichen, zu Deiner Frage nach dem Weiblichen. Darüber wird neuerdings viel geschrieben. Sehr Bemerkenswertes schrieb dazu José Sánchez im Edith-Stein-Jahrbuch. Interessant ist auch das Buch »Meine Seele ist eine Frau« von Annemarie Schimmel (über vieles weithin Unbekannte im Islam). Ich kann alledem nichts Wesentliches und auch nicht einmal Marginales hinzufügen.

Ich könnte aber darüber nachdenken, wie ich mein Frau-Sein erlebe. Ich weiß es nicht. Ich bin eine Frau und ich scheine sehr weiblich zu sein (so sagt man mir). Aber ich habe darüber nie nachgedacht. Ich nahm und nehme es fraglos hin. (Außer wenn, vor Jahrzehnten, männliche Kritiker meine Arbeiten als »Frauen-Literatur« abwerteten, ohne je zu erklären, was das ist.) Ich habe mir nie gewünscht, ein Mann zu sein. Der Freudsche Penisneid ist mir ganz und gar fremd, wenn auch nicht unverständlich in der Zeit des Patriarchats. Ich habe Männer nie als fremde Wesen erlebt. Ich hatte immer Männer zu Gesprächspartnern und Freunden. Gespräche mit Frauen haben mich meist gelangweilt. Gewöhnt an sachliche politische und philosophische Männer-Diskussionen, kam mir die Argumentation von Frauen (außer sehr gebildeten) immer zu privat und zu emotional vor. Oft liefen solche Gespräche auf Klagen und Anklagen hinaus – gegen den eigenen Mann oder »die Männer«. Da ich einige bedeutende Männer zu Freunden hatte, konnte ich in diese General-Vorwürfe nicht mit einstimmen.

Freilich mißfiel und mißfällt mir die »männliche« Haltung: das Auftrumpfen, die Überheblichkeit, das Pochen auf die bessere, nämlich die logische Art des Denkens, die ich übrigens auch bei intellektuellen Frauen fand, aber das war eben die Art, in der man zu denken hatte, wollte man ernstgenommen werden. Mir (die auch logisch denken kann) geht es aber wesentlich um die »Brauchbarkeit« der Gedanken fürs »Leben«. Das abstrakte Denken mochte ich auch, aber es war mir ein Spiel im luftleeren Raum. Mir schwebte immer die von Dir kürzlich zitierte »liebende Wissenschaft« vor. Das ist eine neue Art der Philosophie, die man »weiblich« nennen kann.

Die übliche Identifikation von »männlich« mit dem Mann (dem konkreten Gesellschafts- und Geschlechtswesen) und »weiblich« mit der Frau gelingt mir nicht mehr. Es gibt immer mehr Männer, die lernen, ihre eigenen weiblichen Seelenkräfte leben zu lassen. Männer, die sich nicht schämen, ihre Gefühle zu zeigen und ein zärtliches Verhältnis zu den Geschöpfen zu haben, und die auch »weibliche« Arbeiten übernehmen ohne das Gefühl, sich auf ein unpassendes Niveau herunterzubegeben. Im Ausgleich dazu gibt es immer mehr Frauen, die ihre latente Männlichkeit aktivieren im Leistungssport und in der Wahl ihres Studiums (Technik, Politik . . .). Die beiden Pole Yang und Yin nähern sich einander. Es kann freilich auch zu einer gefährlichen Akzentverlagerung kommen: Frauen werden »herrisch« und Männer »weibisch«. Oder: Yang und Yin verlieren ihre kreative Polarität, und es erscheint das Uni-Sex-Wesen. Einen Trend dazu sehen wir in der Mode. Oder es gibt eine neue Art Mensch: den Androgynen, bei dem Yang und Yin in einer Person verkörpert sind.

Wie auch immer: das patriarchale Modell verliert an Kraft, und das Weibliche wagt zu leben. Das bedeutet, daß die Zeit der Rivalenkämpfe in der Gesellschaft langsam einem »liebenden« Verhalten Platz macht, das auf Frieden gerichtet ist.

Du siehst, daß ich, entgegen meiner anfänglichen Behauptung, doch genau weiß, was »weiblich« ist, und daß ich als Frau denke.

Eben war ich in meinem Garten, der nach einem kurzen Regenschauer vor Nässe und Licht trieft. Und da fiel mir auf, daß es »männliche« und »weibliche« Bäume gibt. Die Zypressen sind entschieden phallisch-männlich; die Eichen in ihrer betonten Knorrigkeit sind auch männlich; die Birken sind weiblich-mädchenhaft; die Pinien sind breithüftig-mütterlich . . . Sind das nun unzulässige Interpretationen von Formen, oder entsprechen sie einer Absicht der Natur, männliche und weibliche Gestalten zu schaffen? Jedenfalls schien mir bei diesem Gang durch den Garten eine große, stille Harmonie zu walten. Vielleicht brauchte »die Natur« (selbst weiblich!) tausende von Jahren, um aus Gestaltlos-Lebendem Yang- und Yin-Formen hervorzubringen, die dann, ohne ihre besondere Form aufzugeben, zu schönster Harmonie zusammenwuchsen.

Habe ich Deine Frage beantwortet?

Noch lange nicht.

Jedenfalls war mein Gang durch den Garten (den ich vor drei Jahrzehnten aus dem Ödland schuf) eine wortlose Lösung der Frage nach meiner Weiblichkeit. Mein Garten und ich leben in schönster Harmonie in gegenseitigem Geben und Nehmen, also in Liebe. Und das ist die Lösung des Geschlechts-Problems.

Aber ich kann nicht übersehen, daß der Garten seine eigene Problematik hat: Da ist eine junge Eiche, die völlig überwuchert ist von einer Art Efeu, der sie zu ersticken droht. Der »weibliche« Efeu würgt die »männliche« Eiche ab. Wem soll ich beistehen, wen töten? Soll ich der Natur einfach ihren Lauf lassen? Darf ich, muß ich die Flechten von den Obstbäumen kratzen? Darf die Katze eine junge Amsel fressen? Darf der Sperber, der über mir kreist, Mäuse töten? Gibt es in der so »weiblichen« Natur nur das so »männliche« Gesetz des Stärkeren, das Gesetz der Gewalt? Wo bleibt die Liebe? Und doch wächst und lebt alles in Harmonie, solange der Mensch nicht störend eingreift. Nur: wir erkennen die Harmonie nicht als solche. Wir wissen und sehen nicht, daß es keine Zerstörung und keinen Tod gibt, sondern nur Verwandlung. Daß Shiva, der Schöpfergott, nur zerstört, um Neues zu schaffen. Ist die »Große Mutter« nicht zugleich jene, die gebiert und wieder verschlingt? Ist es nur eine Sache des Standpunktes, ob man in der Natur Tod oder immer sich wandelndes Leben sieht? Ist nicht jede Pflanze, die »abstirbt«, Humus für eine andere? Ist der Erdentod (als Katastrophe, als »Welt-Untergang«) nicht der Humus für eine neue Schöpfung? Ist das Ende des Patriarchats mitsamt dem Feminismus (als Übergangsphase) nicht die Geburt einer ganz neuen Kultur? Entsteht nicht eine neue Art von Mensch körperlich-geistig androgyner Natur? Können nicht jetzt schon Männer ihre weibliche Seele leben und Frauen ihre männliche?

Aber – siehe meine Erfahrung in meinem Garten: Vorläufig ist noch Kampf um die Priorität. Oder ist das, was wir allenthalben als Kampf sehen, vielmehr schöpferische Spannung? Ist nicht doch das herrschende Weltprinzip unendliche Sympathie? Ist nicht alles das ewige Spiel einer Liebe, die wir nicht als Liebe verstehen?

Wohin haben mich Deine Fragen gebracht . . . Dahin, wohin alle Fragen zielen: zur Frage nach dem Sinn aller Bewegung. Dreht sich das Welten-Rad um eine Achse, die ruht und ewig sie selbst bleibt?

Ich war eben wieder im Garten. Die Rosen blühen ohne zu fragen. Und wir? Fragen wir zu-viel? Kommt nicht unser endloses Unglück von der Erbsünde des Fragens? Und doch: wir müssen fragen. Das ist unser Menschen-Los.

Ich küsse eine Rose, die schönste rote, und ihr entfällt ein Regentropfen. Eine Träne. *L.*

Ohne Bedingung

Deine Überlegungen zum Thema Freiheit führen mich zu einem Text von Sören Kierkegaard:
»Das Höchste, das überhaupt für ein Wesen getan werden kann, ist es *frei* zu machen. Eben dazu gehört Allmacht, um das tun zu können. Dies scheint sonderbar, da gerade Allmacht abhängig zu machen scheint. Aber wenn man Allmacht denken will, wird man sehen, daß gerade in ihr die Bestimmung liegt, sich selber in der Äußerung der Allmacht wieder so zurücknehmen zu können, daß gerade darum das durch die Allmacht Gewordene unabhängig wird. Das ist der Grund, weshalb ein Mensch den anderen nie ganz frei machen kann, weil der, der die Macht hat, selbst darin gefangen ist, daß er sie hat, und darum ständig ein verkehrtes Verhältnis bekommt zum anderen, den er frei machen will. Dazu kommt, daß in aller endlichen Macht (Begabung usw.) eine endliche Eigenliebe ist. Nur die Allmacht kann sich selber zurücknehmen,

während sie sich hingibt; und dieses Verhältnis ist gerade die Unabhängigkeit des Empfängers. Gottes Allmacht ist darum seine Güte. Denn Güte ist, sich ganz hinzugeben, aber so, daß man durch die allmähliche Zurücknahme seiner selbst den Empfänger unabhängig macht. Alle endliche Macht macht abhängig; nur die Allmacht kann unabhängig machen, aus Nichts hervorbringen, was in sich Bestand hat dadurch, daß die Allmacht immerfort sich selbst zurücknimmt. Die Allmacht bleibt nicht liegen in einem Verhältnis zum anderen, denn da ist nichts, was sich verhält; nein, sie kann geben, ohne doch das mindeste ihrer Macht aufzugeben, sie kann unabhängig machen. Dies ist das Unbegreifliche, daß die Allmacht nicht bloß das Imposanteste von allem hervorbringen kann, der Welt sichtbare Totalität, sondern das Gebrechlichste von allem zu erzeugen vermag, ein gegenüber der Allmacht unabhängiges Wesen.«

Wenn nun Liebe darin besteht, dem jeweils anderen wechselseitig »das Höchste« zuteil werden zu lassen (seelisch, geistig, körperlich), wenn es also darum geht, das geliebte »Du« in jeder Hinsicht frei zu machen, dann mag dies oft mißverstanden werden: Man könnte meinen, diese Freiheit bedeute Freiheit *von* etwas. Das Gegenteil ist richtig. Es handelt sich um eine Freiheit für etwas, um das Frei-Sein für den geliebten Menschen.

Der nächste Punkt, der für viele Menschen, die im Alltagstrott einer »Beziehung« gefangen sind, ebenfalls schwer verwirklicht werden kann, ist der: in der Liebe das Sein als Gabe zu erfahren, ja nicht nur *in* der, sondern sogar *durch* die Liebe das Geschenk zu erhalten und dankbar und demütig diese Gabe zu leben. Geschieht dies gegenseitig, sind beide Liebenden frei füreinander, frei zueinander, sie können das Geschenk ihres Seins annehmen und fruchtbar aufeinander hin sein. Diesen Liebenden ist etwas anderes zu eigen als das, was gemeinhin »Liebe« genannt wird und doch oft nicht mehr ist als ein »hormonelles Irresein«. Sie leben eine Liebe ohne Bedingung, ohne Absicht, ohne »Warum« (wie Du so schön mit Angelus Silesius von der Rose gesagt hast), ohne Wofür, freiwillig, aus freiem Willen also, aber eben nichts erwartend, nichts erhoffend, nichts ersehnend (außer den Geliebten), alles verschenkend aus dem Übermaß der grenzenlosen Liebe. Sie belassen ihr Gegenüber in seinem authentischen Sein und versuchen nicht, es zu verändern, mit anderen Worten: Sie nehmen ihm sein ihm innewohnendes Sein nicht weg. Wie oft geschieht aber gerade dies bei allen Lieben der Welt! Machtspiele! Sticheleien, Verletzungen, Verständnislosigkeit, Sprachlosigkeit... Dabei wäre es so einfach. Es beginnt beim Zuhören. Aus diesem heraus entwickelt sich Verstehen und daraus Verständnis. Hier erwirken sich die Liebenden ein Mehr an Sein, sie schaffen gewissermaßen einen »Mehrwert« ihrer Liebe. Die Alternative führt zu Altbekanntem: Aus falschem Fragen entsteht allmählich ein Desinteresse am anderen, das durch den Liebes-Alltag noch gestärkt wird, bis es zum Bruch kommt oder – Du hast es in einem Brief einmal erwähnt – man dem einst geliebten Menschen den Tod wünscht, um wieder frei atmen zu können. Falsche Liebe nimmt uns den Atem, macht uns atemlos. Und wer nicht atmen kann, stirbt. Wahre Liebe aber – auch das haben wir schon festgestellt – bedeutet, ohne Tod zu sein. Für mich ist *Reinheit* eben jene Liebe ohne Selbstsucht, jenes freiwillige Sichverschenken an ein Du, jenes ursprüngliche Da-Sein für den und im anderen, jener Versuch, den anderen nicht seiner selbst zu entledigen, sondern ihm durch das Geschenk der Liebe zu ermöglichen, daß er erkenne, wer er selbst ist. Daß er seine Möglichkeiten verwirkliche, daß er sein Leben verstehe, daß er es einsetze für andere, für Besseres, für Schöneres, für Liebendes. Dieser Wunsch scheint etwas vermessen in einer Zeit, die nicht gerade geeignet scheint, solche Ideen Allgemeingut werden zu lassen. Aber wenn der Kampf um die Priorität – wie Du meinst – vorbei ist und in der Welt wieder weibliche Werte vorrangig werden (Werte also, die nicht zerstören, sondern Leben schenken), dann mag diese Reinheit selbstverständlich geworden sein. Reinheit bedeutet deshalb für mich auch, besitzfrei zu lieben, zu geben, zu schenken und den Akt zu erleben als größte Möglichkeit, in die transzendenten Bezirke des Über-Sinnlichen einzutreten. *HC.*

PS: Bei aller Philosophie sollten wir nicht vergessen, daß das Leben es liebt, sich immer wieder anders zu entscheiden, als wir es für uns und andere vielleicht vorausgeplant haben.

Reine Liebe

Dein Brief macht mir Schwierigkeiten. Da ist zunächst Dein Kierkegaard-Zitat. Nun: ich kenne den dänischen Philosophen seit Jahrzehnten und kann ihn nicht leiden, vor allem seit ich sein »Tagebuch eines Verführers« gelesen habe. Er beschreibt darin das hochintellektuelle Experiment, seiner Verlobten erst alle Zeichen der Liebe zu geben und sie so an sich zu binden, um ihr dann diese Bindung Schritt für Schritt zu zerstören. Auch seine Idee von der Allmacht ist mir suspekt. Gott, so wie er theologisch dargestellt wird, gibt als Allmächtiger dem Geschöpf Mensch Freiheit. Damit gibt er diesem Geschöpf die Freiheit zum Zerstören dessen, was er, der Allmächtige, geschaffen hat. Ich kann mit dieser Theorie nichts anfangen. Der Gott, an den zu glauben ich fähig und willens bin, hat keine noch so subtilen anthropomorphen Eigenschaften. Lassen wir den Unbegreiflichen aus dem Spiel (soweit möglich). Ich meine, zur Lenkung des

Kosmos bedarf es keiner All-Macht, sondern der All-Liebe. Wäre beides identisch, sähe die Welt oder doch unsere Erde anders aus.

Frage: Ist der Mensch frei? Unterliegt er nicht Zwängen verschiedener Art? Ist Kierkegaard frei, wenn er die arme Regine Ohlsen an sich bindet und wieder von sich ablöst? Kierkegaard selbst war kein freier Mensch, er hatte einen erschreckenden Gott-Vater-Komplex, und er hatte einen Buckel und war von daher »gezeichnet«. Er hätte das Mädchen nicht an sich binden dürfen, denn er liebte nicht wirklich.

Gestern sah ich eine Fernsehsendung, die im Vergleich zu Deinem philosophischen Kierkegaard-Zitat banal war, aber viel brauchbarer für uns Menschen, die keine Philosophen sind, sondern den Alltag leben und bestehen wollen.

Da waren vier Ehepaare auf dem Podium, die behaupteten, gut oder gar glücklich verheiratet zu sein. Das Thema der Sendung war Freiheit, wenngleich das Wort gar nicht fiel. Im Lauf des Gesprächs kam aber heraus, daß die glücklichen Paare Probleme haben, vielmehr: ein Problem, das man »Freiheitsberaubung« nennen kann. Es geht um Banalitäten des alltäglichen Zusammenlebens.

Ein Mann ist Fußball-Fan derart, daß er besessen ist vom Fußball. Sein Leben ist identisch mit seinem Sport. Er nimmt es für selbstverständlich, daß seine Frau diese seine Obsession nicht nur versteht, sondern auch teilt. Sie tut es in großer Geduld, lebt damit aber in ständiger Überforderung. Sie erträgt dieses Leben in Liebe, aber eben an der Grenze der Liebe. Im Gespräch muß sie gestehen, daß sie leidet.

Ein anderes Paar hat ein absurdes Problem: Der Mann ist Sammler von Miniatur-Automodellen. Er hat fünftausend. Sie stehen in der Wohnung herum. Überall. Die Frau, auf makellose Ordnung eingestellt, fühlt sich (»bei aller Liebe«) auf schier unerträgliche Weise eingeengt, vermag aber der Sammelleidenschaft ihres Mannes keine Grenzen zu setzen.

Das nächste Paar hat Schwierigkeiten mit der Zeit. Der Mann ist berufsbedingt pünktlich und vom Charakter her überpünktlich. Die Frau ist auf charmante Art zeitschlampig.

Beim vierten Paar geht es um den Putzfimmel der Frau. Wenn sie eine Verabredung haben, findet die Frau im letzten Augenblick noch irgendwelche Schmutzreste auf dem Teppich. Eine Obsession.

Lauter Banalitäten, die zwar die Ehe nicht zerstören, aber doch stören. Könnten sie nicht leicht vermieden werden? Es scheint so. Aber all diese kleinen Besessenheiten sind tief verwurzelt in den Charakteren. Oft sind es frühe Prägungen aus der Kindheit. Es ist sehr schwer, derartige Gewohnheiten oder Wünsche zurückzunehmen und dem Partner so viel Freiheit zu lassen, wie er braucht, um atmen zu können. Wie aber sollte der Mann mit der Auto-Obsession sich zurücknehmen?

Es geht um Freiheitsberaubung auch dort, wo

ein Partner sich scheinbar freiwillig den Wünschen des anderen fügt. Meist sind es die Frauen, die sich ihre Freiheit aus Liebe (oder »um des lieben Friedens willen«) beschneiden lassen.

Unser aller Leben ist: Leben in Kompromissen, in mehr oder minder willig auf uns genommenen Zwängen. Keine noch so hohe, schöne Philosophie der Freiheit trägt uns in die absolute Freiheit. Wie war's denn mit Deinem dänischen Freiheits-Philosophen? Sein intellektuelles Experiment ging so aus, wie es anders nicht ausgehen konnte: er befreite sich von der Fessel seiner Verlobung. Regine bezahlte den Preis: sie litt, bis sie schließlich einen Mann von handlicherem Format fand und heiratete. Und Kierkegaard selbst? War er danach frei? Er hatte sich befreit und wurde glücklos. Er schuf bedeutende Werke, gewiß, aber seine Freiheit erwies sich als Leiden an der Welt, an sich, an seinem Gott. Er ist kein Modell für echte, reine Liebe.

Ich finde, Du betonst zu sehr die Freiheit. Darin verrätst Du Dich als Mann. Der Mann in Dir will keine Bindung. Nun: das ist Dein Recht, wenn Du zur Entfaltung Deiner Persönlichkeit eben die bindungslose Liebe brauchst. Ich, die für den Beruf viel Freiraum braucht und Dich darin versteht, will die Bindung.

Nun zum Thema Reinheit. Was ist eine unreine Liebe? Es ist eine, die etwas anderes will als eben Liebe. Zum Beispiel: sie will ein stets zuhandenes Objekt zur Befriedigung sexueller Begierde. Oder eine immer gegenwärtige Hilfe bei

Schwierigkeiten. Oder ein Objekt, an dem man seine »Allmacht« ausleben und dem man seine Überlegenheit zeigen kann, getarnt häufig als Beschützer- Geste. Bei Frauen ist es oft der infantile Wunsch nach einem »Vater«. Auch feministischen Frauen ist die Sehnsucht nach beschützender Männlichkeit immanent. Eine reine Liebe ist jene, die kein Warum und kein Wozu braucht und die nicht »etwas am Partner« liebt (Schönheit, Geist, Charme oder was auch immer), sondern einfach ihn selbst, sein eigentliches höheres Selbst.

Was die Partner-Wahl betrifft, so wählt nicht einer der Partner, und es sind auch nicht zwei Menschen, die einander wählen, sondern »das Schicksal« wählt. Der Pfeil wird abgeschossen, und er trifft. Wer schießt ihn ab? Der Gott Eros? Wer ist das? Eine Manifestation des Gottes der Liebe. Der Lenker des Schicksals.

Mit diesen zögernd geschriebenen Sätzen nähere ich mich dem Thema Mystik und Ekstase. Ich befasse mich damit seit vielen Jahren. Meine Erfahrung: Je mehr man über diese Phänomene nachdenkt, desto weniger weiß man.

Natürlich gibt es Definitionen, und es gibt Berge von Büchern über Mystik. Vor mir liegt ein Buch, das ich seit 1949 besitze und immer wieder einmal lese und zu Rate ziehe. Der Autor ist der Amerikaner Sheldon Cheney, ein profunder Kenner der Mystik vieler Religionen. Der Titel des Buches heißt einfach: »Vom mystischen Leben«. Mit diesem Titel schafft er schon die Verbindung von Mystik und Leben. Er sagt aber, man könne keine alles aussagende Bezeichnung finden für die »ekstatische Wirklichkeit der mystischen Erfahrung«. Damit schafft er eine weitere Beziehung von Mystik und Leben: Er spricht von »Erfahrung« und von »Wirklichkeit« und von »Ekstase«. Er versucht eine Definition, die zugleich einengt und erweitert. Er spricht von der Mystik als der »unmittelbaren Erkenntnis Gottes« oder von der »Auflösung der Seele im Absoluten« oder von der »Vereinigung der Einzelseele mit Gott«. Es geht immer um das Übersteigen des einzelnen in den kosmischen Bereich durch das Überschreiten der Grenzen des Bewußtseins.

Meist verweist man Ekstase in den Bereich des Religiösen und schreibt es Menschen zu, die man »Heilige« nennt. Damit rückt man es weit ab ins Unzugängliche, Außer-Normale, in die Nähe des heiligen Wahnsinns. Aber Cheney spricht von Erfahrung und Wirklichkeit. Wir alle haben Zugang zu diesem Bereich. Wir brauchen »ekstasis« nur wörtlich zu übersetzen: Es ist das »Außer-sich-Sein«. Ein Zustand, in dem man »sich vergißt« und in den Fluß eines höheren Bewußtseins steigt. Wer je eine vollkommen glückliche Liebesnacht erlebte, weiß, was Ekstase ist: das Eins-Werden mit dem Geliebten in einem Dritten: der Liebe selbst. Musikalische Menschen werden von der Musik hinweggetragen in ein Meer von tönenden Schwingungen.

Ich selbst kenne Ekstasen verschiedener Art: beim Sonnenaufgang im Gebirge, beim Blick auf das goldene Sonnen-Symbol der Monstranz in der Kirche, beim Anhören von Bachscher Musik, beim Tanz, und in der Liebe. In meinem »Buch der Freundschaft« mit Karl Rahner steht: »Ich habe die intensive Nähe Gottes verspürt, wortlos, bildlos.« Den »Pfeil der Liebe«. Den Pfeil des göttlichen Eros. Wir finden ihn auf der berühmten Statue Berninis »Die Ekstase der heiligen Theresa« in der Kirche Santa Maria della Vittoria in Rom. Der Pfeil, der verwundet und das Tor des personellen Bewußtseins aufsprengt und ungeheure Weiten öffnet.

Kinder sind noch durchlässig für die »transpersonale« Wirklichkeit. Sie sehen Engel und hören geheime Worte. Die Erwachsenen, wenn sie je etwas davon erfahren, sagen: »Du träumst.«

Ja, die Kinder träumen, aber ihre Träume sind Wirklichkeit, freilich eine andere, höhere Art von Wirklichkeit. Wir alle leben in verschiedenen Arten von Wirklichkeit, und wir Törichten lassen nur jene gelten, die mit unseren leiblichen Sinnen faßbar ist.

Gestern sah ich im Fernsehen wieder nichts als Negatives. Flüchtlings-Elend, Grausamkeiten und die Torheiten der Politiker. All unser Un-Heil. Und diese Welt soll heil werden? »Friede den Menschen auf Erden...« Ich sehe alles Schreckliche und kann's nicht ändern. Ich sehe vor mir das unvergeßliche Bild aus dem China von 1989: Auf dem Tien-Anmen–Platz (dem »Platz des himmlischen Friedens«!) fahren Panzer auf. Ein Student, einer ganz allein, stellt sich einem Panzer in den Weg. Ich bin er. Ich bin so ohnmächtig wie er. Ich bin verzweifelt. Ich will die Welt heilmachen helfen. Was für eine Illusion. Wer kann von mir erwarten, daß ich etwas bewirke? Habe ich nicht das Wort von der »Durch-Liebung der Erde« erfunden und dabei gedacht, ich könne einen Beitrag dazu liefern?

Kann ich's nicht?

Mir fiel plötzlich ein Gedicht aus dem »Schnurpsen-Buch« meines verstorbenen Freundes Michael Ende ein: Der kleine Junge wacht schlecht gelaunt auf. Er faucht seine Mutter an. Die ärgert den Ehemann. Der Mann, verdrossen, beschimpft einen Arbeitskollegen. Der, verärgert, beleidigt einen Vorgesetzten . . . Von einem winzigen Punkt aus wird ein kleiner Teil der Welt unheil.

Kehren wir die Sache um: Die Eltern, nach einer zärtlich verbrachten Nacht, wecken fröhlich die Kinder, die Kinder sind munter in der Schule, die Lehrer freuen sich . . . Von einem winzigen Punkt aus wird ein kleiner Teil der Welt heil. Der ins Wasser geworfene Stein bewirkt Kreise, und die Kreise werden größer und berühren andere Kreise, und sie setzen sich fort ins Unendliche.

Liebe (»reine« Liebe) auch im allerkleinsten Bereich ist »ekstatisch«. Jede Liebe *ist* Ekstase, denn sie führt über die Grenze des Ego hinaus, und jede Ekstase ist mystischer Natur. *L.*

Sehn-Sucht

Unser gestriges Gespräch war mir eine so herzer-
frischende (im wahrsten Sinn des Ausdrucks)
Freude, daß sich meine inneren Verkrampfungen
schlagartig lösten und ich mich heute befreit
fühle von all dem Ballast, der sich über lange
Zeit in mir angestaut hatte. Ich fühle mich in
vollkommener Harmonie mit mir selbst, meinen
Mitmenschen und der gesamten Welt. Und Du
warst der Auslöser dieses »Pfingstwunders«. Es
ist die Art, wie Du Probleme anderer zu analysie-
ren, also aufzulösen und zunichte zu machen ver-
magst. Du hörst intensiv zu, spendest Trost,
nimmst Dich selbst ganz zurück und bietest dann
realistische Möglichkeiten der Verbesserung an.
Aber ist es nur dies? Nein, ich glaube, Deine
bloße Gegenwart reicht schon aus, um zu heilen.
Du mußt nicht einmal etwas sagen. Bei Dir habe
ich das Gefühl, aufgehoben und angenommen zu
sein. Diese Empfindung hatte ich übrigens schon
bei unserem ersten Treffen. Die Begegnung mit

Deiner Seele, so wie sie gestern stattfand, hat mich emporgehoben, ja glücklich gemacht. Ich schlief gut und fest (was schon lange nicht mehr der Fall gewesen war) und wachte morgens auf mit einem Gefühl der kosmischen Allverbundenheit. Plötzlich wußte ich auch, daß ich auf dem richtigen Weg bin.

Allerdings muß ich einräumen, daß meine Liebesphilosophie, die sich auf Rilke bezieht und von dem Philosophen Ferdinand Ulrich geprägt ist, dem Normalsterblichen zu kompliziert oder abwegig erscheinen mag, zumal er selten auf Vorbilder zurückgreifen kann, um ihnen in dieser Hinsicht nachzueifern. Aber geht es mir da viel anders? Bin nicht auch ich ein Normalsterblicher? Und woher meine Vorbilder? Aus der Literatur, der Philosophie, der Theologie? Also ohne Leben, diese ganze Meisersche Vorstellungswelt, mag einer mir vorwerfen. Keineswegs, antworte ich, denn immerhin versuche ich ja, es in die Praxis umzusetzen, auch wenn das Scheitern oft vorprogrammiert ist, da kaum jemand besitzlos geliebt werden möchte. Im Gegenteil: die meisten wollen jemandes Besitz sein, um zu wissen, wohin sie gehören. Natürlich weiß ich, daß das, was ich lebe, mit dem althergebrachten Bild, das »man« von der Liebe hat, bricht.

Ich war und bin der Ansicht, daß sich Mißverständnisse unter Paaren auf alles, das existiert, übertragen. Daß also Streit, Zwist, Haß, Zwietracht, Zorn, Ärger, mangelndes Verständnis, Vorurteile etc. in allen Belangen des Lebens nur dann ein Ende finden können, wenn durch liebendes Verständnis *geheilt* wird. Das gilt für das Verhältnis von Staaten untereinander genauso wie für den Umgang von Menschen miteinander: Politiker – Bürger, Arbeitgeber – Arbeitnehmer, Eltern – Kind, Mann – Frau usw. All diese Verhältnisse von Menschen sind geprägt von Geben und Nehmen. Weshalb sind sie aber nicht geprägt von liebendem Verständnis? Weil sich in jedes der Verhältnisse die *Macht* einschleicht, und zwar eine, die sich von oben nach unten vollzieht. Diese Macht ist eine zynische. Die wahre Macht wäre, wie Ferdinand Ulrich sagt, eine, die sich von unten nach oben vollzieht, eine Macht, die die Freiheit des anderen nicht unterdrückt, sondern vermehrt. Das wäre wirkliche, wirkende, unpervertierte Autorität.

Und damit komme ich zum zweiten Punkt meiner Überlegungen: Was ist eigentlich der Ur-Grund all unserer Anstrengungen? Ist es nicht die Sehnsucht? Vor allem die Sehnsucht nach Heil? Weshalb sehnt sich die Christenheit nach dem Heiland?

Auf daß die Welt wieder eins werde? Warum sehnen sich Liebende nach einander? Um dem horror vacui, dem Gefühl der kosmischen Leere zu entgehen, um es zu überwinden? Weshalb tun wir überhaupt etwas? Aus Sehnsucht nach Anerkennung. Und was verbirgt sich dahinter? Die Sehnsucht, geliebt zu werden, geborgen zu sein, sich aufgehoben zu wissen, eins zu sein, die ursprüngliche Einheit wiederzuerlangen.

Du berichtetest mir einmal von einer merkwürdigen Konstellation: ein Anwalt, seine Ehefrau und die Sekretärin des Mannes. Alle waren (oder sind?) schicksalhaft miteinander verbunden, aber so, daß es offenbar für keinen von ihnen eine Lösung (im doppelten Sinn des Wortes) gibt. Sie wollen sich lösen, schaffen es aber nicht. Was ist der Beweggrund ihrer Handlungen? Eben die Sehnsucht. Der Mann – ganz Patriarch – sehnt sich nach dem Harem. Die Biologie schlägt zu: Das Männchen sehnt sich danach, seine Gene an möglichst viele Weibchen weiterzugeben. Das Weibchen sehnt sich nach dem Ernährer, dem Nestbauer, dem Sicherheitsspender. Das zweite Weibchen nun sehnt sich nach demselben. Um nicht in Konflikt zu geraten, müssen sich die Weibchen miteinander arrangieren, damit letzten Endes der Versorger nicht beide fallen läßt und sich nach neuen, passenden Ergänzungen umschaut. Gesetzesbücher und moralische Codices haben seit jeher versucht, diesen Biologismen einen Riegel vorzuschieben, um die vermeintlich Schwächeren zu schützen. Sie behaupteten, der Mensch sei kein Tier mehr. Aber stimmt dies? Sie wollten und wollen Anarchie verhindern. Aber um welchen Preis? Um den Preis der Seelenverkrüppelung. »Niemand liebt heute, wie die Natur ihn zu lieben treibt«, sagt Otto Mainzer, und vermutlich hat er recht damit. Nimm nur einmal das vieldiskutierte Beispiel der »sexuellen Belästigung am Arbeitsplatz«. Was sind die Gründe? Männer, die nichts Besseres zu tun haben? Steckt dahinter nicht eine biologische Sehnsucht des Lebens, nach der ein Mann prüfen will, ob diese oder jene Frau fähig und geeignet sei, seine Gene weiterzutragen? Ich bin der Überzeugung, daß sich Frauen ebenso verhalten würden, hätten sie je dazu die Gelegenheit. Doch sie sind gesellschaftlich so korrumpiert, daß sie es nicht öffentlich wagen würden, Männern »an die Hose zu gehen«. Aus diesem Grund findet die Gesellschaft übrigens an der Kombination älterer Mann und jüngere Frau nichts Anstößiges, da hier Leben weitergegeben werden könnte, was in der gegenteiligen Paarung nicht möglich wäre.

Es stellt sich mir somit die Frage, ob die Menschheit nicht seit Jahrtausenden ihren Eros korrumpiert, ja sogar *gegen* das Leben liebt, woraus sämtliche Übel der Welt entstanden sind und nach wie vor entstehen: Krieg, Haß etc. Hat also alles Negative eine gemeinsame Wurzel? Ich meine, ja. Mainzer schreibt: »Kein Friede wird dauern, solange nicht jeder einzelne lernt, das Geschlecht zufriedenzustellen. Es wird keine eigentlichen Menschen geben, solange Homo sapiens die Organe, mit denen er sich fortpflanzt, nicht zu gebrauchen weiß.« Starker Tobak, gewiß. Aber hat Mainzer unrecht? Ist er ein erotischer Idealist? Ein erotischer Materialist? Oder nur einer, der es wagt, den Finger auf die Wunde der Welt zu legen?

Der Eros ist das Reinste, Ehrlichste und Ekstatischste, das dem Menschen gegeben ist. Grausam sind nur seine wirtschaftliche Ausbeutung

und die damit verbundenen kulturellen Folgen.
HC.

PS: Was macht jenes merkwürdige Dreigestirn?
Hast Du noch Kontakt zu der Ehefrau? Es wäre
schon sehr interessant zu wissen, wie die Geschichte weitergegangen ist.

Liebes-Opfer

Du überhöhst mich. Zutreffend ist, daß ich gut zuhören und mich zurücknehmen und bisweilen einen Rat geben kann.

Aber ich bin nur eine Brücke von einem Ufer zum anderen, eine Brücke, auf der Erfahrungen, Erkenntnisse und auch Gefühle transportiert werden. Eine Brücke ist nichts, wenn sie keine Ufer findet, um sie zu verbinden. Brücke und Ufer brauchen einander. An einem Ufer muß es (geistige) Güter geben, und am andern Ufer muß jemand sein, der (wie in der Legende vom Heiligen Christophorus) ruft: »Hol über!« So kann ich rufenden Menschen helfen, das zu erlangen, wessen sie bedürfen.

Aber es ist nicht so, daß ich immer Brücke wäre. Ich bin auch ein Ufer, das wichtiger Güter bedarf. Du, halb so alt wie ich, hast, kraft Deiner »Frühreife«, solche Güter für mich. So haben wir beide einander nötig. Du hast recht: Wesentliche Begegnungen sind uralter Herkunft ...

Du sprichst die Geschichte unseres »Dreigestirnes« an. Das ist ein merkwürdiges Zusammentreffen. Denn gerade in diesen Tagen erfuhr ich von gemeinsamen Bekannten Bestürzendes: »Was, Sie wissen es nicht? Ina ist tot.« Ina war die Sekretärin des Anwalts. Tot? Selbstmord? Nein. Ein Unglück, ein Schicksalsschlag. Sie starb bei der Geburt ihres Kindes. Ina hatte ein Kind? Wer ist der Vater? Lebt das Kind? Wo ist es? Und wieso starb Ina bei der Geburt? Niemand wußte genau Bescheid. Aus vielen Mosaiksteinchen setzte ich mir die Geschichte zusammen:

Ina hatte oft davon gesprochen, eine große Urlaubsreise machen zu wollen. Und eines Tages reiste sie. Die Adresse, die sie angab, erwies sich als falsch. Sie wollte nicht gefunden werden. Es vergingen Wochen. Der Anwalt wollte sie polizeilich suchen lassen, aber seine Frau sagte: Die kommt von selber zurück, laß ihr die Freiheit.

Ina kam tatsächlich zurück, und sie war schwanger. Die Bekannten rechneten. Fiel die Empfängnis in die Zeit vor ihrer Reise, oder war sie während der Reise geschehen? Und wer konnte der Vater sein, genau gefragt: War es der Anwalt? War er, der beruflich viele Reisen machte, ihr auf die Spur gekommen und hatte sie irgendwo gefunden und geschwängert? Oder war sie geflohen, als sie merkte, daß sie schwanger war? Das Kind war eine Frühgeburt, wie sich erwies. Und nichts war stimmig, alles blieb Rätsel, zumal das Ehepaar die schwangere Ina wieder aufnahm, als sei nichts geschehen. Die drei lebten weiter wie bisher. So schien es. Als Ina (warum, wieso?) bei der Entbindung starb, nahm das Ehepaar das Neugeborene zu sich, was den Verdacht bestärkte, der Anwalt sei der Vater.

Das sind die Fakten. Die äußeren, die greifbaren. Aber was war wirklich geschehen? Lag denn ein Sinn in diesem Tod? War er nötig? Wäre nicht alles in schönster Ordnung glatt weitergegangen? Hätte nicht jeder der Betroffenen genau das bekommen, was er sich gewünscht hatte: Ina ihr Kind, aufgehoben in einer Familie, der Anwalt als sorgender Vater, der seine Geliebte an sich gebunden hätte, ohne seine Frau zu verlieren, die unfruchtbare Frau ein Kind. Warum lief es nicht so? Warum der Tod? Warum das überlebende Kind, das, als Frühgeburt, gefährdet war, aber überlebte? Warum also das alles?

An der Hand der Schicksalsgöttin tiefer steigend, finde ich eine Erklärung, die freilich die tiefste Tiefe nicht erreicht: Ina, die wir alle für ein heiteres, »ganz normales« Mädchen gehalten hatten, war eine groß und tragisch Liebende. Sie liebte den Anwalt, sie liebte dessen Frau, sie kannte den Wunsch der beiden nach einem Kind. Warum fand sie nicht die »normale« Lösung: Das Kind war einfach das Kind des Anwalts, dem seine eigene Frau keines bringen konnte. Das hätte zwar einen Skandal gegeben in der Stadt, in der der Klatsch blühte, aber was weiter? Es gab so viele Klatschgeschichten. Sie kamen auf und wurden wieder vergessen. Oder: warum zog sie nicht an einen anderen Ort in der Nähe?

Warum kehrte sie nicht nach einiger Zeit (auf dem Papier mit irgendwem verheiratet) zurück mit dem Kind? Es gab doch genug plausible Erklärungen. Ina aber verschmähte sie alle. Nach Jahren des Versteckspiels (das alle durchschauten) wollte sie die klare Offenheit. Handelte sie in Übereinkunft mit dem Ehepaar?

Es kann freilich sein, daß sie künftige Probleme sah: Als wessen Kind würde sich ihr Kind fühlen und wissen? An wen würde es sich anschließen? Würde es den Anwalt als Vater kennen? Und wer würde die eigentliche Mutterrolle spielen? Würde es nicht schrecklich prägende Eifersucht geben? Ich glaube, es war anders: Sie wollte dem Geliebten den größten Beweis ihrer Liebe geben, indem sie (tiefst unbewußt) ihm ihr Leben opferte. War nicht in ihrer Liebe, wie in jeder ganz großen Liebe, die Todes-Sehnsucht von Anfang an und vom Wesen her mit im Spiel?

Ist dies das Modellhafte der Beziehung: der Wunsch nach der Verewigung der Liebe? Nach dem Übersteigen aller bürgerlichen Konventionen in jenen Bereich, der nicht mehr der Veränderung und der Trennung unterliegt, sondern die unvergängliche Einigung will? War Ina, diese »nette kleine Sekretärin«, also eine tief Wissende? Wußte sie, daß ihr Geliebter eines Tages ihrer überdrüssig sein würde? Oder erkannte sie die Banalität ihres Geliebten, der nicht ihrem Maß an Liebe gewachsen war? Kam sie der Trennung zuvor? War ihr Tod nicht das Dauernde in der Liebe? Und das Kind Symbol der ewigen Dauer?

Mich hat die lapidare Auskunft »Ina ist tot« erschüttert. Mich erschreckt (wieder einmal) die Nähe der Liebe zum Tod. Gehört beides nicht unlösbar zusammen?

Ist der Tod eines Partners nicht eine wunderbare Art der Trennung zweier Liebender? Ich lasse durch meine Gedanken die möglichen Arten der Trennung Liebender ziehen.

Da ist einmal die Trennung durch die offizielle »Scheidung«. Aber jede Scheidung ist nur der Endpunkt eines langen Weges der Entfremdungen. »Man versteht sich nicht mehr.« Und man hat sich doch einmal so gut verstanden, man war so einig, man gelobte sich Treue bis zum Tod. Und nach einer gewissen Zeit erkannte man, daß die schöne Einigkeit zerbrach, nicht auf einmal, sondern Alltag um Alltag. Man gibt sich gegenseitig die Schuld. Aber ist's nicht eher Verhängnis? Heutzutage sind Scheidungen so häufig, daß sie zum Alltag gehören. Früher war eine Scheidung ein unerhörtes Ereignis, ein Skandal oder eine echte Tragödie. Heute ist's eine juristische Angelegenheit, mit unangenehmen Problemen meist finanzieller Art verbunden, oder wegen des Sorgerechts für die Kinder. Ein gesellschaftlicher Skandal ist es nicht mehr, nur wenn es etwa um bekannte Politiker geht oder um die zeitweiligen Publikums-Lieblinge. Man heiratet zu schnell, oder man zieht einfach zusammen in eine Wohnung, lebt für eine Weile darin und zieht wieder aus. Das »Haus« ist in der Tiefenpsychologie das Bild für die Persönlichkeit. Man läßt in der Verliebtheit einen anderen Menschen eintreten in die eigene persona und verstößt ihn wieder, man zieht ein und wieder aus. Ich sehe in meinem Häuserblock Türschilder mit zwei Namen; nach einiger Zeit ist ein Name verschwunden. Wir sind nicht mehr fähig zur Treue »bis zum Tod.«

Es gibt aber auch die vielen Trennungen ohne juristische Scheidung. Wenn Achtzehnjährige heiraten, wissen sie nicht, was sie tun. Es ist für sie hübsch, beisammen zu sein, und billiger lebt es sich auch, und Kind muß ja keines kommen, und man kann den Partner ja wieder wechseln. Eine solche Trennung ist keine Tragödie. Meist nicht. Bisweilen freilich doch.

Es gibt auch andere Gründe für Trennungen. Eine meiner früheren Bekannten hatte einen afrikanischen Studenten geheiratet. Eine starke Liebe. Sie dauerte drei Jahre. Dann mußte der Mann nach Afrika zurück, und die junge Frau konnte sich nicht entschließen, ihm zu folgen. Sie weinte viel und war immer wieder nahe daran, doch zu ihm (der traurige Briefe schrieb) zu gehen. Aber ihre Angst vor der fremden Familie (in der sie unweigerlich leben müßte) überwog.

In einem der italienischen Briefe Goethes gibt es einen erschreckenden Satz: »In jeder Trennung liegt der Keim zum Wahnsinn.« Er hatte eigene Erfahrungen. Hätte er sonst »Werthers Leiden« schreiben können – jenes Buch, das eine Serie von Selbstmorden unter jungen Menschen seiner Zeit zur Folge hatte? Und hätte er sonst in seinem »Faust« das verlassene schwangere Gretchen zur Kindesmörderin und wahnsinnig werden lassen?

Wie ist's, wenn zwei Partner sich nicht im Einvernehmen (sei es friedlich oder zornig) trennen, sondern ein Partner den anderen verläßt, der sich gar nicht trennen will? Ach, das bittere Kapitel des Verlassenwerdens und der unglücklich einseitigen Liebe!

Gibt es eine Anthologie mit Gedichten verlorener Liebe? Eines der traurigsten stammt von Mörike. Ich habe es früher oft gesungen in der Vertonung von Hugo Wolf, und obgleich ich noch keine echte Liebestrauer kannte, rührte es mich zu Tränen, denn es ist in seiner Einfachheit sehr schön. Kennst Du es?

»Früh wenn die Hähne krähn
Muß ich am Herde stehn und Feuer zünden.
Es sprühen die Funken
Schön ist der Flammen Schein.
Schaue so drein in Leid versunken.
Plötzlich da kommt es mir
Treuloser Knabe
Daß ich die Nacht von dir
Geträumet habe.
Träne um Träne dann
Stürzet hernieder.
So kommt der Tag heran
Oh ging' er wieder.«

Mehr möchte ich heute nicht schreiben, ich bin zu schwermütig dazu, und es würde mich noch

schwermütiger machen. Mir starben in den letzten zwei Jahren zu viele Freunde. Und für das
Thema Tod und Sehnsucht brauche ich einen
hellen Tag! *L.*

Eurydike und Orpheus

Ich schaue in den Regen, der auf auf meine Terrasse fällt, und sehne mich. Wonach? Ich kann dieser Sehnsucht Namen geben. Namen von Orten, von Menschen, von vergangenen Zeiten. Ich sehne mich nach meinem Meerhaus. Aber ich sehne mich auch nach Andalusien und der Sierra Nevada. Ich sehne mich nach dem Himalaya, nach Dharamsala und dem Dalai Lama. Ich sehne mich nach meiner Kinderheimat am Chiemsee. Ich sehne mich nach den Gärten von Cambridge . . . Eine Sehnsucht zieht die andere nach sich. Da ist kein Ende.

Aber gilt meine Sehnsucht wirklich Orten und Menschen? Sind das nicht nur Chiffren für etwas Unnennbares?

Vor einigen Tagen sah ich eine TV-Sendung. Ein Moderator berichtete von den Antworten, die Elfjährige ihm gaben auf die Frage, wonach sie sich sehnten. Seltsame Antworten, entsprechend der Unklarheit des Begriffs »Sehnsucht«.

Von den meisten wurde Sehnsucht verstanden als »Wunsch«, erfüllbar oder auch nicht. »Ich sehne mich danach, endlich einen richtig guten Aufsatz zu schreiben.« Oder: »Ich sehne mich nach Ferien.« »Ich sehne mich danach, daß meine Eltern sich wieder versöhnen und zusammen leben.« Oder: »Ich sehne mich nach einer Freundin.«

Aber dann, und dies gleich zweimal: »Ich sehne mich nach dem Tod.« Der Moderator fragte nicht nach Ursachen oder Gründen, nach dem Ur-Grund.

Was kann der Tod sein für Kinder, die ihn ersehnen? Ist er für sie die Lösung anscheinend unlösbarer Probleme? Die Erlösung von der Last des nicht frei gewählten Lebens? Die Angst vor der Zukunft, ihnen eingeredet durch die Massenmedien? Oder das eingeborene Wissen von der Vergänglichkeit, von der Vergeblichkeit allen Tuns? Oder ist es die Sehnsucht nach dem verlorenen Paradies, dem vorgeburtlichen Sein im Ur-Meer des mütterlichen Uterus – oder noch weiter zurück, in ein Leben ohne Trennungen, voller umgreifender Sympathie? Ein Leben mit »den Engeln«, den glücklichen Geistwesen?

Wie auch immer: was man benennen kann, ist nicht das Eigentliche. Es sitzt sehr tief in jedem Menschen. Es tut weh. Es ist der Ur-Schmerz. Der Mensch ist vom Wesen her Sehnsucht. Er ist der Pfeil, der, einmal vom gespannten Lebensbogen abgeschossen, fliegt und fliegt – und fliegt am vermeintlichen Ziel vorbei, am zeitlichen, ins Unermeßliche.

Der Pfeil, auch ein mystisches Symbol. Der Gott Eros schießt den Liebespfeil ab. In Berninis wundervoller Darstellung der Liebesmystik der Teresa von Avila zielt er mit seinem Pfeil auf den Schoß der Heiligen.

Wohin fliegen all die Pfeile, von der Liebe abgeschossen? Treffen sie das gemeinte Ziel? Fliegen sie nicht durch das Sterbliche hindurch in den Bereich der unsterblichen Liebe? Der Liebespfeil, von der ewigen Liebe abgeschossen, will die Rückkehr in die ewige Liebe.

Gibt es die ewige, die unsterbliche Liebe?

Die Trauformel: Treue bis zum Tod.

Nein, das genügt nicht. Was ist denn der Tod, daß er den heiligen Schwur der Liebenden zunichte machen kann. Sagt diese Formel nicht ganz unverschleiert, daß mit dem Tod »alles aus ist«, die Ehe und die Liebe? Gibt es denn kein Leben danach? Ist das nicht ein Widerspruch zu den Lehren aller Religionen? Und ist es kein Widerspruch zu den Gefühlen der Menschen, die einen Partner zwar durch das Sterben, den physischen Tod verloren haben und dennoch mit ihm leben? Warum gehen sie an das Grab und schmücken es, wenn da keine Verbindung mehr ist mit dem »Toten«? Warum reden viele Lebende mit den »Toten«, als lebten sie noch?

Vor vielen Jahren, als ich noch gerne auf den nahen Westfriedhof ging, sah ich an einem Grab Tag für Tag einen alten Mann sitzen. Er hatte sich ein Bänkchen machen lassen. Da saß er nun, Stunde um Stunde. Eines Tages half ich ihm, die

Rosenranken, die ein Sturm vom Stein gerissen hatte, wieder aufzubinden. Es kam zu einem kurzen Gespräch, das ich nie vergessen habe. Es schien mir zuerst ein wenig wirr, bis ich begriff, daß er gar nicht mit mir sprach, sondern mit der Toten, deren Name auf dem Stein stand. Was sagte der Mann?

»Ich glaube, du magst die Teerosen lieber. Gibt es bei euch schöne Rosen? Wann werde ich sie sehen? Wie lange muß ich noch warten? Warum holst du mich nicht? Hast du mich vergessen? Vor zehn Jahren bist du fortgegangen und nicht mehr heimgekommen. Du hast mich einfach allein gelassen. Wo bist du, wo es dir besser geht als hier? Ist da wer, der dich mehr liebt, als ich dich liebe? Ich finde keine andere Frau mehr. Du warst und bist die einzige.«

Und dann, als er gewahr wurde, daß ich auf dem Stein daneben saß: »Warten Sie auch?«

»Nein«, sagte ich, »hier liegt niemand, den ich kannte. Mein Mann liegt in russischer Erde.«

»Dann warten Sie doch auch, oder? Wir warten alle. Und unsere Lieben warten auf uns. Wir dürfen sie nicht vergessen, sonst sterben sie. Ich lebe mit meiner Frau. Ich komme jeden Tag und erzähle ihr alles. Nächstes Jahr haben wir goldene Hochzeit. Ich hoffe, sie holt mich.« Und dann, nach einer Pause: »Wenn's wahr ist.«

»Wenn was wahr ist?«

»Was wir lernen in der Religionsstunde und in den Predigten. Wenn's wahr ist, daß es ein anderes Leben gibt. Wer kann's wissen? Aber meinen

Sie, daß es wahr ist: daß es ein Weiterleben nach dem Sterben gibt? Wenn das alles gelogen und erfunden ist? Was meinen Sie?«

Was für eine Frage. Ich sagte: »Ich glaube schon, daß es das gibt, das Weiterleben. Ich glaube, es hängt von uns selbst ab. Eine starke Liebe ist Energie, und durch diese Liebesenergie bleiben unsere Verstorbenen mit uns verbunden. Die Liebe ist stärker als der Tod.«

Danach ging ich weg. Weitere Fragen zu beantworten, fühlte ich mich außerstande.

Im Weggehen dachte ich an den Inhalt eines Gedichtes des Spaniers Unamuno: Der Überlebende wollte die verstorbene Geliebte mit aller Gewalt dem Tod entreißen. Als die Geliebte stumm und kalt blieb, starb er. Man fand ihn blutüberströmt neben der Toten.

Im Schreiben erinnere ich mich vieler Gedichte, die sich mit dem Thema Liebe und Tod befassen. Einen Vers von Heinrich Heine weiß ich noch:

»Die Toten stehen auf, der Tag des Gerichts
Ruft sie zu Qual und Vergnügen.
Wir beide bekümmern uns um nichts
Und bleiben umschlungen liegen.«

Und bei Rilke heißt es (aber da weiß ich nur noch wenige Worte):

»Doch als du gingst, da brach in diese Bühne
ein Streifen Wirklichkeit durch jenen Spalt,
durch den du hingingst ...«

Ein Streifen Wirklichkeit ... Als wäre alles andere hier auf Erden Traum, Illusion, Magie, und erst der Tod zeigte die Wirklichkeit. Auch jene der Liebe. Der Glaube an die reale Ewigkeit der Liebe.

Dächte man doch bei der allerersten Umarmung an die Ewigkeit, die man dabei evoziert.

Gibt es die Erfüllung, die man in der liebenden Umarmung sucht, erst »jenseits«, dort, woher die Liebe kommt und wo sie zu Hause ist? Von Nelly Sachs gibt es ein Gedicht mit den Zeilen:

»Abgewandt
warte ich auf dich –
denn nicht dürfen Freigelassene
mit Schlingen der Sehnsucht
eingefangen werden [. . .]
Abgewandt
wartet sie auf dich –«

Freilich ist's menschlich, um eine dahingegangene Liebe zu trauern. Es wäre unmenschlich, nicht zu trauern. Aber wenn es zum Wesen der großen Liebe gehört, den Geliebten freizulassen, so muß das auch gelten für die Zeit der Trennung.

»Zeit der Trennung«? Als ob es wirklich eine solche Zeit gäbe, in der man durch den Tod getrennt ist, aber nach einer Weile wieder vereint wird? Als ob man dem, der den Styx durchschritten hat, folgen könnte, um ihn wiederzusehen? Löscht das Wasser der Lethe nicht jede Erinnerung aus?

Eurydike stirbt. Orpheus ist untröstlich. So groß und wild ist seine Trauer, daß sie selbst den Todesgott rührt. So geh, Orpheus, geh zu ihr ins

Totenreich und führe sie aus dem Hades in die Oberwelt zurück. Aber sprich kein Wort mit ihr und wende dich nicht nach ihr um, sonst wird sie zurückfallen für immer. Nichts leichter als das, denkt Orpheus. Doch auf halbem Weg hält er es nicht mehr aus: Folgt die Geliebte mir auch wirklich? »Was Pluto verbietet, gebietet Amor«, heißt es in Monteverdis »L'Orfeo«. Er wendet sich schließlich nach ihr um . . .

Hat der Todesgott gewußt, daß es so kommen würde? Keiner kann dem Hades entkommen. Aber auf Orpheus' erneute Klagen erbarmt Apoll sich seiner. Doch zunächst belehrt er ihn:

»Zu sehr freute dich dein glückliches Los.

Nun weinst du zu bitter über dein hartes Schicksal.

Weißt du noch nicht,

daß hier auf Erden alle Freude vergänglich ist?«

Und er lädt ihn ein, ihm in den »Himmel« zu folgen. Auf Orpheus' Frage: »So werde ich nie wieder die süßen Augen meiner geliebten Eurydike sehen?« antwortet Apoll:

»In der Sonne und in den Sternen

wirst du ihre schöne Gestalt erkennen.«

So wird die irdische Liebe in das ewige Universum erhöht. *L.*

Verweigerung

Ich blickte die beiden letzten Wochen täglich aufs Meer, stundenlang verharrend und das Kommen und Gehen der Wogen betrachtend: Dabei fiel mir auf, daß das Wasser das »Spiel« von Hingabe und gleichzeitiger Zurücknahme perfekter beherrscht, als es von Kierkegaard in seinem Freiheitsrausch je hätte ersonnen werden können. Ich fragte mich: Kann die Kunst des Wassers je die unsre sein? Und wenn ich jetzt noch bei Dir von Inas Opfertod lese, überkommt mich eine Gänsehaut, und ich frage mich: War es das wert? Du schreibst von Goethe. Auch hier muß man sich fragen: Waren die zahlreichen Selbstmorde nach Veröffentlichung des Werther irgendwie sinngebend? Kaum. Wir wissen, daß Goethe Trennungen brauchte (Rilke übrigens auch), um in der Dichtung voranzukommen. Zurückblickend stelle ich fest, daß für mich das Verlassenwerden letztlich immer positiv war. Weshalb wurde ich überhaupt verlassen? Oft fanden die Mädchen mein Denken, mein Sein und Wesen so außergewöhnlich, daß sie – vorübergehend – fasziniert waren; nach einigen Monaten aber merkten sie, daß das, was sie faszinierte, äußerst anstrengend war, und so suchten sie sich andere, bequemere Partner. Eine herausragende Begegnung, die, intensivst erlebt, schließlich doch ihr Ende fand, war jene mit Francine, von der ich Dir jetzt berichten möchte. Aus Gründen der Objektivierung nenne ich die männliche Hauptperson Igor.

»In uns ist sich die Wahrheit begegnet«, sagt Francine. Sie weiß, daß sie denjenigen gefunden hat, mit dem sie eine ihr adäquate Liebe leben könnte. Sie weiß auch, daß sie nun bereit wäre, eine Liebe zu empfangen und zu erwidern, die um des Gebens willen gibt und nicht, um etwas zurückzubekommen. Francine ahnt Zukunft.

Zu jenem Zeitpunkt aber, da Francine zu dieser Erkenntnis gelangt, ist sie noch mit einem andern liiert, mit einem Mann, der zwanzig Jahre älter ist als sie und den sie als ihren »Champagnerfürsten« bezeichnet. Sein Weingut in der Nähe von Siena umfaßt 500 Hektar, er nennt ein weitläufiges Landhaus mit Swimmingpool, ein Sportflugzeug und mehrere Reitpferde sein eigen. Seit anderthalb Jahren ist Francine mit Roberto zusammen. Daß es für beide aufgrund des Altersunterschiedes keine Zukunft geben kann, wissen sie von Anfang an. Die Geschichte von der »Göttin des Nordens« und dem »Fürsten des Südens« ist Igor schon vor jenem Abendessen bekannt, zu dem ihn Francine eingeladen hat, um mit ihm zusammen das Konzept für eine Fernsehsendung auszuarbeiten. Bei anderer Gelegenheit hatte sie ihm versichert, daß sie trotz der großen räumlichen und altersbedingten Distanz zu ihrem Freund glücklich sei, daß sie einmal im Monat für mehrere Tage bei ihm Urlaub mache und ihm niemals untreu gewesen sei. »Wer mit Haut und Haaren liebt«, hatte sie Igor damals erklärt, »kann keinen andern in sich einlassen.«

Jetzt trinken sie *seinen* Wein und essen als Nachtisch alten Pecorino, den sie als Geschenk von *ihm* aus Italien mitgebracht hat. Kurz vor Mitternacht läutet das Telephon. »Anch' io te«, vernimmt Igor als letzte Worte, woraus er schließt, daß Roberto soeben mit »ti amo« seine fortdauernde Liebe bekundet hat.

Igor ist schon seit langem von Francine fasziniert. Ihre Sprache, ihre Stimme, ihre Gestalt – es gibt an ihr nichts, was ihn nicht anziehen würde. Trotz Roberto scheut er sich nicht, sie dies jetzt spüren und wissen zu lassen. Dennoch ist er überrascht, daß sie ihn eine Stunde nach dem Telephonat vor die Wahl stellt: »Entweder du gehst jetzt nach Hause, oder du schläfst jetzt mit mir.« Igor entscheidet sich für das Letztere. Während sie sich lieben, fällt jener Satz mit der Wahrheit, der ihn so beeindruckt.

»Wir sollten das lieber nicht wiederholen«, meint Francine am nächsten Morgen, plötzlich unsicher geworden, und verschwindet im Fernsehstudio. Es fällt Igor schwer, sich damit abzufinden, »nur« eine aufregende Nacht mit ihr verbracht zu haben. Irgend etwas aber sagt ihm, daß diese »Geschichte« nicht zu Ende ist, nicht zu Ende sein kann. Und irgend etwas sagt auch ihr, daß sie mit ihrer Aufforderung in einen neuen Lebens- und Liebesabschnitt eingetreten ist. Nur ist sie noch nicht so weit, ihn wirklich beginnen zu lassen.

Igor will nicht um Francine kämpfen. Sie soll sich frei entscheiden. Ihre Diskrepanz zwischen Absicht und Wirklichkeit ist ihm bewußt. Einerseits liebt sie ihn, andererseits möchte sie Roberto nicht aufgeben oder ihn verletzen, verletzt aber dadurch wissentlich Igor. Sie sagt ihm »Ich liebe dich« in allen ihr bekannten Sprachen, nur auf das »ti amo« verzichtet sie, es ist für einen anderen bestimmt, ihm alleine vorbehalten. Igor überlegt, was Francine daran hindert, sich ganz zu ihm zu bekennen, vor allem, da sie jetzt ihr Verhältnis zu Roberto als »Alibi-Liebe« bezeichnet. Fasziniert sie seine Lebenserfahrung, die Igors bei weitem übertrifft? Sicherlich, denn ein älterer Mensch übt durch sein überlegtes Handeln und sein Wissen stets einen gewaltigen Reiz auf einen jüngeren aus. Dennoch triumphiert die Lebens*erwartung* auf eine gemeinsame Zukunft immer über die Lebens*erfahrung*. Zudem ist einer Liebe auf Distanz selten Erfolg beschieden, weil die Liebenden niemals spontan aufeinander zugehen können, sondern jedes Treffen von der Ankunft bis zum Abschied stets gewissen Spielregeln unterworfen ist. Da es keinen Alltag gibt, wird das Gefühl der Hochstimmung alltäglich. Roberto ist übrigens nicht der erste ältere Liebhaber in Francines Leben, auch ihr Ex-Mann und einige Freunde vor ihrer Heirat hätten ihr Vater sein können. Ein klassischer Vaterkomplex also? Ja, wahrscheinlich. Aber nun, in der Begegnung mit dem beinahe Gleichaltrigen, findet Francine zum erstenmal einen möglichen Weg der Befreiung zu einer nicht vom Vater bestimmten Liebe.

Dazu kommt noch ein wichtiger Aspekt sprachlicher Natur. Francine erzählt Igor, daß er der erste Mann sei, den sie wirklich verstehen könne und der sie tatsächlich verstehe. Keiner ihrer Freunde, auch ihr Ehemann nicht, sprachen genügend Deutsch, um in die Tiefen ihrer Seele vordringen zu können. Sie sprachen Englisch, Französisch, Italienisch, wie Francine selbst, nur: auch wenn man eine fremde Sprache noch so gut beherrscht, bleibt immer eine Lücke, fehlt das Begreifen für die Schwingungen in den Worten. Bei Igor kann sich Francine zum erstenmal überhaupt »sagen«.

Francine fährt nach Italien. »Ich kann das nicht so einfach beenden«, meint sie wie jemand, der sich an einer Kreuzung für keine der einmündenden Straßen entscheiden will. Noch immer lehnt Igor es ab, um sie zu kämpfen oder sie zu bestechen. Er hat nie versucht, eine Frau an sich zu binden. Entweder er verzichtete auf sie, oder sie bekannte sich aus freien Stücken zu ihm. Francine, so denkt er, soll frei sein, d. h. sie soll tun, wozu es sie innerlich drängt. Er bittet sie aber, Freiheit nicht mit Willkür oder Beliebigkeit zu verwechseln.

Mittlerweile fällt es ihm schwer, mit ihr zu schlafen. Er spürt stets »den anderen« in ihr. Aber er hat kein Recht, ihr etwas wegzunehmen. Natürlich sollte man dem geliebten Menschen zugestehen, glücklich zu sein, nur wenn man es dann selbst nicht ist ...

Francine spürt, daß sie eine Entscheidung treffen muß, daß das Experiment, zwei Menschen zur gleichen Zeit zu lieben, im Begriff ist zu scheitern, auch wenn diese beiden an verschiedenen Orten verschiedene Funktionen erfüllen: dort der exotische Vaterersatz – hier der Liebhaber, mit dem man mehr als nur Worte wechseln kann. Francine will Roberto die Wahrheit gestehen. Daß dies nicht am Telephon geschieht, gefällt Igor, gleichzeitig fürchtet er aber, sie könne im letzten Moment einen Rückzieher machen und der Lebenserfahrung doch den Vorzug geben.

Woher sein Zweifel? Wer liebt, zweifelt nicht. Wer seiner selbst bewußt ist, ebensowenig. Woher sein Mißtrauen?

Stammt es aus frühkindlichen Verlustängsten? Will er Francine »haben«, besitzen? Oder fürchtet er einfach, dasselbe zu erleben, was Roberto einige Monate zuvor erleben mußte – ohne sein Wissen?

»Ich werde nicht rückfällig«, verspricht Francine, »wie könnte ich dir dann noch in die Augen schauen?« Drei Tage bleibt sie fort.

»Ich küsse dir jetzt die Sonne und den Mond auf die Augen«, lächelt sie, als sie wiederkommt, und fügt in Anspielung auf »Starlight Express« hinzu: »You won the race.« Igor empfindet sich nicht als Sieger. Eher ist er skeptisch über die »andere Ebene«, auf welcher Francine und Roberto sich weiterhin treffen wollen, nämlich als »bloße Freunde«. Zu solchen Kompromissen war er nie bereit gewesen – allein schon, um dem neuen Partner das Gefühl der Eifersucht zu ersparen. Francine gesteht ihm, daß sie sich durch die langen und intensiven Gespräche aus ihrer Problematik herauszuschälen beginnt. Roberto habe sie zwar mit einem Reitpferd als Geschenk und dem Wunsch nach einem gemeinsamen Kind zu fesseln versucht, doch die Wahrheit sei ihr wichtiger. Und diese sei sich eben in ihr und Igor begegnet.

Sie wollen diese Wahrheit leben und beschließen zu verreisen, um die Liebe zum erstenmal völlig ungestört genießen zu können. Beide ahnen, daß sie jetzt die Chance haben, ebenbürtige Menschen zu werden. Nie ist es Igor leichter gefallen, »ich liebe dich« zu sagen, und nie zuvor hat er mehr das Bedürfnis verspürt, mit dem geliebten Wesen allein zu sein: die Harmonie als Erweiterung des Ich. Vier Wochen sind sie unterwegs und beginnen zu wissen, daß sie zusammen wachsen wollen. Francine spricht vom »Lagerfeuer der Seelen«, und die Magie zwischen ihnen wird täglich intensiver. Der Schock, den sie erleben, als sie wieder in die Realität zurückkehren, beraubt sie ihrer gegenseitigen Achtung und Liebe nicht. Sie versprechen einander, jede Krise zu meistern. Doch als Francine noch einmal zu Roberto fährt, um ihre zurückgebliebenen Sachen zu holen, fällt Igor in die längst überwunden geglaubten Zweifel zurück. Da er zudem von ihr zwar immer »ich liebe dich«, »je t'aime« und »I love you« vernimmt, nicht aber das »ti amo«, breiten sich in seiner Phantasie düstere Vorstellungen aus. Als Francine wieder bei ihm ist, will er ihr andeuten, daß er dieses heißkalte Wechselbad der Gefühle nicht länger zu ertragen gewillt ist. »Ti amo«, sagt sie plötzlich, und da weiß Igor, jetzt ist sich in ihnen die Wahrheit wirklich begegnet.

So weit der erste Teil der Geschichte, gewissermaßen als Ergänzung dessen, was Du in Deinem vorletzten Brief geschrieben hast. Im letzten sprichst Du dann vom merkwürdigen Verhältnis von Liebe und Tod; Du erwähnst auch das wunderbare Rilke-Gedicht. Es handelt sich dabei um eine Passage aus dem »Requiem. Für eine Freundin.« Diese Freundin war Paula Modersohn-Becker, die Malerin aus Worpswede, zu der Rilke eine tiefere Beziehung hatte als zu seiner eigenen Ehefrau. Interessanterweise schreibt Rilke das Requiem erst ein Jahr nach dem Tod der Freundin. Weshalb? Leistete er so lange Trauerarbeit? Egal, ich möchte nicht spekulieren. Was aber für unser Thema interessant ist, ist die Tatsache, daß Rilke seine Arbeit stets über jedes Liebesglück stellte; modern würde man sagen: Die Karriere war ihm wichtiger als die Liebe, die ihm aber gleichzeitig (hier trifft er sich mit Goethe) Antriebskraft war. Unserem Paar, zumindest der einen Hälfte, geht es da nicht anders: Schon bald nach dem »ti amo« wird Igor von Francine verlassen. Auf den Tag genau ein Jahr dauerte ihre Liebe. Ungewöhnlich intensiv war sie gewesen. Beide hatten einander in diesem winzigen Zeitraum mehr gegeben als andere Paare in zwanzigjähriger Ehe. War es also die große Liebe, jener Taifun der Gefühle, der einen vielleicht nur einmal im Leben erschüttert? Wenn ja, weshalb wurde Igor dann von Francine verlassen? Hatte sie der Sturm derart entwurzelt? Die Antwort ist einfach. Sie hat anderes im Sinn: ihre Karriere. Vorher hatten beide noch abenteuerliche Reisen unternommen: nach Labrador, zu den Kapverdischen Inseln, selbst nach Feuerland kamen sie. Man entwarf gemeinsame Fernsehprogramme, TV-Magazine, Werbespots. Die Kreativität band die beiden noch enger aneinander. Als würde sich ein Vulkan entladen, so brachen die Ideen aus ihnen hervor. Schließlich schrieben sie in einer Art Selbstbespiegelung ein Buch über die große, hehre, lautere Liebe. Francines Entscheidung, Igor zu verlassen, empfand er als Verrat am Buch. Dieses Werk, so dachte er, sei ihr und sein Kind. Seine Mutter habe es kurz nach der Geburt im Stich gelassen.

Igor macht Francine Vorwürfe. »Du zerstörst die Idee der wahren Liebe. Die Zartheit unseres

Wortes. Die Erotik der Seelen. Auf dein Bankkonto hast du stets geachtet, auf dein Gefühlskonto nie. Bei den Finanzen wächst nun deine Haben-Seite, bei der Liebe bleibst du im Soll.« Er hatte beide für fähig gehalten, die alte Weisheit, Geld und Liebe sollten nicht verbunden werden, Lügen zu strafen. Er hatte gedacht, es könnte ihnen gelingen, Liebe und Beruf in idealer Weise zu vereinen – bis Francine den gemeinsamen Weg aufgab und sich an die eigene Karriere machte, auf die sie schon des öfteren der Liebe wegen habe verzichten müssen. Auch wolle sie sich endlich selber finden. Igor meinte, man könne nur durch den anderen zu sich selbst gelangen.

»Dein Vater«, sagte er zu ihr, »ja, dein Vater. Immer hat er dir vorgehalten, du taugtest zu nichts, du seiest dumm, du könnest es niemals schaffen. Darum *mußtest* du beginnen, alleine Karriere zu machen; deshalb mußtest du gehen, um deinem Vater zu beweisen, wer du wirklich bist, was tatsächlich in dir steckt. Du wirst deine Zwangs-Karriere machen – nur bremst das die Eifersucht deines Vaters nicht. Stolz wird er nie auf dich sein. Was wird dir dein Weg nun bringen? Persönliche Befriedigung, Geld, Achtung vor dir selbst, mehr Respekt seitens anderer? Aber deshalb einem Hyperaktivismus zu verfallen?«

Francine und Igor sahen sich durchschnittlich nur noch wenige Stunden im Monat. Er spürte, wie sie sich ihm nach und nach entzog, indem sie immer mehr Auslandsaufträge annahm. Immer häufiger holte er sie vom Flughafen ab, um sie direkt zum Bahnhof zu bringen. »Ich komme gerade aus L. A., hab' keine Zeit, muß gleich weiter nach Hamburg. Ciao, bis bald. Ich denk' an dich.«

Die Chancen der Welt wollen ergriffen werden, damit das Selbstwertgefühl sagt: »Ich bin wer!« Niemand darf versagen. Man hat sein Plansoll zum Wohle aller zu erfüllen. Der Preis dafür ist hoch: Verhärtung der Seele, Verlust der Bindungsfähigkeit, Aufgabe des kindlich-spontanen Empfindens. Jeder, der einer vermeintlichen Karriere hinterherhetzt, ist bereits Opfer einer Gesellschaft, die den raschen Erfolg als das einzig erstrebenswerte Ziel ansieht. Die Liebe zum Menschen verkümmert zu einer Karriere-Liebe, die nicht den anderen, sondern nur sich selbst meint.

Igor spürt, wie Francine an ihn denkt. Er selbst denkt an die verpaßten Möglichkeiten. Für andere Frauen ist er blockiert. Es beginnt ein innerer Kampf. Wer ruft als erster an? Er weiß, daß sie leidet. Sie weiß, daß er leidet. Dennoch wagt keiner den ersten Schritt. Igor überlegt, ob er nicht zu tief in Francines Seelenleben vorgedrungen war. Vielleicht hatte er ihr ihre eigene Unzulänglichkeit zu sehr vor Augen gehalten, da sie in den wenigen Stunden, in denen sie Zeit füreinander hatten, ausschließlich über ihre Vater- und Karriereproblematik diskutierten. Schließlich war er doch der, der Francine liebte, und nicht ihr Psychoanalytiker. So entblößt, blieb ihr offenbar nichts anderes übrig, als sich nun vollends in die Karriere zu stürzen. Laufbahn und damit verbundener Erfolg als Schutz vor der Wiederbegegnung mit alten Verletzungen. Unter solchen Voraussetzungen wird jede Liebe zur Qual. Die Tiefenstruktur des anderen kann nicht mehr positiv berührt werden. Man bleibt an der Oberfläche kleben. Man liebt nicht mehr um der Liebe willen, sondern wegen der Macht über den anderen. So kann man nicht in der Liebe wachsen. Frei und ohne Zwang sollte ihre Liebe sich bewähren. Bis sie plötzlich am Scheideweg standen. »Liebe« hieß die eine Straße, »Karriere« die andere. »Ich liebe dich für immer.« »Ich dich auch.« Dann verschwand sie in der Einbahnstraße. Er blickte ihr lange nach. Sie drehte sich nicht um.

Ich erzähle Dir diese Geschichte in aller Ausführlichkeit, weil ich meine, daß sich hierin eben genau jener Widerspruch verbirgt, der jeder Liebe anhaftet. (Wir haben dies schon einmal kurz erwähnt.) Diese Sehnsucht nach Ewigkeit, nach endloser Verlängerung der Liebe, dieses Verlangen nach Unendlichkeit macht eben die Paradoxie der Liebe aus. Wir wollen ewig lieben, wissen aber, daß wir sterblich sind. Wir trennen uns von geliebten Menschen, obwohl wir wissen, daß die Liebe an sich ewig ist. Denn Liebe beginnt weder, noch endet sie. Sie ist einfach da. Und manchmal gelingt es, ihre Energie aufzunehmen und weiterzutragen. Mehr ist's vermutlich nicht. Deshalb ist eben der Tod so eigenartig.

Nicht nur der Tod eines von zwei Partnern, sondern auch der Tod als das Absterben eines Gefühls. Der Tod eines Partners ist etwas Endgültiges, mit dem man sich abzufinden hat, die Trennung jedoch ist vielleicht noch schlimmer, weil der geliebte Mensch ja noch lebt, man ihn eventuell sieht (auch mit neuem Partner), diese Trennung also keinen Charakter der Endgültigkeit hat. Was für ein schönes Wort: endgültig. Gültig für immer. Über alle Zeiten hinaus. So müßte doch die Liebe an sich sein. Wenn es heißt: »Amor vincit omnia« – ist dann nicht genau dies gemeint? Also: Liebe kann eigentlich gar nicht entschwinden, Liebe ist – wir sagten's schon: dauernd. Es gibt im »Cornet« eine faszinierende Stelle:

»Wie hinter hundert Türen ist dieser
große Schlaf,
den zwei Menschen gemeinsam haben;
so gemeinsam
wie *eine* Mutter oder *einen* Tod.«

Der gemeinsame Schlaf, die Verschmelzung, die körperliche Liebe wird verglichen mit der *Einheit zweier* Menschen durch *eine* Mutter, also in einem gemeinsamen Leben und in einem gemeinsamen Tod. Wenn Liebende in ihrer Leben-Tod-Einheit stehen, leben-sterben, dann ist ihre Ungeteiltheit Ausdruck der Wahrheit des Ganzen und Bild der Ungespaltenheit ihrer Seinsaufgabe: im Vollzug von Leben-Tod durch die Liebe zur ursprünglichen Einheit zurückzukehren, d.h. Religion zu leben. Letztlich ist also Liebe eine religio, eine Rückbindung zu unserem Ursprung, zu unserer Herkunft, welchen Namen auch immer sie haben mag und wo auch immer sie selbst beheimatet ist. Dies ist die Mystik, die *jeder* Liebe zugrunde liegt, selbst dann, wenn die Beteiligten sich nicht darüber im klaren sind. Wieviel Liebes-Leid könnte den Menschen erspart bleiben, würden sie verstehen, daß Liebe eben mehr ist als ein Gefühl. Daß sie in die höchsten Bezirke reicht, daß sie das einzige ist, das das Leben lebenswert macht, ja, daß sie mit dem Sinn des Lebens identisch ist. Es kann also immer nur ein Ja zur Liebe geben, und die Verweigerung ist – wie Ferdinand Ulrich sagt – die dem anderen vorenthaltene Gegenwart der Freiheit in Fleisch und Blut. Nur die Nicht-Verweigerung kann Leben spenden, kann Leben in Freiheit ermöglichen, kann Sein schenken – mit anderen Worten: lieben. Lieben um eines anderen Menschen willen, für den man frei ist, für den man verzichtet, für den man leidet, um den man bangt; den man beschützt, wenn Gefahr droht, dem man Freund ist, um dessentwillen sich zu leben lohnt. *HC.*

Eros und Thanatos

Deine Geschichte ist traurig. Sie erinnert mich an jene, die Anlaß war für den Beginn unseres Briefwechsels. Allerdings haben sich die Vorzeichen umgekehrt: Damals war es der Mann (Abaelard), der um der Karriere willen die Liebe verriet, in Deiner Geschichte – einer Geschichte aus unserer Zeit – ist es die Frau, die ihre Liebe einer beruflichen Karriere opfert. Die – notwendige – Emanzipation der Frau wird damit zu einem zweischneidigen Schwert, das die Frau zugleich gegen sich selbst richtet ... Eine tragische Entwicklung, die aber durchaus in der Logik unserer Zeit liegt.

Auch wenn Du die Begegnung von Francine und Igor vielleicht ein wenig idealisierst, stimmt ihr Ende mich traurig, weil jede Liebe, der man nicht die Chance der Entwicklung gibt, ein großer Verlust ist, nicht nur für die Betroffenen, sondern für das Ganze des Kosmos. Deine Geschichte ist um so bedrückender, da Francine doch die Möglichkeit gehabt hätte, ihre Liebe durchaus mit ihrer Karriere (einer Karriere *zusammen mit dem Geliebten,* nicht *gegen ihn!)* zu verbinden. Und Igor ist ebenfalls Opfer dieser gegen seinen Willen vollzogenen Trennung. Da hilft es vielleicht wenig, wenn man ihn an das Rilke-Wort erinnert: »Sei allem Abschied voran.« Wer will schon seiner Liebe befristete Dauer zuschreiben. Liebe will, wie wir schon mehrfach festgestellt haben – Ewigkeit. Wer liebt, glaubt an diese Ewigkeit.

Aber Trennung gehört zum Ur-Leid des Menschen. Die erste Trennung: die Verstoßung aus dem Mutterleib, die Abnabelung, das Ur-Trauma eines jeden von uns, das sich als Trennungsangst durch unser ganzes Leben zieht. Und tatsächlich erleben wir ja unzählige weitere Trennungen: äußere, innere, freiwillige, schicksalsverhängte. Wie oft wird man verlassen, wie oft verläßt man. Und wie sehr leidet man unter der Angst vor dem Verlassen-Werden. Warum die immer wiederholte Frage: »Liebst du mich, liebst du mich wirklich?« Das heißt: Läßt du mich nicht doch eines Tages allein? Die Wurzel der Trennungs-Ängste: das archetypische Ereignis der Trennung des Menschen vom »Ganzen«, vom All-Einen, von dem, was wir Gott nennen.

Wir wissen recht gut (mit dem Verstand), daß »alles fließt«, daß nichts bleibt, zumindest nicht so bleibt, wie es ist oder zu sein scheint. Wenn das so ist und wenn wir es wissen: Warum bestehen wir darauf, daß die Liebe bleibt, ewig sogar?

Die Liebe Liebender bleibt nicht immer die gleiche. Sie hat Phasen. Die glühendste Liebe mäßigt sich, wird stiller, nüchtern, alltäglich; sie kann langsam sterben, wie ein Baum abstirbt; oder sie kann mit einer blitzartigen Erkenntnis enden: »Ich habe mich getäuscht; er (sie) ist nicht, was er (sie) schien.« Da kann dann einer der Partner trauernd-nüchtern sagen: »Ich bin nicht mehr der, den du geheiratet hast.«

Was kann man tun, um die Liebe zu halten? Tun? Nichts. Liebe tut man nicht, Liebe geschieht einem. Liebe erleidet man, sie kommt, sie geht, jedenfalls bleibt sie nicht, wie sie ist. Vergehende, sterbende Liebe tut weh. Sie gehört zu den lebenbedrohenden Beraubungen. Einseitig gestorbene Liebe hinterläßt eine tiefe Wunde in dem, der noch liebt, und oft ein echtes Trauma. Mit der Liebe sind Glaube und Hoffnung gestorben. Oft ist das Ende einer großen Liebe das Ende eines lebendigen Lebens. Der Rest ist Asche. Unendliche Verlassenheit. Gott-Verlassenheit. In den Briefen der Äbtissin gewordenen Heloïse findest Du, wie sie (die Nonne, die Philosophin der Liebe) mit Gott hadert, ja ihm flucht. Bis zu ihrem Tod bleibt ihre Versöhnung mit ihrem Schicksal eine mühsam errungene, nicht ganz echte. Sie ist die Person gewordene Rebellion gegen den Verlust des Geliebten und seiner Liebe. Man sieht: Liebe ist Leben, Liebesverlust ist Tod. So unendlich wichtig ist es, zu lieben und geliebt zu werden. Jeder Psychotherapeut weiß das (oder sollte es wissen). Wie oft ist Nicht-Geliebtsein die Ursache schwerer Neurosen und Depressionen, bis hin zum Selbstmord. Denn Liebe ist die Bestätigung dafür, daß man lebt, und zwar sinnvoll lebt.

Liebe kann sich auch positiv entwickeln. Ich kannte ein Ehepaar, ein »öffentliches«, das heißt, unzählige Leute kannten es beruflich, und alle wußten, daß die Frau immerzu Liebhaber hatte; wenige wußten, daß auch der Mann ein – allerdings dauerndes – Verhältnis mit einer anderen Frau hatte. Eine unglückliche Ehe also. Eine Trennung war ausgeschlossen, die Geschäftsinteressen waren zu eng verflochten. Eines Tages, nach vielen Jahren, sah ich die beiden wieder in den Vatikan-Museen. Kein Mensch war zu sehen, nur die beiden, Hand in Hand, alt geworden, aber still glücklich. Als die Frau starb, war er untröstlich. Er überlebte sie nicht lange. Sie waren im Tiefsten immer ein Liebespaar gewesen, auch wenn ihre Gefühle füreinander meist überdeckt waren von Betrieb und verqueren Emotionen.

Es gibt eine griechische oder römische Urne mit einem Reliefband rundherum: Ein Mann folgt einer Frau, die flieht, oder die Frau folgt dem Mann, der flieht – beide suchen und folgen einander, und beide fliehen voreinander – ein Spiel ohne Ende, ein herzzerreißendes Spiel. Vielfache Deutung ist möglich: Jeder Mann läuft in seinem Herzen der idealen Geliebten nach, jede Frau dem In-Bild des Geliebten – Sehnsüchte, die sich im konkreten Leben nie realisieren – darum die schmerzlichen Enttäuschungen. Oder es ist ein Gleichnis für die Sehnsucht nach der immerwährenden, der ewigen Liebe, die in einem konkreten Menschen nie erreicht wird. Oder für die menschliche Sehnsucht überhaupt, die Sehnsucht nach etwas Unnennbarem.

Da die Urne mit dem Tod zu tun hat, könnte die Deutung auch sein: Einer der beiden Partner ist ins Jenseits gegangen, und der Hinterbliebene versucht ihn zu erreichen. Vergeblich.

Gibt es keine Möglichkeit, keine hohe Kunst, das geliebte Wesen mit dem liebenden zu vereinen? Trennte man die Urne in zwei Teile, so daß jede Figur für sich erhalten bleibt, könnte man die beiden Hälften nebeneinander legen, und aus Flüchtenden oder einander Suchenden würde ein Paar.

Das eben tut der Tod. Er trennt, um zu vereinen. Das freilich ist Hoffnung und Glaube.

Eines Tages kam meine Schriftsteller-Kollegin Marie-Luise Kaschnitz zu mir. Es war einige Jahre nach dem Tod ihres Mannes. Sie war noch immer untröstlich. Ich versuchte ihr Hoffnung zu geben: »Du wirst deinen Mann wiedersehen drüben.« »Ja«, sagte sie, »das ist schon möglich, aber dann ist er mir wieder um vieles voraus.« Dann wäre das Vasenbild wiederum gültig, und die Frau müßte dem Mann nacheilen und könnte ihn doch nicht einholen? Nein, so wird es nicht sein. Sie braucht ihm nicht zu folgen: Sie hat ihn ja schon erreicht, denn er ist in ihr und untrennbar für immer ihr Geliebter.

Liebende sind eins für immer dann, wenn der

(die) Erwählte auch *das* Gewählte ist, nämlich eben die Liebe, und wenn eins im andern die fleischgewordene Manifestation des ewigen Eros ist. Denn »alles Vergängliche ist nur ein Gleichnis«, aber das Gleichnis steht eben für eine höhere Wirklichkeit.

Du kennst sicher das wundervolle Buch der Fotografin Isolde Ohlbaum: Denn alle Lust will Ewigkeit – Erotische Skulpturen auf europäischen Friedhöfen. Heute würden solche steinernen Bildnisse auf Gräbern wohl nicht mehr zugelassen. Warum? Weil sie oft so kitschig sind? Wohl kaum, denn gegen Kitsch gab's noch nie eine Vorschrift. Außerdem gibt es auch sehr schöne darunter. Oder verletzt die oft überdeutliche Erotik die Gefühle frommer Puritaner? Oder sind sie der modernen Jenseits-Theologie ein Ärgernis?

In allen Epochen unserer Geschichte finden wir Grab-Skulpturen, meist von Herrscherpaaren, die Seite an Seite auf ihren steinernen Sarkophagen liegen, zu ihren Füßen oft ein Hund als Symbol der Treue. Die Dargestellten haben kaum individuellen Charakter. Sie sind heraldische Würdenträger auch als Tote. Wer klagt um sie?

Erst im 19. Jahrhundert (mit der Romantik) blüht die Grabkunst auf. Da finden wir Porträt-Bildnisse meist junger Frauen, halbbekleidet, auch nackt, idealisiert schön. Keine »Toten«, vielmehr lebende Modelle. Was fühlt der Hinterbliebene, wenn er seine verstorbene Geliebte naturgetreu als Steinfigur sieht? Oder sich selbst, die tote Geliebte an sich drückend? Fast immer sind die Dargestellten Frauen. Junge Frauen. Den alten Müttern hat man keine Skulpturen gegönnt (außer im alten Rom!). Und den jungen Männern hat man Denkmäler gesetzt, Gruppenbildnisse gefallener Soldaten in der Pose der Helden; die Gefallenen selbst liegen in fremder Erde und haben bestenfalls ein nacktes Kreuz auf einem Soldatenfriedhof, und in der Heimat ein Foto, emailliert, am Familiengrab, dies meist in Südeuropa, wo man die Toten in Mauergrüfte schiebt, die nur Name und Foto tragen. Trostlose Friedhöfe. Nichts vom poetisch-melancholischen Zauber älterer Friedhöfe wie jener von Wien, Paris, Zürich, Mailand ... oder auch vieler Dorffriedhöfe, die um die Pfarrkirche oder eine »Pestkapelle« gruppiert sind, so die Zusammengehörigkeit Lebender und Dahingegangener dokumentierend.

Aber sagen all diese Bilder etwas aus von der Vorstellung des Lebens im Jenseits? Sie sagen nur etwas von der Trauer der Lebenden um ihre geliebten Toten.

Auf dem Züricher Friedhof gibt es ein ergreifendes Denkmal: eine Pyramide, in deren offene Pforte eine Frau eintritt, schon abgewandt von der Welt der Lebenden. Eurydike, die nicht mehr wiederkehrt.

Die meisten Grabmale sind Ausdruck hoffnungsloser Trauer um Verlorenes, für immer Verlorenes. Mein eigenes Grab (es ist schon bereit, seit mein Sohn Stephan dort liegt) ist ein nackter Fels. Wenn es nicht so kitschig wäre, ließe ich einen Schmetterling auf ihm sitzen, so wie ich ihn sah, als ich trauervoll vor dem Grab stand. Ein Schmetterling, flügelleicht, der sich für eine kurze Zeit hier aufgehalten hat, ehe er wieder aufflog, dorthin, woher er gekommen war: aus der Liebe, um sich liebend wieder zu vereinen mit der All-Liebe.

Den Fotos der Isolde Ohlbaum sind Gedichte beigefügt, Gedichte aus allen Jahrhunderten. Das Wort ist geeigneter als der Stein, Jenseits Vorstellungen auszudrücken. Baudelaire spricht von »Betten voll leichter Düfte« und vom Liebesspiel,

»und später kommt ein Engel, der die Pforten auftut,
neu und freudig wird er die trüben Spiegel und die
erloschenen Flammen zu neuem Glanz entfachen«.

In vielen dieser Gedichte ist das Jenseits die Verewigung der irdischen Liebe. Bisweilen ist's auch ein bitterer Vorwurf:

»Warum bist du fortgegangen, warum hast du mich alleingelassen«.

Von Ingeborg Bachmann gibt es ein entsetzlich traurig-schauriges Gedicht:

»Und darum will ich dein Skelett noch als Skelett umarmen und
diese Kette um dein Gebein klirren am Nimmermehrtag . . .
Und das Nichts, das du sein wirst, durchwalten mit meiner Nichtigkeit. Bei dir sein möchte

ich bis ans Ende aller Tage ...
Ich möchte ein Ende mit dir, ein Ende.
Und eine Revolte gegen das Ende der Liebe
in jedem Augenblick und bis zum Ende.«
Der vollkommene Ausdruck der menschlichen
Zwiespältigkeit vor dem Ende, das kein Ende
sein soll.

Wären wir Muslime, hätten wir ein heiteres
Bild vom Jenseits: Da wäre ein Paradiesgarten
mit Brunnen, die den auf Erden verbotenen Wein
spenden, und dazu die schönsten Frauen (!), und
all das »ewig«. Freilich haben Sufi-Mystiker sub-
limere Vorstellungen, aber immer positive.

Wären wir Hindus oder Buddhisten, hätten
wir kein Problem: Wenn wir uns im Zyklus der
Wiedergeburten bewährt und damit vom Rad
des Leidens befreit hätten, kehrten wir zurück in
die Fülle des All-Einen.

Doch was geschieht bei dieser Rückkehr mit
der Person, der mühsam errungenen Persönlichkeit? Behält man sie, so daß man vom Liebespart-
ner erkannt werden kann? Oder wird die neue
Persönlichkeit gebündelt aus den einzelnen We-
sensaspekten? Wird man etwas gänzlich Neues?
Wird das Alte verändert, aber noch erkennbar
sein als das im vorigen Leben Gewesene? Werden
Liebende sich wiedererkennen? Wird man dann
noch dieses Wiederfinden *wollen*? L.

Leben ist Liebe(n)

Da Du die Frage nach dem Wiedererkennen von Liebenden aufgegriffen hast, möchte ich das Thema noch einmal unter einem anderen Aspekt betrachten. Die Vorstellung, daß Liebende sich im »Jenseits« wiedersehen, ist zwar sehr versöhnlich und sehr tröstlich, vor allem dann, wenn man einen innig geliebten Menschen verloren hat; es stellen sich mir aber mehrere Fragen, die deutlich aufzeigen, daß es sich hierbei durchaus auch um Projektionen handeln kann:

Was geschieht, wenn man mehrere geliebt hat? Trifft man sie alle wieder? Vereint man sich mit allen? Gibt es Rangordnungen?

Was geschieht, wenn man zwei (nacheinander) in der gleichen Intensität geliebt hat?

Schon aus der Diesseitigkeit mancher Fragen ist ersichtlich, daß wir nur darüber spekulieren können, was sein wird, und daß wir möglichst auf eine Projektion des Hiesigen auf das Dortige (so die Unterscheidung überhaupt zulässig ist) verzichten sollten. Wichtig erscheinen mir deshalb Fragen, die sich bemühen herauszufinden, weshalb sich gerade dieser und jener Mensch gefunden haben, um gemeinsam ein Paar zu bilden.

Die Psychologie liefert hierfür die unterschiedlichsten Erklärungsmodelle. Zudem gibt es die z.B. von dem britischen Verhaltensforscher Desmond Morris vertretene »Biologie der Liebe«, die von unserem tierischen Verhalten ausgeht und Liebe hauptsächlich aus sexuell-erotischer Instinktsteuerung heraus erklärt. Folgt man diesem Modell, so kann man sich seiner Logik und Überzeugungskraft kaum entziehen. Das gleiche gilt aber auch für die Schicksalspsychologie, die behauptet, wir würden uns immer den für uns passenden Partner erwählen, um die unerlösten Ahnenanteile in uns zu erlösen. In dieser Vorstellung verbirgt sich ebenfalls eine Logik. Auch die diversen Reinkarnationsmodelle sind – jedes für sich genommen – stimmig, einleuchtend, aufschlußreich. Aufgrund dieser Pluralität enden Debatten zu diesem Thema meist in einem heillosen Durcheinander.

Wenn nun all diese Modelle (und es sind eben nur Modelle, also Abbilder, die mit der Wirklichkeit nicht identisch sind) irgendwie stimmen und richtig sind (oder sein sollen), dann sagt dies folgendes aus:

Wir haben überhaupt keine Ahnung von dem, was »danach« geschieht, auch wenn wir uns ein Modell nach dem anderen schaffen.

Es muß einen Grund geben, daß wir uns überhaupt genötigt fühlen, solche Modelle zu erfinden.

Mir scheint, der Grund dafür heißt *Angst*. Angst vor dem Alleinsein, vor der kosmischen Einsamkeit, vor dem Verlust der Mitte, vor dem eigenen Tod, vor dem Nicht-mehr-Sein. Deshalb können wir die Liebe durchaus auch mit »Sehnsucht nach Heil« umschreiben. Es ist die Sehnsucht nach der ursprünglichen Einheit, nach dem Heil im Mutterleib, und diese Sehnsucht trägt jeder Mensch in sich, ob er es weiß oder nicht, ob er es will oder nicht. Natürlich fände auch ich es schön, meine Lieben »danach« und »dort drüben« wiederzutreffen, doch ich möchte – da alles über diesen Bereich Spekulation bleiben muß – meine Aufgabe lieber in das Diesseits, in das Hier, in das Heute, in das Jetzt verlegen. Und da heißt die Forderung, die das Leben schlichtweg stellt: Erkenne und tue! Liebe! Und dieses Lieben muß eben stets Handlung sein und Tätigsein. Tätigsein im Wegschenken, im Ausströmen. Es läßt *Sein* in die Welt der Wirklichkeit hinaus, in die Dimension des Da-Seins, die das So-Sein notwendig miteinschließt. Die Entfaltung der leibhaften Geistigkeit, die Menschwerdung, das Personwerden teilt sich im Empfangen der geschenkten Freiheit (= Liebe) mit, die ihrerseits freisetzt. Am Bild der Mutter mag dies deutlich werden: Die Frau, also das die Welt durchdringende weibliche Prinzip, empfängt das Kind vom männlichen Prinzip und setzt es durch die Geburt frei, und zwar in der Weise des »Umsonst«,

d. h. es will für diese Gabe keine Gegengabe. Die Erde empfängt den Samen und verschenkt sich somit an die Welt, indem sie die Saat in sich aufgehen läßt und Frucht bringt aus sich selbst. In derselben Weise handelt die Quelle, wenn sie das Wasser, das nicht mehr zurückkommen wird, aus sich ausgießt, und der Baum, der seine Frucht verschenkt, damit eine neue wachsen kann. Das will heißen, daß die dem anderen vorenthaltene Leiblichkeit, die Verweigerung, niemals lebenspendend sein kann, daß sie ein Nein zur Freiheit ist, ein Nein, das einem Nein entspringt und damit die vollkommene Negation all dessen bedeutet, das ins Leben drängt. Aus diesem Grunde ist der Symbolgehalt des Opfertodes Jesu in seiner Tiefe zu ermessen, da der Mann aus Nazareth seinen Leib der Welt gibt und durch seine Tat zu neuem Leben ermutigt: Erst durch den scheinbaren, vordergründigen Tod ist wirkliches Leben im Leben möglich. Wer leben wird, muß gestorben sein. Jeder, der liebt, zeugt sich aus in der Selbstmitteilung an den anderen. Deshalb bedeutet »Verlust der Mitte« Verlust der Fruchtbarkeit. Wer seine Mitte verloren hat, ist nicht fähig, schöpferisch sich auszuwirken, tätig über sich hinauszugehen, Sein zu schenken, kreativ zu sein, dieses auch verstanden als Zeugung eines neuen Menschen. Nur die Mitte trägt die Zeugung, die Schöpfung. Wer aus der Mitte heraus sich auszeugt, ist fruchtbar. Die Mitte heißt Ursprung, der Ursprung heißt Schöpfung. Und wenn für alle anderen Lebewesen (vom Pantoffeltierchen bis zum Zwergschimpansen) der Sinn der Existenz, also des Lebens, darin liegt, *Leben* weiterzugeben, warum sollte der Mensch da eine Ausnahme machen? Zwar ist er das einzige Lebewesen, das (theoretisch) beschließen könnte, sich nicht mehr fortzupflanzen und allmählich auszusterben, doch offenbar gibt es in ihm nicht nur einen individuellen, sondern auch einen kollektiven Lebenserhaltungstrieb, der sagt: die Spezies Mensch darf nicht aussterben. Und wenn es auf der Erde nicht mehr weitergeht, dann versuchen wir es auf einem anderen Planeten. (Du weißt, daß Umsiedlungspläne *nicht* mehr in den Bereich von Science Fiction gehören!) Mir scheint deshalb die Liebe (auch) die Liebe des Lebens zu sich selber zu sein; weshalb die strikte Trennung von Liebe und Sexualität abzulehnen ist. Natürlich gebe ich zu, daß beide voneinander äußerlich verschieden sind, aber wenn sie übereinstimmen, dann kann es gelingen, in jenen Bereich des Über-Sinnlichen einzutreten, in dem alle Gegensätze aufgehoben sind und in dem man jene Transzendenz erfahren kann, in der auch Reinheit und Ekstase miteinander identisch sind. Diese Einheit möchte ich *Schöpfungsfreude* nennen. In diesem Sinne ist die erste und höchste Form menschlicher Selbstauszeugung und Selbstüberbietung die Liebe, die Bejahung von Leben, Mensch und Kreatur. *Leben ist Liebe(n)*. Daher will die Aufgabe des Menschen heißen: sich einander zur Liebe ermächtigen. Im Liebesvollzug (und gerade im körperlichen) tritt die ursprüngliche Einheit des Universums ein. Leere und Fülle sind dann identisch, Armut und Reichtum werden nicht mehr unterschieden, und die Suche nach Liebe, die die Dynamik des menschlichen Lebens ausmacht, findet in der Vereinigung der Menschen ihre Befriedigung. Erst im Miteinander, erst im Füreinander entfaltet sich wirkliches Menschsein. Gleichzeitig ist diese Vereinigung eine Wiedergewinnung, nämlich die der verlorenen Vollkommenheit, die im Glück, in der Erfahrung der Ganzheit erlebt wird. In der Ekstasis, im Außer-sich-Sein werden die verschmelzenden Liebenden eins mit dem Absoluten. *HC.*

Im unsterblichen Licht

Beim Lesen Deines letzten Briefes drängten sich mir drei Sätze auf. Der eine ist zweieinhalb Jahrtausende alt: »Ich weiß, daß ich nichts weiß«, sagte der wissende Sokrates. Der zweite Satz ist mehr als fünfhundert Jahre alt und stammt von Nikolaus Cusanus; es ist eigentlich kein Satz, sondern der Titel eines philosophischen Werkes: »Docta ignorantia« – das wissende Unwissen. Der dritte Satz stammt von einer zeitgenössischen Dichterin, der Polin Wislawa Szymborska: »Es gibt keine schlimmere Ausschweifung als das Denken.« Und irgendwer schrieb: »Das Denken ist eine Krankheit.«

Mit diesem Korb voller Sätze (ich könnte noch einige dazutun) stehe ich jetzt vor Dir und zeige Dir meine Schätze, die Spiegelchen der Deinen sind, und Scherben von der *docta ignorantia.* Also: wir wissen beide nicht, was aus den Liebenden und ihrer Liebe wird, wenn »der Tod sie scheidet«. Ich denke (denke!), die Liebe fällt zurück in den Ozean der Liebe, um sich dann neu zu manifestieren in anderen Menschenpaaren, oder in Tieren oder Blumen. Vielleicht.

»Ich meine, im Tod getrennte Paare finden sich wieder, dürfen eine begrenzte Zeit (von wem begrenzt, wodurch begrenzt?) zusammenbleiben und müssen dann wieder zur Erde zurück, jedes mit einer besonderen Aufgabe.« Die Frau, die mir das sagte, ist orthodoxe Christin und ist sich nicht darüber im klaren, daß sie mit ihrer Rede ein Bekenntnis zur buddhistischen Lehre von der Reinkarnation abgelegt hat.

Du weißt, daß in östlichen Religionen bereits Erlöste aus dem Nirwana zur Erde zurückkehren dürfen, freiwillig, um anderen, noch Irdischen, zu helfen. Kommen unsere Geliebt-Liebenden wieder zu uns, in geistiger Weise oder in Gestalt von Freunden und Geliebten? Der Austausch zwischen Diesseits und Jenseits ist sicher viel lebhafter und fruchtbarer, als wir denken.

Wären wir katholische Fundamentalisten, würden wir glauben (müssen), daß wir jedenfalls nach dem Sterben ins Purgatorium gehen, in den Reinigungsort, ein Zwischenreich, eine Zwischenzeit. Ich bin der festen Ansicht, daß dieses Purgatorium hier und jetzt auf Erden ist. Hier und jetzt müssen wir uns reinigen durch Taten und Leiden. Unsere Reinkarnationen sind Phasen und Stufen der Reinigung, der Geist-Werdung.

Und dann? Glauben wir an die Hölle? Auch die Hölle ist hier und jetzt. Sartre sagte: »Die

Hölle, das sind die anderen.« Ein schreckliches Wort. Der arme Sartre: er konnte nicht lieben (trotz seiner Bindung an Simone de Beauvoir). Jedenfalls ist viel Höllisches mit uns auf Erden. Haß, Neid, Feindseligkeit – die Hölle! Und die selbstverschuldete Einsamkeit. Selbstverschuldet durch die Verweigerung der Hingabe an die Liebe. Und wo und wie ist der Himmel? Sind Sartres »andere« nicht das große Angebot der Liebe? Ist der »Himmel« – wie die »Hölle« – hier und jetzt?

Aber wir haben doch noch andere Fragen, weniger spirituelle, die sich uns aufdrängen: Wie ist das mit unserem Ich? Sind Leib, Geist, Seele nicht eine Einheit: die persona, oder das Selbst? Und wenn »die Seele« im Sterben fortgeht, wie ist das mit dem entseelten Leib? Nun: da er Materie ist, fällt er der Materie anheim. Er wird Erde, Humus für unsere Friedhöfe; oder er wird Asche, in einer Urne aufbewahrt oder ins Meer gestreut; er wird Rauch aus den Verbrennungs-öfen, die Luft verschmutzend. Ist es nicht schrecklich zu denken, daß der Leib des Geliebten zerstört wird, so oder so? Daß wir, am Grab stehend, das Werk der Würmer uns vorstellen? Freilich: das, was da zerstört wird, ist der vergängliche Teil. Aber immerhin: er ist Teil des Geliebten, treuer Träger seiner Seele. Nicht denken . . . ! Er ist nicht im Grab, nicht in der Urne – er ist in uns, er lebt. Die Liebe lebt.

Bisweilen übe ich das Sterben. (Das tat ich schon als Kind: Ich hielt den Atem an bis zum Ersticken.) Nach dem imaginierten Sterben finde ich mich allein im Kosmos, in fürchterlicher Leere, mutterseelenallein. Wo sind meine Lieben und Liebsten? Wenn Orpheus nach Eurydike ruft: Wird sie den Ruf hören, und wenn sie ihn hört: Wird sie ihm folgen können? Wir kennen den Mythos ihrer Rückkehr in den Hades. Aber wohin ist sie gegangen? Was ist »der Hades«? Wo ist er?

Auf der Insel Flores in Indonesien sah ich neben jedem Haus ein Grab oder auch mehrere Gräber: die Toten der Familie. Sie sind nicht fort, sie sind »da«, sie leben das alltägliche Leben der Familie mit. Sie gelten als die Schutzgeister des Hauses.

Sind unsere dahingegangenen Liebsten unsere Beschützer, unsere Schutz-Engel? Leben sie weiter mit uns? Mein Freund Isang Yun, der buddhistische Koreaner: Warum war es ihm so ungemein wichtig, neben den Gräbern seiner Ahnen begraben zu werden? (Er hat es nicht geschafft; die südkoreanische Politik machte Probleme.) Wieso eigentlich der ganze tief eingewurzelte Totenkult? Wieso die Verehrung von Heiligen aller Religionen, wenn sie »tot« sind? Wieso die Verehrung von »Reliquien«? Wieso stellen wir Blumen und Kerzen vor die Bilder unserer »Toten«? Warum legen die Indios Speisen auf die Gräber? Warum gaben die Ägypter ihren toten Herrschern Kostbarkeiten mit ins Grab? Warum gaben die Chinesen den Königen und Feldherren die tönernen Soldatenheere mit? Warum salbt man Leichname? Warum die heutige Idee des Einfrierens von Toten?

Wieso der christliche Glaube an die »Auferstehung der Toten«?

Docta ignorantia?

Wissen wir nicht doch mehr, als wir zu wissen meinen, vom Leben »jenseits«? Ist es nur das wortlose Wissen, das auch die Pflanze, wenn sie abstirbt, hat: daß sie weiterlebt in Wurzeln und Samen? Weiß das Leben, daß es unsterblich ist in tausend Formen? Weiß die Liebe, daß sie ewig ist? Weiß jeder Liebende, daß seine Liebe so ewig ist wie das Leben? Weiß der Liebende, daß er das geliebte Wesen nie verlieren kann? Weiß er, daß es von der Stärke und Reinheit seiner Liebe abhängt, ob ihm das geliebte Wesen nahe bleibt und »lebt«? Kann er es herbeirufen?

Ich rede nicht von spiritistischen Sitzungen. Ich habe nie eine erlebt und will auch keine erleben, ich las nur darüber. Der aufgerufene Tote – wer ist das? Ein Rest der Energie des Toten.

Unsere Toten sind in uns. Orpheus hätte wissen müssen, daß Eurydike Teil seiner selbst ist. Unsterblich wie alles, was sterblich scheint. Wie oft hat er seine Eurydike verloren und wiedergefunden? Die Liebe der Liebenden, sie schuf immer neue Inkarnationen. Waren Liebende auf einem anderen Planeten schon ein Paar? Woher die »Liebe auf den ersten Blick«, das blitzartige Wissen: wir kennen uns seit Ewigkeiten?

Bleibe ich in christlichen Vorstellungen, so muß ich mich mit dem Auferstehungs-Glauben befassen. Hat uns da nicht einer gezeigt, wie es weitergeht nach dem Tod (dem Sterben)? Der Mensch Jesus ist gestorben. Ob er eine historische Person war oder einem Mythos entsprang, ist hier gleichgültig. Einer starb, war tot und kam wieder – als Lichtgestalt. Seine Anhänger haben sich aus Angst vor Verfolgung eingesperrt. Und plötzlich steht er, der Nicht-Tote, mitten im Saal. Sie glauben an eine Halluzination. Aber der also Erschienene sagt: »Thomas, komm her, leg deine Hand in meine Herzwunde!« Und Thomas tut es und berührt Materie. Freilich: was für eine Art Materie? War er nicht »Licht vom Licht«? Immer schon ein ungeheuer starkes Bündel aus Licht-Energie? Er zeigt den Jüngern seine Herz-Wunde. Seine Liebe. Sein materiell-irdischer Leib konnte sterben, seine Liebe nicht, denn er *ist* Liebe, und Liebe (wessen auch immer) ist unsterblich. Ist er nicht der Garant für unsere Liebe? Sind wir unsterblich als Liebende?

Ich habe den Philosophen und Theologen S. nach seiner Meinung gefragt. Seine spontane Antwort:

»Für Jenseitsfragen haben wir keine adäquaten Antworten. Es handelt sich dabei um Phänomene, die unser Vorstellungsvermögen übersteigen oder sprengen. Wir leben in der Zeit des Nicht-Wissens und müssen das ertragen und die seltenen hellen Augenblicke, in denen uns Evidenzen aufleuchten, genießen und danach schweigen und die Erinnerung behalten an die Freude, daß wir doch auch im Zustand unseres irdischen Daseins Überirdisches erfahren dürfen.«

Was ist es, das wir in solchen Augenblicken erfahren? Den Mystikern aller Religionen zufolge ist es die Erfüllung dessen, was Liebende in der leiblichen Umarmung erwarten: einen kosmischheiligen Orgasmus, eine unendlich beglückende Lust, bei der alle unsere Sinne hinschwinden und wir hineingenommen werden in das All-Eine, in den ewigen göttlichen Eros.

Ist das eine unserer Illusionen, von uns erfunden zu unserem Trost in der angstvollen Trauer, daß unsere Liebsten einfach verschwinden für immer? Ich glaube das nicht. Wir wären entsetzlich Betrogene, gäbe es keine »ewige Liebe«. Ich glaube nicht an das Vergessen Liebender bei der Überfahrt über den Styx. Sie verwandeln sich und sind doch die, die wir in ihrer Erdengestalt liebten.

Freilich: ich rede jetzt und hier – zu Dir – von der Liebe zwischen Mann und Frau oder, wenn Du willst, von der erotischen Liebe zwischen Menschen. Aber gibt es eine Liebe, die nicht ihren Ursprung, ihren Sinn, ihren »Zweck« in der ewigen Liebe hätte?

Meine Frage: Wird Orpheus »drüben« *seine* Geliebte wiederfinden – oder die Verkörperung der Liebe in einer anderen Frau? Wird er noch fragen: Bist du wirklich meine irdisch Geliebte?

Da fällt mir eine alte Geschichte aus klerikalen Kreisen ein: Ein Theologe verspricht dem anderen, er werde nach dem Sterben wiederkehren, um zu berichten, wie es im Jenseits ist. Er kommt tatsächlich wieder und sagt, es sei »totaliter aliter« – völlig anders.

So wie unser Diesseits die Schöpfung unseres Geistes ist und keineswegs »objektiv« (wir müßten ein Gott sein, um das Sein zu sehen, wie es *ist*), so wird es auch »jenseits« sein. Jeder von uns hat seinen eigenen Himmel, seine eigene Hölle, sein eigenes Purgatorium. Liebende werden weiter lieben und ihren geliebten Partner wiederfinden. Abaelard wird seine Heloïse finden, Tristan seine Isolde, Dante seine Beatrice, jeder Mystiker seinen göttlichen Geliebten, den, den sie in Liebes-Blitzen schon auf Erden »sahen«.

Daß christliche Mystiker, die auf Erden große Liebende waren, ihren Geliebten, den Ewigen, wiedersehen, zum ersten Mal wirklich sehen, ist Sache des Glaubens.

In der ekstatischen leiblich-seelischen Umarmung lösen sich unsere Ängste und Einsamkeiten auf (wenngleich nicht für Dauer – darin liegt ein scharfer Schmerz und die unstillbare Sehnsucht nach eben der unerreichbaren Dauer). Die Frage nach der Dauer wird wesenlos dort, wo es weder Zeit noch Raum gibt. Wir werden dann (dort) nicht mehr fragen: »Liebst du mich wirklich?« Wir werden zu Licht, und wir verschmelzen zum »hohen Paar«.

Wer garantiert uns, daß es so ist?

Ich denke an das Wort des wissenden Augustinus: »Du suchtest Gott nicht, hättest du ihn nicht schon gefunden.«

»Du suchtest die Liebe nicht, trügest du sie nicht in dir. Was uns in der Liebes-Ekstase geschenkt wird, ist die Vor-Ahnung der »ewigen Seligkeit«.

Und was ist, wenn wir im Jenseits unsere Geliebten nicht mehr finden? Dann werden wir nicht mehr suchen, denn dann versinken wir wunschlos in der mystischen Ekstase, in der Einheit mit dem Kosmos. Auf die irdisch Liebenden wartet die ewige Vermählung: Licht zu Licht im unsterblichen Licht. *L.*

Alpha und Omega

Wenn ich zurückdenke: Wie haben wir uns in den letzten anderthalb Jahren aufeinander zubewegt! Damals, als wir uns noch gar nicht kannten, stellte ich Dir – ausgelöst durch Dein Abaelard-Buch – brieflich die Frage nach dem vollkommenen Paar. Heute bin ich der Überzeugung, daß es für Frau und Mann *letztlich* nicht schwer ist, die Einheit zu finden, leichter vielleicht, als die Medien uns dies glauben machen wollen. Es verhält sich wie mit dem von Dir angeführten sokratischen »Ich weiß, daß ich nichts weiß.« Alle Probleme, die zwischen den Geschlechtern existieren, sind in Wirklichkeit nur Scheinprobleme. Ganz tief innen, im ureigensten Seelengrund, weiß nämlich jeder Mensch, welchen Liebesweg er einzuschlagen hat. Leider ist dieser Grund zu oft verdeckt, verschüttet, unkenntlich gemacht von Erziehung, Moral, Philosophie, Religion. Das einzige, wofür zu leben sich lohnt, ist nun einmal die Liebe, die freilich immer mehr abhanden kommt, da sie der vermeintlichen Sicherheit eines materiell sorgenfreien Lebens geopfert wird. Da die Welt in toto gefährdet scheint, kümmert man sich eben mehr um die materialistische Seite des Lebens (in der Hoffnung, sich eines Tages »retten« zu können) als um die idealistische, in welcher frühere Generationen ihr Heil suchten. Die Folgen: Karrierestreben, Singularisierung der Gesellschaftsmitglieder (»Singletum«), arktisches Einsamkeitsgefühl, Verlust der Mitte. Apokalyptisches Aperçu dieser Entwicklung: In den USA lassen die jungen Männer und Frauen schon sehr früh ihre Spermien bzw. Eizellen tiefgefrieren, um potentielles Leben vor der Umweltverschmutzung zu retten. Nach Abschluß der Berufskarriere einigt (nicht vereinigt!) man sich dann auf eine Retortengeburt. Gleichzeitig geht die Zerstörung der Welt (nicht mehr nur der Umwelt) unaufhaltsam voran, und das ausgelöst von Menschen, die meinen, Liebende zu sein bzw. die in der bürgerlichen Familie des 20. Jahrhunderts ihr Glück gefunden zu haben scheinen. Ich meine dagegen, daß eine durch und durch wahrhaftige Liebe nicht nur einen anderen Menschen sorgend liebt, sondern ein jedes Geschöpf und gleichzeitig alles, was auf natürliche Weise gewachsen ist. Dies mag das Geheimnis der spirituellen Liebe sein, daß sie eben mehr ist als die »normale«, materialistische »Liebe«, jenes kurze Wegstück, das, wie Rilke sagt, zwischen Finden und Trennen liegt. Nein, die spirituelle Liebe lebt ein gänzlich anderes Dasein. Sie besitzt nicht einen anderen – im Moment, da ich dies schreibe, fällt mir ein, daß das, was ich sagen möchte, schon vor zweitausend Jahren gültig formuliert wurde, und zwar im 1. Brief des Apostels Paulus an die Korinther:

»Die Liebe ist langmütig und freundlich, die Liebe eifert nicht, die Liebe treibt nicht Mutwillen, sie blähet sich nicht,

sie stellet sich nicht ungebärig, sie suchet nicht das Ihre, sie läßt sich nicht erbittern, sie rechnet das Böse nicht zu,

sie freuet sich nicht der Ungerechtigkeit, sie freuet sich aber der Wahrheit;

sie verträgt alles, sie glaubet alles, sie hoffet alles, sie duldet alles.«

Wann immer Frau und Mann dies leben – und ein jeder vermag es –, dann wird die Liebe wieder in die Welt treten und das, was zerstört ist, zu neuem Leben erwecken, immer und immer wieder. Dies ist die Kraft der lebenspendenden und -erhaltenden Liebe, und nur sie ist in der Lage, unser Dasein glücklich, seiner Bestimmung gemäß, zu gestalten. Khalil Gibran drückt das so aus: »Glaube nicht, du könntest den Kurs der Liebe bestimmen, denn die Liebe, so sie dich ihrer würdig findet, bestimmt deinen Kurs.«

Ich habe Dir einmal von meiner Zeit auf Mykonos berichtet. Ich habe Dir aber noch nichts erzählt von einem erstaunlichen Menschen, der dort lebte und sich selbst »The Dreammaker« nannte. »I believe in dreams – they will be«, war das Motto des 1914 im kalifornischen La Vern geborenen Unternehmers und Gartenarchitekten John T. Ratekin, der sich 1966 auf eine Kreuzfahrt zu den Wurzeln abendländischer Kultur begab. Auf der heiligen Insel Delos, dem Geburtsort des Apoll und seiner Zwillingsschwester Artemis, erlebte er seine spirituelle Wiedergeburt. Er hatte die Vision, nicht nach Amerika zurückkehren zu dürfen, sondern als Maler und Dichter den Rest seines Lebens in Hellas, im Licht der Ägäis, verbringen zu sollen. So kehrte er nicht auf das Kreuzfahrtschiff zurück, sondern ließ sich zu dem eine halbe Stunde entfernt gelegenen Mykonos bringen, wo er von der Bevölkerung gastfreundlich aufgenommen wurde. 1971 eröffnete er eine Galerie, gab sich obigen Namen und tat, wie ihm die Vision geheißen. Mittlerweile hängen seine Bilder in der ganzen Welt, und seine Gedichte, die um nichts anderes als Liebe, antikes Griechenland und Mykonos kreisen, sind in drei Bänden veröffentlicht. Der Traum-Macher war auch der einzige, der den Fremden aus allen Ländern zeigte, daß hinter den unzähligen Restaurants, Discos und Bars von Mykonos etwas verborgen war, das einem Traum ähnlich schien – und wer genau hinschaute, konnte wahrnehmen, daß dieser Traum Realität war. In seiner Galerie veranstaltete der Dreammaker wöchentliche Lesungen, in denen er seine Bilder und Gedichte bei Kerzenschein vorführte. Um seinen Hals trug er dabei eine schwere, bis zum Solarplexus reichende Goldkette, die mit einem von ihm entworfenen Emblem geschmückt war. Es zeigte die drei griechischen Buchstaben Alpha, Omega und Psi. Das Alpha ist männlich zu interpretieren, das Omega weiblich, und im Psi sind beide in der Vereinigung zu sehen. Während das Licht in der Galerie langsam verlosch, erleuchtete sich allmählich ein menschengroßes Bild, das einen nackten Mann in einem Baum schlafend zeigte. Ein wunderschönes Frauengesicht, das ebenfalls langsam in das Blickfeld rückte, schien den Schlafenden zu beschützen. Zu den Klängen des Adagietto aus Mahlers 5. Symphonie sprach der Dreammaker dann jenes Gedicht, das ich für Dich übertragen habe. Es ist ein Bild, das ausdrückt, was und wie das vollkommene Paar wäre. Aber ist unsere Suche damit schon zu Ende?

»Schlafe, Geliebter
Im Schutz meiner Liebe
Und gib dich den Träumen hin
Während mein Geist
Mein Herz
Meine Seele und mein Körper
Sich immer mehr
Darum bemühen
Dein Wesen zu verstehen.
Komm, Geliebter,
Laß uns zum Wald
Des Wissens eilen
Um dort den Schlaf zu teilen
Laß die Kraft unserer Vorstellung
Sich erheben

Um das Unbekannte
Zu erfassen
Laß uns unsere Gefühle
In alle Richtungen
Verströmen
Auf daß die Wurzeln unserer Seele
Tief in den Schoß
Der Geheimnisse
Der Liebe
Münden.
Er, der meinen Geist
Zu sehen vermag
Er, der den Schlag
Meines Herzens fühlt
Er, der meine Seele
Kennen kann
Soll mein Bild besitzen
Solange
Er auf Erden weilt.
Schlafe, Geliebter
Doch sei wach
Und wisse
›Alpha‹ steht für Mann
Und Anfang
›Omega‹ steht für Frau
Und für Erfüllung
Gemeinsam schafft ihr
›Seele‹ in der Welt
Ohne Dich, Mann
Ohne Dich, Frau
Ist kein Geist, der denkt
Kein Herz, das schlägt

Kein Mund, der spricht
Keine Hand, die fühlt
Niemand
Der die Welt mit Liebe
Nährt.
Schlafe, Geliebter
Im Schutze
Meiner Liebe
Und träume
Und träume
Und träume
Träume . . .
    . . .
     . . .
      . . .

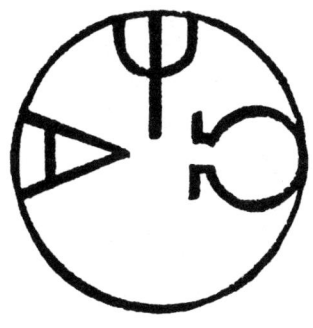

Nachwort

Wenn – folgen wir den Worten des John T. Ratekin – Frau und Mann an sich schon das vollkommene Paar bilden (im übergeordneten Sinn),
woran liegt es dann, daß sich heute bezüglich der
Liebe so große Orientierungslosigkeit in den
Vordergrund gespielt hat? Die mannigfaltigen
Auswirkungen dieser Strukturänderung sind bekannt; so scheint die Ehe, um nur ein Beispiel zu
nennen, zum Auslaufmodell zu verkümmern und
Platz zu machen für andere, neue, vielleicht zeit-
gemäßere Formen des Zusammenseins.

Wohin geht die Reise der Liebe? Werden wir
Opfer einer erbarmungslosen technischen Ent-
wicklung, die das sexuelle Verlangen in virtuelle
Erlebniswelten pfercht? Findet die »körperliche
Vereinigung« nur noch am Telefon oder über das
Internet statt? Oder wird die Liebe ein spirituel-
les Heim finden, in dem Menschen-, Natur- und
Gottesverehrung nicht länger voneinander un-
terschieden sind? Wir wissen es nicht. Aber wir

können Tendenzen feststellen. Und gerade deshalb muß man sagen, daß *beide* eben beschriebenen Formen des intimen Umgangs parallel zueinander vorhanden sind bzw. es immer stärker sein werden.

Daraus können wir schließen: Die Liebe ist nichts Statisches. Sie unterliegt – wie alles andere auch – evolutionären Bedingungen. In den Frühzeiten der Menschengeschichte war sie vielleicht nicht vorhanden, entstand dann, breitete sich aus, wurde allgegenwärtig, doch möglicherweise wird sie eines fernen Tages nicht mehr sein, obwohl wir der Ansicht sind, daß der »Tod der Liebe« – wenn überhaupt – erst dann eintreten wird, wenn diese Erde durch den Tod unserer Sonne nicht mehr sein wird. Das »wenn überhaupt« bezieht sich auf die Möglichkeit, daß Menschen einmal die Erde verlassen werden, um andernorts weiterzuleben, weiterzulieben.

Auch der Versuch, den Weltraum zu kolonialisieren, ist ein Akt der Liebe. Weshalb? Wenn wir davon ausgehen, daß Leben Liebe(n) ist bzw. wenn wir annehmen, daß sich aus dem anfänglichen Wunsch (Trieb?), Leben weiterzugeben, zunächst Sexualität und mit aufkommender Sozialisierung auch Liebe entwickelten, so bedeutet dies nichts anderes, als daß wir offenbar ein Programm in uns tragen, in dem Erhalt und Fortbestand der Spezies gespeichert sind, an welchem Platz des Universums dies auch immer geschehen mag. Wir geben Leben weiter, auch ohne Brunftzeit. Sicher funktioniert dies auch ohne Liebe, doch die inzwischen entstandene Fähigkeit zur Bindung wird sich auch in Zukunft nicht mehr zurückentwickeln.

Wenn Liebe also dazu dient, Leben weiterzugeben oder das Leben selbst am Leben zu halten, weshalb existiert dann trotz aller Verhütungsmittel die Eifersucht? Es gibt hierüber viele Erklärungsversuche, der passendste scheint uns der zu sein, der besagt, daß ohne die Eifersucht die Gruppenhierarchien und somit die Sozialfunktion der einzelnen Mitglieder (sei es in der Kleingruppe Familie oder in der Großgruppe Volk) gestört wären. Somit dient die Eifersucht letztlich auch wieder nur einem Ziel: dem, das Leben zu erhalten. Denn sie entscheidet in den Rivalitätskämpfen, die nicht unbedingt körperlicher Natur sein müssen, wer sich mit wem paaren wird und somit – zumindest potentiell – für neues Leben sorgt. Soweit die evolutionsbiologische Seite.

»Liebe ist die am eigenen Leib vollzogene Metamorphose der Selbstsucht im Dienste des anderen«, sagt der Sexualwissenschaftler Ernest Borneman. Er spricht damit aus, was viele ältere Menschen auf die Frage, worin sie das Glück sähen, antworten: einem anderen Menschen zu dienen, einen Partner glücklich zu machen. Offenbar ist dieser Dienst, der nicht aus Gründen der Unterwürfigkeit erfolgt, sondern eben aus der Metamorphose der Ich-Sucht, also aus »Liebe zum Du«, ein zentraler Handlungsablauf, den wir in allen Mythen wiederfinden, die ein freiwilliges Opfer zum Gegenstand haben. Durch dieses Opfer verändert sich der Opfernde, wird er mehr, als er selbst ist: Er transzendiert sich und tritt ein in eine Liebe, die größer und allumfassender ist als alle menschliche Liebe zusammen. Hier ist das »Ich« aufgehoben, die Grenzen sind gesprengt, der Mensch ist mit dem liebenden Ur-Grund eins geworden, d. h. er vollzieht das Gesetz des weiblichen Lebens, das bewahrt und weitergibt.

Selten genug ist dies aber in der Praxis der Fall. Normalerweise verhalten wir uns wie der Verlorene Sohn, dessen Mythos die Geschichte einer Suche ohne Ende ist: die Legende der Suche nach Liebe. Einerseits liebt der Sohn das Endliche und damit sein Vaterhaus, seine Eltern und sein Umfeld, er weiß aber im selben Moment, daß diese Liebe eine besitzende, haben wollende ist, die ihn nicht zum Ziel, das er in sich spürt, führen wird. Andererseits hungert der Verlorene Sohn nach der Unendlichkeit der Liebe, die er sich von Gott erwartet, d. h. einmal ist er von Ich-Sucht geprägt, das andere Mal von der Sucht nach Gott. Deshalb geht er fort. Während seines Weges aber, der auch den Gang durch sich selbst bedeutet, gelingt es ihm nicht, tatsächlich Liebender zu werden.

Geht es uns anders? Lieben wir wirklich? Dienen wir? Geben wir uns ganz hin? Oder wollen wir den anderen nur, um unsere Einsamkeit abzutöten, um unsere Triebe zu befriedigen, um . . . Gibt es eine zweckfreie Liebe? Lieben wir nicht immer mit einem »weil« im Herzen? »Ich liebe dich, weil …« Welche Gründe sind es, die uns meinen machen, wir würden lieben? Lieben wir einen Menschen nach vielen Jahren weniger oder mehr oder haben wir es mit Gewöhnung und Angst vor Veränderung zu tun? Sind Männer wirklich poly- und Frauen wirklich monogam? Unterdrücken Männer ihre Triebe und schaden sich damit, wenn sie nicht fremdgehen? Ist für Frauen ein gelegentlicher Seitensprung sinnvoll, um sicher zu sein, daß es noch mehr Partner gibt, die in Frage kämen?

Wir wollen hierauf keine Antworten geben, da diese im Bereich der Verhaltensforschung zu finden sind und wir uns eigentlich auf das Thema des vollkommenen Paares beschränken und konzentrieren wollen.

Was ist mit »vollkommen« gemeint? Das, was in den beiden zitierten platonischen Mythen gesagt wird: einmal, daß sich der Mensch nur als »hälftig« empfindet und deshalb den verlorenen Teil sucht, um wieder ganz, also heil zu werden; und zweitens, daß wir uns reich fühlen, wenn wir im Liebesglück schwelgen, und arm, wenn wir der Liebe entbehren. Aus dieser Idee der Vollkommenheit wurde leider auch die Philosophie des »Mach mich ganz« entworfen, nach der oft einer der Partner meint, ohne den anderen nichts zu sein, ohne ihn nicht leben zu können. Er mißbraucht den geliebten Menschen als Erfüllungsgehilfen zur Ganzwerdung. Aber in der Liebe gilt nicht, daß zwei unvollkommene Menschen zusammen ein vollkommenes Paar abgeben würden; erst zwei voll entwickelte Persönlichkeiten können dies dauerhaft schaffen. Der wahre Aufstieg beginnt erst, wenn man den Gipfel erreicht hat ... Deshalb ist es für die Zukunft der Liebe besser, daß sich dauerhaft Erfahrene zusammentun; Anfänger müssen diese Sprache erst noch lernen. Und wo erlernt man eine fremde Sprache besser als bei jemandem, der sie schon beherrscht?

Wird die Sprache der Liebe in der Zukunft eine mystische sein? Vieles deutet darauf hin. Da ist einerseits das enorm gestiegene Interesse an spirituellem Gedankengut, speziell dem des Buddhismus. Dort besteht Liebe im »Großen Mitgefühl«. Im »Buddhistischen Buch der Liebe« von Chao-Hsiu Chen heißt es dazu: »Alle Wesen sind eins. Eins sind alle Wesen. Das Mitgefühl ist frei. Es ist in deinem ganzen Sein. Es stammt aus dir selbst und tritt nicht von außen auf dich zu, auch wenn es überall ist. Es ist überall, weil du überall bist. Das Mitgefühl ist sichtbar, aber es hat keine bestimmte Form. Und doch sieht es wie die Liebe aus, weil es die Liebe ist.«

Wir beobachten eine gesteigerte Abkehr vom traditionellen Familienmodell, aber nicht unbedingt so, wie es die eifrigen Verfechter der Single-Kultur sehen möchten. Denn es steht zwar der Abschied von der klassischen Familie bevor, die zu dritt oder viert oder fünft in beengten räumlichen Verhältnissen lebt, dafür ist aber eine Wiederkehr der Großfamilie bzw. des Drei-Generationen-Verbundes zu konstatieren, bei dem Großeltern, Eltern und Kinder eine Einheit bilden. Diese Familien leben entweder »unter einem Dach« oder in zwei oder drei nebeneinander liegenden Wohnungen. Dieser Familientypus hat Zukunft: erstens wirken die Großeltern stets als Pufferzone zwischen Eltern und Kindern, zweitens ist eine permanente Hilfestellung in allen Lebenslagen gewährleistet, drittens gibt es keine bessere Energie als die der Kombination aus der Erfahrung der Älteren und der Energie und dem Elan vital der Jugend, und viertens bleiben bei dieser Konstellation dem Paar die Frustrationen des Alltagslebens weitgehend erspart, weil a) die Großeltern sich um die Kinder kümmern können, b) die Kinder in den Großeltern objektive Ansprechpartner finden und c) nun die Möglichkeit besteht, daß das Paar sich auf sich selbst besinnen kann, ohne komplizierte Zeit- und Raumprobleme bewältigen zu müssen. Zudem werden durch die Großfamilie Vater- und Mutterkomplex mit Sicherheit meist vermieden. *Alles* im Familien- und im individuellen Leben wird durch diese Form des Zusammenseins schöner, besser, unkomplizierter.

Was der Theologe Karl Rahner in bezug auf die Religion der Zukunft sagte: »Sie wird eine mystische sein oder sie wird nicht sein«, läßt sich auch auf das Paar der Zukunft übertragen.

José Sánchez de Murillo, der spanische Philosoph und Dichter, der im vorliegenden Briefwechsel des öfteren erwähnt wurde, schreibt in seinem Epos »Dein Name ist Liebe«: »Aus den Trümmern des Zusammenbruchs keimt die Helle eines großen Durchbruchs hervor. Die Finsternis wollte alles verschlingen. Doch stärker als die Finsternis ist das Licht. Seht ihr nicht, wie sich in Städten und Dörfern das Herz öffnet und die Erde blüht? Das Zeitalter der Liebe bricht an.«

Das Paar, das in diesem beginnenden neuen Zeitalter lebt, fühlt, daß das Patriarchat sich dem Ende zuneigt und weibliche Werte wieder emporkeimen. Es spürt auch, daß der Paradigmenwechsel sich nicht jäh und spontan vollzieht, sondern daß er allmählich eintritt; wir bemerken ihn kaum und vermögen immer erst im nachhinein zu sagen, welche Lebens- und Verhaltensweisen alte, überkommene Vorstellungen abgelöst haben.

Dennoch können wir feststellen: Die Werte der Zukunft bzw. die Werte, die jetzt mit der neuen Liebe erwachen, werden bewahrende, fördernde, konstruktive sein. Der Wandel hierzu ist seit 1945 zu beobachten. Damals hatte die Welt der Männer zwei Möglichkeiten: entweder sich selbst auszulöschen – oder einen »mütterlichen« Weg einzuschlagen. Bedenkt man den Gehalt der seit damals aufgetretenen Geistesströmungen (Rock 'n' Roll, Pop-Kultur, Woodstock, Hippies, 68er-Bewegung, Friedensbewegung, sexuelle Revolution, Frauenbewegung, Ökologie-Bewegung, New Age, Techno- und Rave-Kultur), so

muß man eingestehen, daß keine dieser gesell-
schaftspolitischen Tatsachen zerstörerisch wirkte (im Fall der Studenten-Revolution war das
Ziel – letztlich – ebenfalls eine Abkehr von der
männlichen Wertvorstellungskultur). All diesen
Bewegungen liegt eines zu Grunde: der Wunsch
nach einer besseren, sichereren, schöneren, liebe-
volleren Welt. Stets war dieser Wunsch der Motor für die Entwicklung der erwähnten Bewegungen, weshalb sie als erstes mit der bestehenden
Sexualmoral brachen. Damit vollzogen sich jeweils auch neue Regeln der Liebe und des Liebes-
verhaltens, bis AIDS allen Befreiungsversuchen
ein dramatisches Ende setzte.

Wir sehen, daß Liebe immer auch von den gesellschaftlichen Umständen abhängt, in denen sie
sich ereignet. Oder gibt es so etwas wie die reine
Liebe, losgelöst von allem, auch in der Realität
und nicht nur in der Phantasie der Menschen, wo
sie ihren Niederschlag in künstlerischer Produk-
tion findet, welche die reine Liebe zwar verherrlicht, ihr aber deshalb noch lange nicht zum Leben verhilft? Die Antwort hierauf ist nicht allzu
schwierig: Ja, es gibt sie, wenn wir nur genügend
daran glauben.

Und wie sieht das Paar der Zukunft aus? An-
drogyn, vermutlich. Denn das Männliche und
das Weibliche gehen mit fortschreitender
Menschheitsgeschichte aufeinander zu. Vielleicht liegt die Antwort auf die Frage nach der
Vollkommenheit hierin geborgen.

Den meisten Mythen zufolge war die Urwelt

weiblich. »Am Anfang war die Frau. Sie gebar das Universum, die Erde, die Tiere, den Mann.« In dieser Überlegung sind symbolhaft die matriarchalischen Urvorstellungen zusammengefaßt, wie sie z. B. vom Stamm der Kabylen in Nordafrika mitgeteilt wurden, der von der »ersten Mutter der Welt« spricht, oder von den Anyuaa, einer Volksgruppe Äthiopiens: »Eine Frau fing im Strom einen großen Fisch, der sich zuerst in eine Schlange, dann in ein Krokodil und schließlich in einen Mann verwandelte.« Das weibliche Prinzip (bei den Inuit-Eskimos »Sedna«, »jene, die vorher ist«) wurde seit jeher transkulturell als Schöpfungsprinzip aufgefaßt, in den Überlieferungen der verschiedensten Art als Urprinzip des Sich-Verschenkens, des Gebärens, des absichtslosen Gebens und somit als Urprinzip allen organischen Lebens. Vor dem Gott gab es die Göttin.

Dem Mutterrecht folgte das Patriarchat mit all seinen bekannten Auswirkungen und Macht-Manifestationen. Am Ende des 20. Jahrhunderts tauchen nun die weiblichen Werte erneut auf, die Menschheits-Anima kehrt zurück, das Spirituell-Weibliche findet den ursprünglichen Platz wieder, von dem es einst vertrieben wurde. Die von Männern errichteten Staatengebilde zerbröckeln – aus Staaten werden wieder Völker, und niemand vermag zu sagen, ob sich aus diesen Völkern nicht erneut eine Stammes- und Sippengesellschaft entwickeln wird. Zu hoffen aber steht, daß durch diesen Wandel Mann und Frau beginnen können, tragödienfrei einander zu begegnen.

Die Androgynität ist dabei nur das äußere Anzeichen jener Entwicklung, in der das Männliche das in ihm ruhende Weibliche entdeckt und das Weibliche das in ihm lebende Männliche. Bei der seelischen und körperlichen Verschmelzung vereinigen sich dadurch also nicht zwei, sondern vier Pole.

Mann und Frau sind und werden jenes Alpha und Omega, wovon der Dreammaker spricht; und in ihrer Umarmung erzeugen sie »Psi«, Psyche, Seele. Im Griechischen bedeutet »psyche« auch Schmetterling. Warum? Vielleicht wegen der Trias: Entwicklung – Entbindung – Entfaltung, welche auch der Mensch auf dem Weg der Reife als Seinsstadien vollzieht? Oder weil die Flügel animus und anima verkörpern oder die Frau und den Mann, in deren Mitte ein Drittes manifest geworden ist, das beide hält: die Liebe.

Im Paar der Zukunft wird sich eine Liebe vollziehen, die mehr ist als alles, was wir bisher kennen: Spiritualität ist die selbstverständliche Basis und das zu erstrebende Ziel zugleich, die Erotik ist wieder göttlich geworden, die Bewältigung des Alltags zur Freude; falsche Werte sind als solche entlarvt, leere Verhaltensformen unbekannt.

Die Liebenden werden zueinander erwachsen, miteinander in die Ferne ziehen, ineinander ihre Nacktheit enthüllen, füreinander das Brot essen und aneinander erlösen. Sie werden vom Flusse der Ewigkeit trinken, der verflossen ist in sich selbst. Mit den Augen des Vertrauens werden sie die Einheit von Leben und Tod verstehen, und sie werden in sich selbst hinein aufwachen und die Bestimmung erkennen in der Einigkeit von Ja und Nein. Sie werden geben, weil sie geben, und sie werden sich verschenken. Sie werden den Quellgrund ihres Seins in sich erfassen und keine Bedingung mehr kennen in ihrer Liebe Kraft. Sie werden schweigend sprechen und mit Träumen die Nacht durchwachen. Sie werden Frucht bringen aus sich selbst und die Leere sehen lernen als der Fülle Ursprung.

Sie werden einander entgegenwarten.

Sie werden einander ansehen.

Sie werden einander erkennen.

Sie werden einander lieben.

Sie werden sein, was sie seit jeher waren:

Frau und Mann.

Doch nun verwandelt zur Einheit.